A PRISIONEIRA DOS KRINARS

ANNA ZAIRES

♠ Mozaika Publications ♠

Zaires, Anna
A Prisioneira Krinar, de Anna Zaires. Tradução: D. Dias. 1ª edição. Rio de Janeiro, BR. Independente.
e-ISBN: 978-1-63142-382-6
ISBN: 978-1-63142-383-3

Publicado por Mozaika Publications, uma impressão de Mozaika LLC.
www.mozaikallc.com

CAPÍTULO UM

Eu não quero morrer. Eu não quero morrer. Por favor, por favor, por favor, eu não quero morrer.

As palavras continuavam repetindo na sua mente, uma oração sem esperança que nunca seria ouvida. Os dedos dela deslizaram mais uns centímetros na tábua áspera, suas unhas quebrando enquanto tentava manter a pegada.

Emily Ross estava pendurada pelas unhas – literalmente – numa velha ponte quebrada. Centenas de metros abaixo, as águas corriam pelas pedras, o riacho da montanha cheio pelas recentes chuvas.

Aquelas chuvas eram parcialmente responsáveis pelos seus apuros. Se a madeira na ponte estivesse seca, ela provavelmente não teria escorregado, virando o pé durante o processo. E certamente não teria caído no trilho que tinha se quebrado com seu peso.

Foi somente uma segurada de última hora que impediu Emily de despencar para a morte lá embaixo.

Ela estava caindo, sua mão direita tinha segurado numa pequena saliência no lado da ponte, deixando-a balançando no ar a dezenas de metros acima das rochas.

Eu não quero morrer. Eu não quero morrer. Por favor, por favor, por favor, eu não quero morrer.

Não era justo. Não era para acontecer assim. Aquelas eram as férias dela, seu tempo de recobrar a sanidade. Como poderia acontecer de ela morrer agora? Ela não tinha nem começado a viver.

Imagens dos últimos dois anos passaram pelo cérebro de Emily, como uma das apresentações de PowerPoint que ela tinha passado tanto tempo preparando. Todas as noites trabalhadas, todos os finais de semana gastos no escritório – aquilo tudo para nada. Ela tinha perdido o trabalho durante o período de demissões, e agora, estava prestes a perder a vida.

Não, não!

As pernas de Emily se agitaram, suas unhas cavando mais fundo na madeira. O outro braço tentou alcançar, se esticando para a ponte. Isso não podia acontecer com ela. Ela não deixaria. Ela tinha trabalhado muito para permitir que essa estúpida ponte na selva a derrotasse.

Sangue correndo pelo seu braço enquanto a madeira áspera rasgava a pele dos seus dedos, mas ela ignorava a dor. Sua única esperança de sobrevivência era tentar agarrar o lado da ponte com a outra mão, então, conseguiria se içar para cima. Não havia ninguém por perto para salvá-la.

A possibilidade de morrer sozinha na floresta tropical não tinha ocorrido a Emily quando ela embarcou para esta viagem. Ela estava acostumada a fazer trilhas, a acampar. E mesmo com o inferno dos últimos dois anos, ela ainda estava em boa forma, forte e preparada por correr e praticar esportes por todo o Ensino Médio e faculdade. Costa Rica era considerado um destino seguro, com baixos índices de criminalidade e uma população amigável com os turistas. E também era barato – um fator importante para sua poupança que estava minguando rapidamente.

Ela tinha comprado esta viagem *antes*. Antes de o mercado cair novamente, antes de outra rodada de demissões que tinha custado o emprego de milhares de trabalhadores de Wall Street. Antes de Emily ir para o trabalho na segunda, com os olhos vermelhos por ter trabalhado todo o final de semana, apenas para sair do seu escritório no mesmo dia com todos os seus pertences numa pequena caixa de papelão.

Antes de seu relacionamento de quatro anos terminar.

Suas primeiras férias em dois anos, e ela iria morrer.

Não, não pense assim. Isso não vai acontecer.

Mas Emily sabia que estava mentindo para sim mesma. Ela podia sentir seus dedos escorregando mais, seu braço e ombro direitos queimando pelo esforço de aguentar o peso de todo seu corpo. Sua mão esquerda estava a centímetros de alcançar o lado da ponte, mas aqueles centímetros podiam facilmente ser quilômetros. Ela não conseguia ter uma pegada forte o bastante para se erguer com um braço.

Vai, Emily! Não pense, só aja!

Juntando toda a sua força, ela girou as pernas no ar, usando o impulso para levantar mais seu corpo por uma fração de segundos. Sua mão esquerda segurou a tábua saliente, apertando... e o frágil pedaço de madeira quebrou, levando-a a um grito aterrorizante.

O último pensamento de Emily antes de seu corpo bater nas rochas foi a esperança de que sua morte fosse instantânea.

O CHEIRO DA VEGETAÇÃO DA SELVA, RICO E PENETRANTE, atiçava as narinas de Zaron. Ele inspirou profundamente, deixando o ar úmido encher seus pulmões. Aqui estava limpo, neste canto da Terra, quase tão sem poluição quanto seu planeta natal.

Ele precisava disso agora. Precisava do ar fresco, do isolamento. Pelos últimos seis meses, ele tinha tentado fugir dos seus pensamentos, viver apenas o momento, mas tinha falhado. Mesmo sangue e sexo não eram mais o bastante para ele. Ele podia se distrair enquanto fodia, mas a dor sempre retornava depois, tão forte como sempre.

Finalmente, aquilo tinha chegado a um nível muito alto. A sujeira, as multidões, o fedor da humanidade.

Quando ele não estava perdido numa névoa de êxtase, ele sentia nojo, seus sentidos sobrecarregados de passar muito tempo nas cidades dos humanos. Aqui era melhor, onde ele podia respirar sem inalar veneno, onde ele podia sentir o cheiro de vida em vez de químicos. Em poucos anos, tudo seria diferente, e ele talvez tentasse morar numa cidade humana novamente, mas não agora.

Não até que eles estivessem totalmente estabelecidos aqui.

Aquele era o trabalho de Zaron: supervisionar os assentamentos. Ele tinha feito pesquisa na fauna e flora da Terra por décadas, e quando o Conselho pediu sua ajuda com a próxima colonização, ele não hesitou. Qualquer coisa era melhor do que estar em casa, onde as memórias da presença da Larita estavam em todo lugar.

Não havia mais memórias aqui. Por todas as suas semelhanças com Krina, este planeta era estranho e exótico. Sete bilhões de *Homo sapiens* na Terra – um número impensável – e eles estavam se multiplicando num ritmo frenético. Com seus curtos períodos, somando-se a uma falta de planejamento a longo prazo, estavam consumindo os recursos do seu planeta com extremo desrespeito ao futuro. De certa forma, eles o lembraram de *Schistocerca gregaria* – uma espécie de gafanhoto que havia estudado há vários anos.

Claro, humanos eram mais inteligentes que insetos. Alguns indivíduos, como Einstein, eram até como os Krinar em alguns aspectos dos seus pensamentos. Isso não era particularmente surpresa para Zaron; ele sempre achou que este devia ser o propósito das grandes experiências dos Anciãos.

Ao andar pelas florestas costa-riquenhas, ele se achou pensando sobre sua tarefa naquele momento. Esta parte do planeta era promissora; era fácil imaginar plantas de Krina tentando sobreviver aqui. Ele tinha feito longos estudos no solo, e tinha algumas ideias de como fazê-lo até mais acolhedor para a flora Krinar.

Ao redor dele, a floresta era exuberante e verde, cheia da fragrância das helicônias florescendo e o som do farfalhar das folhas e dos pássaros nativos. Longe, ele podia ouvir o grito de um *Alouatta palliata*, um macaco bugio nativo da Costa Rica, e algo mais.

Franzindo, Zaron aguçou o ouvido, mas o som não se repetiu.

Curioso, ele foi para aquela direção, seus instintos de caçador em alerta. Por um segundo, o som o tinha lembrado um grito de mulher.

Movendo-se pela densa vegetação da selva com facilidade, Zaron colocou-se em alta velocidade, pulando sobre os pequenos riachos e arbustos à sua frente. Lá, longe dos olhos dos humanos, ele podia se mover como um Krinar sem se preocupar com exposição. Em dois minutos, ele estava perto o bastante para sentir o cheiro. Afiado e acobreado, aquilo fez sua boca salivar e seu pênis se revirar.

Aquilo era sangue.

Sangue humano.

Chegando ao seu destino, Zaron parou, olhando a cena à sua frente.

Adiante, havia um rio, um riacho da montanha transbordando pelas últimas chuvas. E nas rochas grandes no meio, sob uma velha ponte de madeira cruzando o desfiladeiro, havia um corpo.

Um corpo quebrado e contorcido de uma humana.

CAPÍTULO DOIS

Praguejando ao respirar, Zaron pulou no rio. Se ele fosse humano, a forte correnteza o teria carregado na hora. Sendo assim, ele teve que usar toda a sua força para nadar pela água espumante. Várias vezes ao bater as pernas, elas atingiram as rochas submersas, mas ele ignorava a dor. Ferimentos não eram nada para os da sua espécie; quando chegasse nas rochas à frente, os ferimentos já teriam sarado.

Finalmente, ele estava lá, escalando as rochas escorregadias e agachando-se ao lado da garota caída no chão. Ela estava viva; ele podia ouvir seus batimentos cardíacos fracos e erráticos e os sons gorgolejantes de sua respiração.

Ela estava viva, mas a julgar pelos seus ferimentos, não estaria por muito tempo.

A parte inferior do seu corpo estava revirada num ângulo estranho, seus membros esguios estavam quebrados em vários lugares, com fragmentos de ossos saindo da carne pálida e rasgada. Metade do seu rosto estava coberto com sangue, o líquido vermelho escuro escorrendo sombriamente de um corte profundo no lado do seu crânio. Sua blusa de mangas curtas escondia a maioria dos danos no seu torso, mas Zaron suspeitava que ela estivesse com hemorragia interna, sua caixa torácica esmagada pela queda.

Seu estômago se contraiu pela mistura de pena e um desespero estranho, Zaron olhou para a humana destroçada. Ela era jovem e, pelo que podia ver, um tanto bela. Cabelos longos louros claros, pele clara, magra, em forma... Se não estivesse à beira da morte, ele poderia se sentir atraído por ela.

Mas ela estava praticamente morta. Na melhor das hipóteses, tinha mais alguns minutos de vida. Com todos aqueles ferimentos, era uma surpresa que seu coração ainda estivesse batendo. Os humanos eram criaturas frágeis, se machucavam facilmente e demoravam a sarar. Ele duvidava que os doutores humanos fossem capazes de curá-la, mesmo se conseguissem chegar aqui a tempo. A medicina Krinar poderia salvá-la, claro, mas Zaron não trouxe nada consigo, e a garota dificilmente sobreviveria a viagem para sua casa.

Levantando sua mão, ele gentilmente tocou o lado ferido do rosto dela, passando os dedos pelas linhas do seu queixo. A pele dela era macia e lisa, como a de um bebê. Uma dor profunda de arrependimento atingiu seu peito; sob circunstâncias diferentes, ele a teria desfrutado.

De repente, um som baixo e quebrado saiu da garganta dela, alarmando Zaron. E, então, chocando-o, os olhos dela se abriram.

Emoldurados por cílios grossos e castanhos, eles eram azuis-esverdeados claros e surpreendentemente lindos.

Por um momento, ela parecia desorientada, aqueles olhos da cor do mar cobertos de dor, mas, então, seu olhar ficou sombrio, focado no rosto dele.

Ela sabia que ia morrer. Zaron podia ver nas suas feições. Ela sabia, e estava lutando com cada célula do seu ser.

Sua boca se movia, seus lábios abrindo-se numa súplica sem palavras, e ele sabia o que tinha que fazer.

Agarrando a garota, Zaron cuidadosamente a levantou, acomodando-a no seu peito.

Era quase certo que ela não sobreviveria à viagem, mas ele não podia deixá-la ir daquele modo.

Ninguém que se agarrava à vida tão ferozmente deveria morrer sem lutar.

A VIAGEM PARECEU LEVAR UMA ETERNIDADE, APESAR DE Zaron correr o mais rápido que pôde, tomando o cuidado de não mexer muito com a garota. A pior parte tinha sido o rio; lutando contra a correnteza com uma mão enquanto segurava a garota sobre as águas com a outra, tinha sido desafiador mesmo para ele.

Ela ficou inconsciente novamente. Ele podia ouvir

o barulho áspero dos seus pulmões, e sabia que ela não iria durar muito tempo. O rosto dela estava mortalmente pálido, sua pele, fria e úmida pelo rio.

Finalmente, eles estavam lá.

Carregando-a para dentro da sua habitação, Zaron cuidadosamente colocou-a na cama. Um comando de voz preciso e uma das paredes se abriu, permitindo *jansha* – um pequeno aparelho tubular terapêutico – flutuar na sua direção. Pegando-o no ar, Zaron colocou-o na cama antes de começar a despir a garota. Como ela não estava vestindo muita coisa – apenas uma camiseta e short jeans cortado – ele as tirou rapidamente, seu peito apertado ante a cena de ossos salientes e carne rasgada.

Pegando o aparelho, passou sobre o corpo nu, deixando-o diagnosticar seus ferimentos. Como tinha suspeitado, eles eram extensos. Além do dano aos órgãos internos, ela tinha um ferimento na medula espinhal. Mesmo se tivesse conseguido sobreviver, ela teria ficado paralítica da cintura para baixo.

Havia outros ferimentos também. Ossos quebrados, um corte no seu crânio, arranhões e hematomas – todos parecendo ser do acidente. Contudo, havia sinais de traumas anteriores também. Em algum momento, ela tinha quebrado o pulso, e havia tecido com cicatriz na sua perna de algum outro acidente. Ela também tinha se submetido ao primitivo tratamento dental humano, com alguns dos seus dentes escavados e preenchidos com material não orgânico.

Zaron hesitou apenas por algum momento antes de

habilitar o modo completo de cura de jansha. Se ele tivesse mais tempo e os ferimentos dela não fossem tão severos, poderia calibrar o equipamento para focar em ferimentos específicos. Mas daquele jeito, um procedimento corporal completo seria sua única chance de sobrevivência.

O aparelho vibrou por um segundo, liberando os nanócitos reparadores, e Zaron assistia enquanto a carne danificada da garota começava a se compor, todas a suas células se regenerando de dentro para fora.

CAPÍTULO TRÊS

ACORDANDO VAGAROSAMENTE, EMILY NOTOU O FATO DE que se sentia bem.

Na verdade, muito bem.

Ela não sentia nem calor nem frio, o cobertor cobrindo-a era de peso e espessura certos. O colchão sob ela era incrivelmente confortável também; era como se ela estivesse dormindo em algo feito sob medida para seu corpo. Ela também estava surpreendentemente relaxada. A tensão constante atrás do seu pescoço tinha desaparecido pela primeira vez em meses.

Um sorriso de contentamento curvou seus lábios, e Emily se aconchegou sob as cobertas. Esta devia ser a melhor noite dormida em anos. Ela dificilmente acreditaria que tivesse ocorrido numa pousada barata numa área remota da Costa Rica.

Devia ter sido o ar fresco e os exercícios, decidiu ela, ainda relutante em abrir os olhos. Toda aquela caminhada devia tê-la desgastada. *Caminhada...* Algo soou no seu cérebro, algo perturbador...

A queda da ponte! Ofegando, Emily pulou sentando-se, seus olhos se abrindo.

Ela não estava na pousada.

Ela também não estava morta.

Por um segundo, aqueles dois fatos pareciam incompatíveis. Se ela tivesse sonhado todo o evento horrível, não deveria ter acordado no último lugar que lembrava ter ido dormir? E se não tivesse sido um sonho, onde ela estava? Por que não estava morta, ou, pelo menos, severamente machucada?

Com o coração acelerado, Emily observou ao seu redor, apertando o cobertor no peito para proteção. Ela podia sentir o material macio raspando seu corpo – em seu corpo *nu* – e ver que não estava usando nenhuma roupa aumentou seu pânico mil vezes.

Onde diabos estava ela?

Não era um hospital, ela tinha certeza daquilo.

Ela estava sentada em uma cama grande e redonda que tinha o colchão com a textura mais estranha que já tinha visto. Nem molas tradicionais nem o chamado 'memory foam', parecia ter sido feita para adaptar-se aos contornos do corpo dela. A impressão era tão forte que ela podia praticamente sentir a coisa mover-se sob ela.

Além da cama, o cômodo estava completamente vazio. Emily não conseguia nem mesmo distinguir a fonte de luz que cobria tudo com uma luz calma. As paredes, o piso e teto eram cor de creme, como os lençóis na estranha cama.

Também não havia janelas ou portas.

Mas que porra?

Sentindo-se como se estivesse hiperventilando, Emily tentou respirar profunda e calmamente. Teria de haver explicação para aquilo – uma explicação racional. Ela só tinha que entender o que era.

Movendo-se cuidadosamente, ela pulou para o canto da cama e rodou os pés para o chão. O fato de ela poder se mover tão facilmente, sem dor ou ardência, era desconcertante. Se ela não tivesse imaginado caindo da ponte, não deveria ter, pelo menos, um par de ossos quebrados? A alternativa – que aquilo tudo tivesse sido um sonho vívido – não fazia muito sentido em virtude da sua atual localização.

Ficando de pé, Emily puxou o cobertor da cama e se enrolou nele, tentando não transparecer o pânico que se insurgia no canto da sua mente, quando parte da parede na sua frente se dissolveu.

Ela literalmente se *dissolveu*, permitindo que um homem entrasse no cômodo.

Alto e musculoso, ele passou pela abertura tão casualmente como alguém que passasse por uma porta, seu corpo grande movendo-se com facilidade fluida e atlética.

— Olá, Emily — Disse ele, seus olhos fixos nela. — Eu não esperava que você acordasse tão rápido.

CAPÍTULO QUATRO

Totalmente sem palavras, tudo que Emily podia fazer era ficar olhando.

O homem na sua frente era estonteante.

Não era atraente. Não era elegante. Muito menos bonito.

Mas absolutamente estonteante.

Seu cabelo negro brilhante era comprido em cima e tão grosso que acrescentava centímetros à sua já impressionante altura. Suas feições eram nitidamente masculinas e ostentavam as características mais perfeitas que Emily tinha visto. Altas maçãs do rosto, forte mandíbula, lábios cheios – era como se algum escultor tivesse decidido fazer um molde de um deus grego. Mesmo sua pele bronzeada parecia sem falhas, como num quadro que tivesse sido retocado.

Ele parecia estrangeiro, exótico... e estupidamente bonito. Emily não tinha ideia de que raça ou etnia ele pertencia, mas ela nunca tinha visto alguém tão bonito. Ela nem sabia que homens como ele existiam.

E ele sabia o nome dela.

Tão logo aquele fato foi registrado, as suas batidas do coração aumentaram novamente e a sua realidade bateu à porta. Não importava como o homem aparentava; o que Emily precisava saber era onde estava e o que tinha acontecido com ela.

— Quem é você? — Perguntou ela, apertando o cobertor mais forte contra ela. — Que lugar é esse? Como sabe meu nome?

Seu olhar sombrio e ilegível. — Sua licença de motorista estava na sua carteira — Disse ele calmamente, sua voz grave dando calafrios até sua espinha. —, trazia algumas informações sobre você, Emily Ross da cidade de Nova York.

Emily piscou. — Certo, está bem. E aconteceu de você ter minha carteira porque...?

— Porque estava no bolso de seu short — Disse ele entrando na sala. A parede atrás dele se ressolidificou, a entrada desaparecendo como se nunca tivesse estado lá no início.

Emily sentiu os cabelos finos na sua nuca se levantarem. — Que inferno é este lugar? Onde estou? — Ela podia ouvir o tom histérico da sua voz, e se forçou a respirar fundo. Num tom um pouco mais calmo, ela perguntou: — O que aconteceu comigo?

— Sente-se, Emily. — O homem indicou a direção da cama. — Você ainda precisa descansar. Seu corpo sofreu ferimentos sérios.

Emily deu um passo atrás, ignorando sua sugestão. — Você está dizendo que eu realmente caí da ponte? — Ela se sentiu como se estivesse num episódio de *Além da Imaginação*. — Isso é um hospital? Você é um médico?

Seus lábios se curvaram em um leve sorriso. — Não exatamente, mas você pode pensar em mim como tal.

— Isso aqui é um tipo de local de pesquisa?

— Não — O homem parecia vagamente divertido. — Não é nada disso.

— Bem, então é o quê? — Emily exigiu frustrada. — Quem é você?

— Você pode me chamar de Zaron. — Andando para a cama, ele sentou-se nela, esticando suas longas pernas musculosas. Pela primeira vez, Emily notou o fato de que ele estava vestido informalmente, com jeans azul e camiseta branca sem mangas que expunha seus braços musculosos e bronzeados. Nos pés, ele usava um par de sandálias cinza, e seu único acessório era um relógio estranho no seu pulso esquerdo. Se ele fosse um doutor, certamente não estaria vestido assim.

— Zaron? — Repetiu ela, franzindo. — Esse é seu primeiro ou último nome?

Ele apenas continuou olhando para ela, seu olhar sombrio inescrutável, e Emily engoliu seco, vendo que ele não tinha nenhuma intenção de respondê-la. — Ok, Zaron — Disse ela devagar, enfatizando seu nome estranho, — O que aconteceu comigo? Por que estou aqui?

— Você caiu da ponte, Emily. — Sua voz era calma,

seu rosto perfeito sem expressão. — Te achei e te trouxe para cá.

— Certo, aham. — Ela deu um olhar incrédulo. — E como é que estou perfeitamente bem?

— Você está com fome?

— O quê? — Emily piscou, pasma pela mudança de assunto.

— Perguntei se está com fome — Ele repetiu pacientemente, olhando-a com aqueles olhos sombrios e exoticamente belos. — Você não comeu nada por dois dias enquanto estava se curando. Quer algum alimento? — Havia algo no olhar dele que a lembrava do seu gato George – uma força estranha que a fazia se sentir como um rato prestes a servi-lo de brinquedo.

De repente, a comparação parecia se encaixar direitinho – e extremamente ameaçadora. — O que eu realmente queria era alguma coisa para vestir — Disse, então, Emily, totalmente consciente do fato de que estava completamente nua sob o cobertor e presa em uma sala com um homem estranho.

Um homem extremamente grande e musculoso.

Que a tinha deixado nua antes.

As palmas das suas mãos começaram a suar, e a frequência do seu coração acelerando ainda mais. Pela primeira vez, a totalidade da extensão da sua vulnerabilidade ficou clara para Emily. O homem sentado na cama não era apenas belo; ele era também enorme. Muito maior – e indubitavelmente muito mais forte – do que a própria Emily. Com um metro e setenta, ela estava acima da média de altura, mas Zaron era pelo menos uma cabeça mais alto, com músculos de aço amontoados em cada centímetro da sua moldura de ombros largos.

Se ele decidisse machucá-la, não havia uma única coisa que ela pudesse fazer para pará-lo.

Parte do que ela estava sentindo devia estar evidente nas suas feições, pois, ele se levantou, seu corpo poderoso movimentando-se de um modo estranhamente gracioso. — Claro — Disse ele calmamente. —, vou trazer-lhe algumas roupas agora mesmo.

E enquanto Emily olhava chocada, a parede se dissolveu novamente, deixando-o sair pela abertura e, então, imediatamente se ressolidificando, deixando-a presa.

Tão logo a parede se fechou, Zaron respirou fundo, suas mãos se apertando em punho. Ele podia sentir a batida forte do seu coração, e todo seu corpo tenso, seu pau duro e grande pelo desejo. Ele ficou grato pelos olhos dela terem se fixado no seu rosto ao sair da sala; se ela tivesse olhado para baixo, sua natural desconfiança feminina teria mudado para pavor – e com boa razão.

A força da sua reação física em relação a ela era preocupante. Mesmo agora, Zaron conseguia sentir o fraco aroma dela, e suas mãos pinicavam para tocá-la novamente, para sentir a maciez da sua pele cremosa sob seus dedos. Foi necessária toda sua força de vontade para sair, para ir para longe dela em vez de fazer o que seu corpo exigia e afundar-se dentro da carne sedosa dela.

Ele não tinha desejado uma mulher tanto assim em anos.

Oito anos, para ser exato.

Aquela percepção era como um soco no estômago. Por um momento, as memórias ameaçavam consumir Zaron novamente, para levá-lo na cova negra do desespero. Foi apenas pela sua força de vontade que ele foi capaz de levar seus pensamentos de volta para a garota humana – um tema bem mais seguro para pensar.

Pelos últimos dois dias, ele tinha tomado conta de todas as necessidades dela, assegurando-se de que ela ficasse limpa e confortável enquanto se curava. Ele a tinha banhado, lavado o cabelo dela, tomado conta dela enquanto dormia. Até aquele ponto, tinha conhecido mais seu corpo do que o da maioria das mulheres que tinha transado, apesar disso, ele ainda era um estranho para ela.

Um estranho que quase não conseguia conter sua atração por ela.

Ele não tinha certeza de quando seu desejo de ajudar a garota tinha se transformado numa avidez profunda e incontrolável. No começo, tudo que tinha visto foi uma criatura quebrada que tinha que ser consertada – um humano frágil que se agarrava à vida com determinação surpreendente. Ele tinha desejado curar os ferimentos dela, parar o sofrimento, e sexo tinha sido a última coisa na sua mente.

Em algum momento nos últimos dois dias, contudo, aquilo tinha mudado. Conforme seu corpo se recuperava, ele começou a notar a plenitude dos seus seios, a maciez dos seus lábios, suas covinhas sensuais na base da sua coluna... Apesar de magra, sua figura era deliciosamente feminina, e pouco tempo depois, tudo que podia pensar era em tocá-la, sentir o seu gosto... fodê-la.

Era insano. Apesar de bonita, a garota era muito diferente do tipo comum. Durante seu tempo na Terra, Zaron tinha descoberto de que gostava de altas, morenas curvilíneas que o lembravam as mulheres de Krinar, diferente das louras de aparência delicada com a inconfundível cor humana. Nenhum Krinar tinha cabelos tão claros ou olhos daquele estranho tom de azul, mas nela – na Emily – aquela combinação estranhamente atraente, lembrava-o das ilustrações de anjos que tinha visto nos livros humanos. Até onde a espécie dela ia, sua pequena hóspede era mais do que bonita.

Ela era devastadoramente linda.

Pelo menos, seu pau parecia convencido daquele fato.

Respirando fundo outra vez, Zaron forçou suas mãos a se abrirem, determinado a recuperar o equilíbrio. Ele não tinha ideia por que queria tanto aquela garota humana, mas paciência era essencial aqui. Paciência e alto controle. Ele não queria assustá-la. Ela já estava confusa e ansiosa por ter acordado num lugar estranho, numa condição que nenhum humano podia compreender facilmente. Ele tinha que ser cuidadoso com ela, revelar a verdade cautelosamente de uma forma que ela não entrasse em pânico.

Ele não queria que ela tivesse medo dele quando viesse para sua cama.

E ela viria para ele. Coisa que Zaron estava certo. Uma checagem rápida nos antecedentes da sua hóspede tinha revelado que ela não era casada e não tinha filhos, vivendo só num pequeno apartamento no distrito de Manhattan, em Nova York. Ela não foi reivindicada, e Zaron a desejava mais do que tinha desejado qualquer mulher desde Larita.

Ele a queria, e pretendia tê-la.

Tudo que precisava era de um pouco de paciência.

CAPÍTULO CINCO

EMILY ESPEROU ZARON RETORNAR, SEU PÉ BATENDO impacientemente no chão.

Após ele sair, ela tinha ido à mesma parede e tocou-a, tentando descobrir como funcionava. Com certeza, tinha que haver um mecanismo deslizante de algum tipo, e a parede apenas *parecia* que tivesse dissolvido.

Para seu desapontamento, ela não tinha achado nada, apesar de ter notado que a parede tinha uma textura estranha. Parecia quente sob as pontas dos seus dedos – quente e lisa, quase como um ser vivo. Ela se distraiu por um minuto batendo nela, mas se cansou daquilo e sentou-se de volta na cama para esperar o estranho não-exatamente-doutor voltar.

Pela primeira vez na sua vida adulta, Emily não tinha ideia do que fazer. Ela sempre foi a menina calma e criativa, aquela que podia lidar com qualquer problema de uma maneira disciplinada e analítica e chegar a uma solução exequível. Aquela situação, contudo, não era algo que já tivesse passado antes. Ela não tinha ideia de onde estava ou como tinha chegado lá, ou, até mesmo, como estava viva. Tudo naquilo parecia surreal, do homem exoticamente bonito com seu nome soando estrangeiro até o quarto que parecia algo saído da ficção científica.

Seria aquele um local de pesquisa secreta de algum governo no fim das contas? Zaron tinha negado, mas daí, novamente, o que o motivaria a dizer a verdade? Todo aquele lugar – qualquer que fosse – devia ser secreto, e ele poderia ter problemas por dizer qualquer coisa.

O fato de que estava considerando teorias conspiratórias sobre laboratórios secretos de governos divertiu Emily até certo ponto. Ela tinha sempre sido uma pessoa racional, com bom senso, não alguém dada a voos fantasiosos. Mesmo quando criança, ela nunca tinha acreditado em Papai Noel ou coisas como monstros que apareciam no escuro; aquelas possibilidades nunca pareceram lógicas para ela – assim como laboratórios governamentais secretos na Costa Rica pareciam agora.

Mas qual era a alternativa? A pergunta martelava a cabeça de Emily, aumentando sua impaciência. Ela não podia pensar em nada que explicasse sua situação atual – além da sua mente criando todo o cenário. Poderia ser? Seria possível que ela tivesse batido a cabeça e estivesse deitada num hospital com uma lesão cerebral?

Antes que pudesse continuar aquela linha de raciocínio, a parede se abriu novamente e Zaron entrou no quarto, movendo-se com a mesma elegância fluida que ela tinha notado antes.

— Aqui está — Disse ele, dando-lhe um vestido rosa claro e um par de sandálias brancas. —, você pode vestir-se se desejar.

— Hum, obrigada — Disse Emily insegura, pegando os itens dele. — Tem um banheiro que eu poderia usar?

— Claro. — Ele atravessou o quarto, indo para a parede oposta. — Venha, deixe-me mostrar-lhe.

Emily seguiu-o, imaginando onde o banheiro poderia estar escondido. Quando ela chegou perto da parede, ela se dissolveu novamente, criando uma entrada para uma pequena sala. Zaron entrou, indicando para ela se juntar a ele.

— Aquele é o vaso — Disse ele, apontando para um objeto cilíndrico no canto quando ela entrou no cômodo. — Você tem apenas que sentar nele, e ele cuidará de tudo. Então, pode se refrescar perto do outro canto. — Ele apontou para uma pequena saliência parecendo uma pia. — Se você precisar de uma ducha mais tarde, eu posso te mostrar como operá-la também.

Emily sentiu o rosto dela aquecer. — Ok, obrigada. Eu devo conseguir me virar daqui em diante. Você pode sair novamente? Eu só preciso de um minuto.

Os cantos dos lábios dele deram um pequeno sorriso. — Certamente — Disse ele, e com um movimento suave, partiu, deixando Emily sozinha novamente.

Tão logo a parede se fechou, ela largou o cobertor

no chão e colocou o vestido que o homem tinha lhe dado. Era um vestido de verão com alças finas. Para surpresa da Emily, coube nela perfeitamente, moldando gentilmente cada curva do seu corpo. Até mesmo os seios dela se sentiam confortavelmente apoiados pelo forro fino e robusto do corpete. Sendo o material novamente algo incomum. A textura era de lã, mas com a leve sensação de algodão. As sandálias também serviram perfeitamente; era como se fossem feitas sob medida para seus pés. Não havia roupa de baixo, mas Emily decidiu não reclamar sobre aquilo por enquanto. Apenas ter alguma roupa já era um avanço.

Depois, ela virou sua atenção para o vaso. Era um cilindro em pé e oco com bordas arredondadas. Não havia água dentro, nem havia qualquer mecanismo de descarga conectado. Zaron disse que ela tinha apenas que se sentar nele. Emily hesitou por um minuto, pensando naquilo, então, levantou a saia do vestido, sentando-se cuidadosamente no cilindro batendo de ombros mentalmente.

Uma garota tinha que fazer xixi quando tivesse que fazer xixi.

Quando terminou, ela sentiu uma brisa morna movendo sob sua carne exposta. Sua pele formigou por um segundo, e Emily ofegou, pulando do cilindro. O formigar diminuiu rapidamente. Quando ela olhou de novo para o cilindro, ela viu que estava sem manchas, tão perfeitamente limpo quanto tinha estado no início. Ao mesmo tempo, ela viu que também se sentia limpa e seca, mesmo não tendo usado nenhum papel higiênico – outra coisa que faltava no estranho banheiro.

Franzindo desconcertada, Emily voltou ao objeto igual a uma pia no outro canto. Não havia torneiras ou botões, então, ela apenas abanou as mãos para aquilo, esperando que tivesse sensores de movimento. Quase que de imediato, um fluxo morno líquido saiu, cobrindo suas mãos com uma substância de fragrância agradável que lembrava vagamente sabonete. Antes que Emily pudesse esfregar suas mãos umas nas outras, a substância evaporou, deixando suas mãos limpas e secas.

Um antisséptico chique. Legal.

Com todos os assuntos urgentes tratados, Emily foi para a parede onde tinha sido a entrada. Ao se aproximar, a entrada apareceu novamente, como se tivesse sentido-a vindo.

— Certo, ok — Ela murmurou, passando pela abertura antes que aquilo tivesse a chance de fechar novamente. Tão logo ela entrou no quarto, a porta para o banheiro desapareceu.

Emily ficou olhando para aquilo por alguns segundos, então, balançou a cabeça. Ela precisava conversar com Zaron e conseguir algumas respostas rapidamente. Aquilo era ridículo.

Notando um movimento no canto dos olhos, ela se virou e viu que a passagem para fora da sala tinha aparecido novamente. Zaron estava em pé no outro lado da entrada.

— Venha — Disse ele, sinalizando para ela passar

pela abertura. —, gostaria que você me acompanhasse no almoço.

— Ok, claro. — Emily cuidadosamente saiu, desta vez olhando para os lados da parede tentando ver se descobria como era operada. Para seu desapontamento, também não havia nenhum mecanismo visível. Os lados da abertura eram lisos e polidos, sem entalhes ou rebordas que indicassem um tipo de porta corrediça.

Tão logo estava no outro lado, a parede se formou novamente, solidificando-se bem na frente dos olhos de Emily.

Inacreditável.

Virando-se para Zaron, Emily encarou-o frustrada. — Como esta coisa funciona? — Inquiriu ela, batendo na parede. — Que tipo de material é este?

Zaron olhou para ela calmamente. — Eu poderia te dizer o nome disso, mas não significaria nada para você. Sobre como funciona, não sou um projetista, e não seria capaz de te dar uma boa explicação.

Não é um projetista? O que ele quis dizer? — Bem, o que você é então?

Uma vaga ideia de sorriso apareceu nos seus belos lábios. — Sou o que você poderia chamar de um biólogo, com uma especialização extra em edafologia. Eu estudo todas as espécies de criaturas vivas assim como o solo que as nutrem.

Emily piscou. — Entendo. — Então, ele *era* um pesquisador de algum tipo. — E este é seu laboratório?

— Não. — Ele balançou a cabeça. — Esta é minha casa temporária.

Casa? Emily olhou em volta do cômodo incrédula. Como a cama que ela acabara de sair, tudo em volta era decorado em tons de marfim e creme, com uma luz tênue saindo de uma fonte não localizada. Não havia janelas ou portas, e a mobília novamente era mínima. Além de uma prancha longa e branca no meio que lembrava um banco liso e algumas plantas florescendo nos cantos, o cômodo estava essencialmente vazio.

Franzindo, Emily deu um passo para a prancha que parecia um banco. Ela estava quase certa de que seus olhos a estavam enganando porque ... — Esse negócio está flutuando no ar? — Perguntou ela incrédula, se ajoelhando para olhar sob a prancha. — Isso está seguro por algum tipo de ímã?

— Claro que não — Disse Zaron, indo ficar em pé perto dela. — Está utilizando tecnologia de campo de força.

Ainda de quatro, Emily olhou para ele. Pairando sobre ela, ele parecia até maior – um homem poderoso. Um medo indesejável serpenteou sua espinha novamente. — Tecnologia de campo de força? — Repetiu ela devagar, sentindo-se como se tivesse caído num buraco de coelho de ficção científica. — Sobre o que você está falando?

Ele a olhava de forma fria e sombria. — Por que não comemos algo e te explicarei — Sugeriu ele gentilmente. Seu tom era manso, mas Emily podia sentir a força por trás. Ele não tinha nenhuma intenção de responder suas perguntas agora.

— Certo — Disse ela desconfiada, começando a

ficar de pé. — Eu só... — E, então, ela quase ofegou porque a mão dele estava no seu cotovelo, ajudando-a a se levantar. Seu toque era suave, solícito, mas havia algo possessivo na sua pegada, no modo como seus dedos demoraram no braço dela por mais dois segundos antes de soltá-la.

Seu coração pulava na garganta, Emily deu um passo atrás, olhando para ele. Tão ilógico quanto parecia, ela se sentiu marcada pelo seu toque, sua pele pinicando onde ele tinha tocado. Ele estava olhando para ela também, seus olhos brilhando com uma emoção estranha. Pela primeira vez, Emily notou que suas íris não eram castanhas escuras como ela tinha pensado inicialmente – elas eram negras.

Sentindo-se completamente desconcertada, Emily fez o que sempre fazia quando em situações difíceis na sua vida.

Ela vestiu uma máscara alegre.

— Ok — Disse ela radiante. —, vamos comer e conversar.

Animado pelo repentino interesse da garota pela refeição, Zaron a conduziu para a cozinha.

Ele estava feliz de ter tido a oportunidade de tocá-la de maneira casual e não sexual. Era importante fazê-la acostumar-se com seu toque. De muitos modos, seduzir Emily seria como domesticar uma criatura selvagem. Ele precisava se aproximar dela vagarosamente e ganhar sua confiança. Ela precisava acreditar que ele não a machucaria; de outro modo, ela entraria em pânico na primeira sugestão de intenção sexual da parte dele.

A parte boa era que ela estava prestando atenção nele. Era a consciência primitiva feminina de um macho atraente e saudável. Ela devia ter ficado espantada com seu toque, mas ela também tinha ficado sensivelmente excitada. Aquilo tinha se mostrado pela pequena dilatação das suas pupilas e no aumento rápido das batidas do seu coração. Seu cheiro feminino ficou mais forte também. Se Zaron tivesse tocado as dobras delicadas entre suas coxas, sem dúvida, ele as teria achado quentes e escorregadias, o corpo dela instintivamente se preparando para o ato de acasalamento.

Seu povo tinha descoberto a compatibilidade sexual com o *Homo sapiens* há muito tempo. Embora o DNA de suas espécies fosse diferente o suficiente para que nenhum cruzamento fosse possível, os esforços dos Anciãos tinham assegurado que os humanos seriam bem similares aos Krinars em termos de aparência externa e estrutura corporal. Ninguém sabia por que os Anciãos tinham escolhido fazer aquilo daquele modo, mas o resultado final foi uma espécie que muitos Krinars acharam bem desejosos como parceiros de cama – especialmente dado as qualidades afrodisíacas do sangue humano.

E esta humana, em particular, era mais desejável do que a maioria, pensou Zaron, vendo Emily olhando abismada para a mesa e cadeiras na cozinha. Como o sofá na sala de estar, eles eram mantidos no lugar por um tipo de campo de força, dando a impressão de estarem flutuando. Para um humano típico do século vinte e um, tal tecnologia parecia mais mágica – apesar dos humanos estarem agora mais bem informados para não atribuir tudo ao sobrenatural.

Zaron ainda estava debatendo o quanto deveria falar à garota. Nos últimos dois dias, enquanto tomava conta dela, ele tinha pensado na possibilidade de não revelar nada – de fingir que era humano. Ele tinha até mesmo considerado levá-la de volta à ponte e deixá-la lá antes que recuperasse a consciência. Deixar que ela atribuísse sua sobrevivência a um milagre ou sua queda a um sonho, o mais fácil que sua mente aceitasse. Ele tinha hesitado, contudo, seu crescente desejo por ela brigando com sua vontade de evitar situações potencialmente problemáticas – e, então, ela acordou algumas horas mais cedo do que ele tinha esperado.

Agora ele tinha uma humana confusa e desconfiada nas suas mãos – uma humana que lhe dava um olhar frustrado com seus olhos aquamarinhos.

— Deixe-me adivinhar — Disse ela, apontando a mesa. —, mais tecnologia de campo de força?

O divertimento de Zaron aumentou ao sarcasmo velado na pergunta da garota. — Sim, exatamente — Disse ele, indo sentar-se na cadeira flutuante. O material inteligente imediatamente se ajustou ao seu corpo, avaliando sua postura de maneira a prover uma experiência o mais confortável possível ao sentar-se.

— Você quer que eu me sente nisso? — Sua voz aumentou. — Numa tábua que flutua no ar?

— Você não vai cair, eu prometo — Disse Zaron, segurando sua vontade de sorrir quando a garota se aproximou da mesa com todo o entusiasmo de alguém que estava prestes a ser processado por assassinato. — É bem legal, de fato.

— Aham — Murmurou ela, cuidadosamente se abaixando no assento. Então, seus olhos se alargaram. Ela sentiu a cadeira se movendo enquanto se ajustava a ela. Em segundos, estava sentada com suas costas completamente seguras, parecendo bem espantada.

Dessa vez, Zaron não conseguiu segurar um riso. Ele não tinha esperado se divertir com essa parte, mas estava. Apresentando este pequeno humano ao seu mundo podia ser prazeroso em mais de uma maneira, pensou ele, olhando enquanto ela se virava tentando ver as costas da sua cadeira. Claro, que a cadeira inteligente se virava com ela, as costas desaparecendo na hora que Emily tentava estudá-la.

Quando ela se virou para olhar para ele, o olhar no seu rosto era indescritível. — Sério, que troço é esse? — Exigiu ela, suas mãos agarrando as bordas da mesa. — Onde estou?

Zaron riu calmamente. — Você está na minha casa, Emily — Disse ele, pacientemente repetindo a informação que já tinha dado a ela. —, e esse *troço* é minha mobília.

— Que tipo de mobília faz isso? A coisa se *moveu*. Ela desapareceu em mim.

— Sim, desapareceu — Concordou Zaron. — Está projetada para se autoajustar ao seu corpo com o objetivo de te dar o máximo de conforto. Quando você se virou, não era mais confortável para você, então, ela se ajustou.

— Certo, claro. — Apertando seus olhos fechados, ela esfregou suas têmporas com uma expressão de dor no rosto.

Imediatamente preocupado, Zaron cruzou a mesa e apertou as costas da sua mão na testa dela. — Você está se sentindo bem? — Os humanos eram inacreditavelmente frágeis, seus corpos fracos e suscetíveis a toda forma de males que eram totalmente estranhos ao seu povo. Dores de cabeça, por exemplo. Zaron nunca tinha sofrido uma, exceto por alguns poucos momentos após um ferimento na cabeça, mas ele sabia que era uma aflição comum na espécie de Emily.

Ao seu toque, ela pulou para trás, seus olhos abrindo-se rapidamente. — Claro — Disse ela com o mesmo brilho falso. — Estou muito bem. — Quando Zaron continuou olhando para ela em dúvida, ela acrescentou: — Não, sério, estou bem. Tenho certeza de ter caído uns sessenta metros, mas estou totalmente bem.

Zaron escolheu ignorar a última parte do pronunciamento. — Certo — Disse ele, se recostando. —, mas se você tiver uma dor de cabeça, me fale. Posso dar um jeito nisso.

Ela inspirou profunda e vagarosamente, atraindo o

olhar dele para o suave volume dos seus seios. — Como daria um jeito nisso? — Ela perguntou, e Zaron se esforçou a focar no rosto dela.

Agora não era a hora de ceder a essa atração.

— Você me curou antes? — Persistiu ela quando Zaron não respondeu imediatamente. — Como pode ser que eu esteja perfeitamente bem depois de ter caído daquela altura? — Seus olhos se abrindo como se ela tivesse tido algum tipo de pensamento. — Espere um minuto, que dia é hoje? Eu estava em coma ou algo parecido?

— Não, você não estava em coma — Disse Zaron, entendendo sua preocupação. — Hoje é quinta-feira, seis de junho.

— Então, estive desacordada por dois dias.

Zaron assentiu. — Sim, precisamente. — Ele estava ficando com fome, e tinha certeza de que a garota também deveria estar. Explicações poderiam esperar. Mudando para Krinar, ele rapidamente pediu uma salada para ambos.

Emily franziu para ele. — O que você acabou de falar?

— Pedi comida para nós — Explicou Zaron. — Desculpe-me, minha casa não está programada a responder comandos em inglês.

— Aham — Ela estava olhando para ele como se ele fosse maluco. — Mas sua casa está programada para responder a comandos em que língua que foi aquela?

— O idioma em questão é Krinar — Disse Zaron, finalmente chegando a uma decisão. Ele poderia continuar a manter a garota no escuro, mas aquilo não era realmente necessário. Dado ao fato do quanto ela já tinha visto, ele não seria capaz de deixá-la ir embora – e ela iria conhecer a verdade bem breve.

— Krinar? — Ela parecia confusa enquanto repetia a palavra com pequeno sotaque Americano. — Que parte do mundo é isso?

— Krinar é a língua falada em Krina — Disse Zaron calmamente, olhando as feições de Emily. —, meu planeta natal.

CAPÍTULO SEIS

Emily olhou para o belo homem à sua frente, incapaz de acreditar nos seus ouvidos. — Espere... *o quê?* Você disse seu *planeta* natal?

Ele assentiu, suas feições calmas. — Sim, Emily. Sei que vai contra o que sua sociedade aceita como verdade neste exato momento. Se você escolher não acreditar em mim, está bem. Você queria entender por que está viva e por que minha casa parece estranha para você, e estou te dando as explicações. Se não é o que você quer ouvir, é mais do que bem-vinda para acreditar em outra coisa.

Emily engoliu, seu coração começando a bater mais rápido. Ele não parecia estar brincando. Ele a estava olhando com aqueles olhos sombrios, e não havia sinal de riso no seu rosto.

Ele era ou louco, ou ela tinha realmente caído no buraco do coelho.

— Você está falando sério ao me dizer que é um

alienígena?

— Da sua perspectiva, suponho que sou — Disse ele pensativo. —, prefiro o termo *Krinar*, contudo.

— Um alienígena? No sentido de um ser extraterrestre? — Emily não conseguia acreditar que aquelas palavras estavam saindo da sua boca. Aquilo tinha que ser um sonho vívido incomum. Simplesmente tinha que ser. Essa era a única explicação razoável para toda essa cadeia de eventos. Ela tinha que ter sonhado tudo – incluindo a queda da ponte – e estava deitada dormindo no seu hotel.

— Sim — Respondeu ele pacientemente. —, sou de Krina, não da Terra, então, isso me torna um extraterrestre do seu ponto de vista.

Ok, era oficial. Emily estava dormindo. De que outra maneira poderia ela estar sentada numa cadeira que flutuava, numa mesa que flutuava, pertencentes a um homem que era por demais bonito para ser real?

Ou muito bonito para um humano, uma voz baixa sussurrou no canto da sua mente, enviando calafrios até sua espinha.

— Ok — Disse ela vagarosamente —, suponhamos por um momento que isso seja verdade. Se você é de um planeta diferente, então, como chegou aqui e como pode possivelmente parecer humano? — Deixe que o homem do sonho responda *isso*, pensou ela. Tinha que haver limites para a capacidade da sua mente de formular uma explicação que soasse racional durante o sono. A qualquer momento, Emily acordaria e pensaria como tinha conseguido sonhar algo tão estranho.

Para seu desânimo, a pergunta pareceu ter agradado o homem. — Como você possivelmente imaginou, eu cheguei numa nave — Disse ele, seus lábios sensuais se curvando num pequeno sorriso. —, uma nave espacial, se entende. E pelo fato de eu parecer humano, essa é a pergunta errada, Emily. Eu não me pareço humano. — Ele deu uma pausa, observando-a atentamente. — É você que parece uma Krinar.

Emily abriu sua boca para perguntar o que aquilo significava, mas naquele momento, uma parede à sua direita se abriu, e uma tigela cheia de algo colorido saiu flutuando. Chegando à mesa, pousou na frente de Emily. Uma segunda tigela seguiu-se imediatamente, pousando bem na frente de Zaron.

Emily olhou para a mesa, lutando contra a vontade de esfregar seus *olhos. Um sonho,* disse ela para si mesma. *É só um sonho.*

A tigela estava cheia com o que parecia ser uma salada – uma mistura diferente de frutas e vegetais coberto com um molho verde claro. No meio de cada tigela, havia um utensílio estranho parecendo pinças em miniatura.

Cuidadosamente pegando o utensílio, Emily cutucou um pedaço de tomate com ele. — Isso não parece muito alienígena — Disse ela, dando um olhar dúbio para Zaron.

— Não é. Essas são todas plantas terrestres até agora – como esta *Citrus sinensis.* — Levantando um pedaço de laranja com seu próprio utensílio, ele colocou a fruta na boca e começou a comer com clara satisfação.

Emily olhou para ele. — Certo, ok. Então, você pode comer nosso alimento?

Ele engoliu e assentiu. — Com certeza, alguns são realmente bons, na verdade — Disse ele, terminando de comer com bastante entusiasmo.

Ainda segurando o utensílio, Emily ficou observando-o por alguns segundos. Ela sentiu como se o buraco de coelho estivesse aumentando em volta dela, sugando-a mais para o fundo ainda. Por que ela não acordava? Em geral, seria normal para alguém num sonho saber que estava sonhando e, mesmo assim, não ser capaz de acordar?

Não sabendo o que mais fazer, ela começou a comer a salada. Os sabores intensos explodiram na sua língua, a combinação de vegetais saborosos e frutas doces era incomum, mas deliciosa. O molho era tanto forte quanto rico. Emily não conseguia se lembrar de ter comido qualquer coisa nem de perto igual aquilo. Ela gostava de saladas, e esta era uma das melhores que já tinha comido.

Este sonho era muito, muito realista.

Engolindo a porção que estava mastigando, Emily colocou os utensílios na mesa. — Não estou sonhando, estou? — Perguntou ela quietamente, olhando para Zaron.

— Você achou que estivesse? — Ele tombou sua cabeça para o lado. — Esse é o motivo de você estar tão calma? Eu estava imaginando isso. Tudo que sei da sua raça sugere que sua reação deveria ser muito mais extrema.

Emily teve vontade de ter aquela reação "muito mais extrema" agora mesmo.

Levantando-se bem devagar, ela se afastou da mesa, olhando para Zaron. Ela podia ouvir a batida do seu próprio coração, e sua respiração era rápida e superficial. Parecia que não havia ar o bastante na sala.

Se isso estava realmente acontecendo – se sua mente não estivesse cruelmente pregando uma peça nela – não havia como explicar o que ela tinha visto sem se aventurar no terreno do improvável.

— Você pode provar isso? — Sua voz era baixa e trêmula. — Você pode me provar que é de outro planeta?

Ele se recostou na cadeira, um meio sorriso nos seus lábios. — Como você quer que eu te prove, Emily? Não é o bastante o fato de você estar viva e bem quando deveria estar morta devido aos seus ferimentos? Você conhece qualquer remédio humano que possa curar ferimentos tão severos como aqueles?

Emily molhou os lábios. — Qual era a extensão dos meus ferimentos? — As palavras saíram num sussurrou quase inaudível. Ela lembrou da ponte e as grandes rochas abaixo, e seu estômago deu um nó. Pela primeira vez, o fato de estar viva recaiu sobre ela.

Ela estava viva... quando, segundo todo o acontecido, deveria estar morta.

— Você teve múltiplas fraturas ósseas, como também danos severos aos seus órgãos internos —

Zaron disse, tirando uma mecha grossa de cabelo da testa dele. —, sua espinha estava quebrada também.

Sentindo-se como se uma barra de aço estivesse apertando seu peito, Emily lutou para inspirar. Ela podia se lembrar agora – aquele momento desesperado quando seu corpo bateu nas rochas. Ela se lembrava de ter desejado uma morte instantânea, em vez de experimentar agonia.

Com os olhos pegando fogo, ela levantou os braços como se nunca os tivesse vistos antes. Sua pele estava lisa e pálida, completamente sem falhas. Não havia nenhum traço de ferimento de qualquer tipo, nem mesmo um hematoma ou arranhão.

Ela estava viva.

Ela. Estava. Viva.

Quando se conscientizou daquilo, Emily começou a tremer. Ela poderia estar morta. Deveria estar morta. Tinha certeza de que morreria.

E se não tivesse sido pelo homem sentado à mesa, ela estaria.

Levantando os olhos, ela o viu olhando-a com a mesma expressão fria e entretida. — Você me salvou... — Sua voz fraca pelo choque. — Você salvou a minha vida.

Ele assentiu, levantando-se vagarosamente. — Sim — Disse, aproximando-se dela com elegância predatória. —, salvei. — Parando a menos de dez centímetros dela, ele levantou a mão e esfregou as costas dos seus dedos no lado do queixo dela.

Emily inspirou assustada, chocada pela carícia

possessiva inesperada. A proximidade dele era insuportável, somada à sua agitação interna. Sua pele formigou ao toque dele, e ela sentiu calafrios descendo até a espinha, todo seu corpo tremendo de choque.

O homem que tinha acabado de tocá-la – o homem que tinha salvado sua vida – estava dizendo que era de outro planeta.

Com seu coração martelando no limite, Emily deu um passo atrás. — Por que você me salvou? — Sussurrou ela, fitando-o. — O que você quer de mim?

— Você não tem que ter medo, Emily. — Sua voz calma, relaxante, mas ela novamente ficou com a impressão inquietante de um gato enorme brincando com sua presa. — Não vou te fazer nenhum mal.

Ela engoliu em seco, dando outro passo atrás. Ela não tinha certeza se acreditava nele – se acreditava em qualquer dessas coisas. Como podia haver alienígenas humanoides? A ideia andava junto com Pé Grande e sereias. Uma instalação governamental secreta seria um cenário bem mais plausível, exceto que não explicaria como Emily tinha se curado tão rapidamente da queda. Aquele tipo de tecnologia médica não teria ficado em segredo por muito tempo.

Ela não tinha escolha senão a de permitir a possibilidade de que ele estava falando a verdade, e se aquele era o caso, então, ela estava na presença de um extraterrestre real.

Um extraterrestre que tinha salvado sua vida.

Um ser de outro planeta que a estava olhando como um leão olha para uma gazela.

CAPÍTULO SETE

Zaron olhava enquanto Emily afastava-se vagarosamente dele, seus olhos grandes no seu rosto pálido. Ele podia ver a tremida sutil nos lábios dela, e a ânsia de puxá-la para ele, segurá-la, era tão forte que ele quase não conseguia contê-la. O rápido carinho antes só tinha aguçado seu apetite.

Ele a queria. Ele queria tocá-la, sentir a textura acetinada da sua pele. Ele queria rasgar suas roupas e abrir bem suas coxas, mantê-la aberta enquanto entrava forte nela. Ele queria segurá-la novamente contra ele e fodê-la como um selvagem... e, então, penetrar seus dentes na pele macia do pescoço dela e provar o calor e a riqueza rubra do seu sangue.

Sua boca aguou ao pensar naquilo.

— Por que você disse que eu pareço com uma Krinar? — A pergunta dela interrompeu seus devaneios, penetrando a névoa de luxúria que parecia encobrir seu cérebro na presença dela. Ela tinha parado no outro lado da sala e o estava observando desconfiada. Ela se sentia mais segura com um espaço entre eles, concluiu ele; não sabia quão fácil seria para ele cobrir aquela distância com um simples pulo. — Diferente de você parecendo humano, quero dizer. — Explicou ela.

Respirando forte, Zaron se forçou a ficar parado e deu a ela o espaço que precisava. Era natural para ela ficar com medo e impressionada; afinal, os humanos ainda não sabiam sobre os Krinar.

— Porque nós somos a espécie original inteligente — Disse ele, respondendo à pergunta dela. — Sua raça foi criada à nossa imagem, não o contrário.

A língua da garota tremulou sobre seus lábios num gesto de nervosismo que enviou um raio de calor direto para a virilha de Zaron. — À imagem de vocês? Sobre o que você está falando?

— Estou falando sobre o fato de que nós criamos suas espécies... todas as espécies neste planeta, na verdade. — Zaron pausou, deixando que a ficha caísse. — Se não tivesse sido por nós, não haveria vida na Terra.

Os olhos dela se alargaram, uma expressão de incredulidade passando por seu rosto. — O quê? Você está dizendo que vocês nos *fizeram?* Como num laboratório ou algo assim?

— Não, não num laboratório — Disse Zaron. Ele quase que entrou numa longa explicação científica, mas se segurou a tempo. — O que fizemos foi plantar algum DNA aqui dois bilhões de anos atrás — Insistiu ele. —, então, demos um empurrão no percurso, ajudando uma espécie parecida com a Krinar a emergir com o tempo. — Essa era uma simplificação grosseira, mas ele não achava que Emily precisasse dos detalhes evolucionários naquela hora.

Como consequência, a boca de Emily abriu-se e fechou-se sem nenhum som. Zaron podia praticamente ver o funcionamento do seu cérebro ágil dentro daquela bela caixa craniana. Ela não sabia se podia confiar nele ou não, e sua inclinação a princípio era de rejeitar qualquer coisa que não se encaixasse na sua visão de mundo. Mas ela não podia negar o que tinha visto hoje.

— Dois *bilhões* de anos atrás? — Perguntou ela, olhando para ele. — Você está me falando que sua civilização é tão velha assim?

Zaron assentiu. — Sim, já estamos por aí há muito tempo. Nosso planeta é muito mais velho do que o de vocês.

Emily ofegou. — Entendo. — Levantando as mãos, ela esfregou as têmporas novamente, como se estivesse sofrendo de uma dor de cabeça.

Os olhos de Zaron se estreitaram. Ele não gostava da ideia de ela sentir dor – não se ele pudesse ajudar. Era uma coisa estranha, mas até certo ponto, ele sentia que ela pertencia a ele, e ela estar bem era sua responsabilidade. Atravessando a sala em poucos passos, ele parou na frente dela. — Emily... você precisa tomar algum remédio?

Abaixando as mãos, ela olhou para ele, seus olhos

com os cílios grossos mais azuis do que verdes naquela luz. — Não, obrigada. Estou perfeitamente bem. Só que é muita informação para assimilar.

— Claro. — Zaron novamente sentiu vontade de puxá-la para seus braços – desta vez para acalmá-la. Infelizmente, ela ainda não estava pronta para aquele tipo de intimidade, e qualquer movimento que fizesse naquela direção iria assustá-la em vez de reduzir sua ansiedade. Ele preferiu dar-lhe um sorriso tranquilizador. — Entendo.

— Ainda estou na Costa Rica, certo? — Perguntou ela, suas sobrancelhas delicadas se juntando como se a ideia tivesse acabado de vir à sua mente. — Não estou em algum lugar na sua nave, estou?

— Não, não está – e sim, estamos na Costa Rica. Estamos aproximadamente a vinte quilômetros da ponte. Como te disse, esta é minha casa agora.

A testa dela se acalmou, e um pequeno sorriso apareceu nos seus lábios. — Oh, entendo. — Ela parecia aliviada, e Zaron segurou um sorriso, sabendo que a sua pergunta foi provavelmente inspirada por um estereótipo cultural de abdução por alienígenas.

Olhando para a garota, Zaron viu que fazia anos que não sentia aquele aperto. Ele nunca tinha ficado muito tempo com um humano antes, e não esperava que poderia achar aquilo tão agradável. Segundo a carteira de motorista dela, ele sabia que Emily tinha vinte e quatro anos – pouco mais do que uma adolescente comparado com os mais de seiscentos anos dele. Contudo, ela parecia mais madura do que uma

Krinar da mesma idade, provavelmente porque a sua espécie geralmente atingia a idade adulta naquela época.

De repente, ele viu que pela última hora não tinha pensado em Larita uma única vez. Uma pontada aguda de agonia acompanhou essa percepção, e ele imediatamente retirou o pensamento da cabeça. Ele gostava do jeito que se sentia perto daquela humana, e pretendia continuar com aquele sentimento.

Emily limpou a garganta, atraindo a atenção dele de volta a ela. — Zaron — Falou ela brandamente, continuando a olhá-lo —, ainda não te agradeci por ter me curado. Lembro-me da queda, e sei que deveria ter morrido — Ela engoliu, sua voz tornando-se arrastada — e ainda nem posso começar a agradecê-lo por fazer o que quer que tenha feito...

— Tudo bem, Emily— Zaron interrompeu, vendo que ela estava quase chorando. — Eu simplesmente estou feliz por você estar viva.

Ela engoliu novamente, então, deu um sorriso trêmulo e grato. — Desculpe-me, eu não tinha a intenção de ficar tão emocionada na sua frente. Acho que até mesmo alienígenas ficam nervosos quando uma garota está quase chorando, hum?

— Você não tem ideia — Disse Zaron secamente. Ele odiava ver lágrimas de uma mulher; elas o faziam sentir-se impotente. Sempre que Larita chorava, se virava do avesso para reparar o que quer que fosse que estivesse incomodando-a. Emily não parecia dada a chorar, e ele gostava daquilo. A beleza angelical da garota humana escondia uma força interior que ele não podia deixar de admirar.

O sorriso de Emily se alargou, iluminando todo seu rosto. — Bem, nesse caso, não vou chorar. Só direi obrigada, e é isso.

Zaron riu. — Bom, esse é o jeito...

Uma pequena vibração no seu pulso o surpreendeu, cortando-o no meio da frase. Olhando para o computador que trazia no braço, Zaron viu uma mensagem urgente esperando por ele. — Desculpe-me — Disse ele, dando a Emily um olhar de desculpas. —, volto em um minuto.

Antes que ela pudesse responder, ele rapidamente foi para seu estúdio. Uma reunião solicitada pelo Conselho sempre precisava ser respondida rapidamente.

COM O CORAÇÃO BATENDO RÁPIDO, EMILY VIU ZARON desaparecer para dentro de outra sala. Por um segundo ali, ela sentiu o começo de uma conexão genuína – uma conexão que era tanto excitante quanto desconcertante.

Ele a fazia nervosa, mesmo assim, ela se sentia atraída por ele. Quando estavam conversando, se achou imaginando como seria se ela passasse as pontas dos dedos nas linhas retas de suas sobrancelhas e sentisse a textura do seu cabelo grosso e brilhoso. Com ele parado tão perto, ela tinha ficado completamente consciente do seu corpo grande e musculoso, da sua perfeição puramente masculina.

Era ridículo. Ele era belo, sim, mas como ele mesmo tinha dito, não era humano. Ele era Krinar, um alienígena de uma civilização de muitos bilhões de anos.

Uma civilização que supostamente tinha criado a vida na Terra.

Apertando seus olhos fechados, Emily por reflexo esfregou suas têmporas novamente. Quando ela disse a Zaron que era muita informação para assimilar, não estava brincando. Seu cérebro parecia que ia explodir, seus pensamentos dando voltas. Ela não tinha uma dor de cabeça forte, mas, com certeza, havia uma tensão na sua testa.

Suspirando, Emily abriu seus olhos e voltou para a mesa, sentando-se numa das cadeiras flutuantes. Quando o objeto se moveu em volta dela, se moldando ao seu corpo, ela propositadamente relaxou ante o movimento, deixando que aquilo fizesse seu trabalho. Ela estava ficando acostumada a algumas das tecnologias de Zaron – pelo menos, as mais básicas, do tipo domésticas.

Quão avançados eles devem ser? Imaginou ela, parte da tensão lhe abandonando quando a cadeira começou uma vibração calmante para relaxar seus músculos. Claramente Zaron tinha sido capaz de vir à Terra, então, eles deviam ter dominado a tecnologia de viagem interestelar. Viagem em velocidade mais rápida do que a luz, talvez? De acordo com as teorias atuais, tal coisa era impossível, mas, do mesmo modo, era curar ferimentos do tipo que Emily teve pela sua queda. A medicina Krinar estava tão à frente de qualquer coisa que Emily tinha ouvido falar que ela não podia nem imaginar o que mais eles poderiam fazer. Teletransporte, talvez? Havia tantas possibilidades para essas tecnologias legais que sua cabeça estava girando.

Emily sempre tinha tido um interesse por ciência, sempre lendo artigos sobre as últimas descobertas e assistindo a programas sobre a natureza na televisão. Às vezes ela até gostaria de ter escolhido biologia ou astrofísica como campo de estudo. Mas não o fez. Em vez disso, foi para finanças, seduzida pela dinheirama de Wall Street. Depois de ter crescido em lares adotivos, Emily buscava segurança financeira e estabilidade, e o sistema bancário tinha parecido perfeito para conseguir aquilo rapidamente. Para ter sucesso na maioria das áreas científicas, precisava-se de uma pós-graduação – um Ph.D. ou, pelo menos, um mestrado. Mas para se tornar um analista de investimento num banco, quatro anos numa faculdade de prestígio, uns dois estágios durante o verão, e disposição para trabalhar mais de oitenta horas por semana seriam mais do que suficiente. Com vinte e quatro anos, Emily estava bem no caminho de alcançar seu propósito de segurança financeira, com sua conta poupança saudável e crescendo – pelo menos até a bolsa de valores receber seu mais recente baque.

Agora, suas economias tinham diminuído pela

metade, e ela tinha perdido o emprego que consumiu sua vida nos últimos dois anos. Emily esperava a costumeira amargura tomar conta dela, mas tudo o que sentia era uma pequena ponta de desapontamento. Pela primeira vez desde as demissões, ela não estava preocupada com o futuro. Tinha coisas muito mais importantes na sua mente – como o fato de um alienígena ter salvado sua vida.

A simples insanidade daquele pensamento quase a fez gargalhar. Por um momento, ela tinha tido aquela sensação estonteante de Alice no País das Maravilhas, mas, então, deu mais algumas respiradas calmantes e conseguiu se segurar. Ela precisava ser capaz de raciocinar sem dar chiliques porque se o que Zaron dizia fosse verdade, as implicações eram extraordinárias.

Havia outra raça inteligente lá fora – uma espécie bem mais avançada do que a humana. Uma raça que tinha supostamente criado indiretamente os humanos. O que eles queriam? Por que Zaron estava aqui, morando na floresta da Costa Rica? Por que ele tinha se dado ao trabalho de salvar a vida de Emily?

Também, por que ninguém sabia nada sobre os Krinars? Se o povo de Zaron era o real criador da humanidade, não deveriam os humanos já os terem conhecido há muito tempo?

Uma sensação de frio se espalhou pelo corpo de Emily quando ela respirou instável, depois outra, e outra. O peito dela estava começando a apertar novamente.

Só havia uma resposta para aquela pergunta.

Ninguém sabia sobre os Krinars porque eles não queriam revelar sua existência para os humanos.

Mesmo assim, Zaron tinha arriscado se expor deixando Emily ver sua casa, por falar-lhe o que ele era e de onde tinha vindo. Ele não parecia preocupado que ela pudesse ir para a mídia com aquele conhecimento, ou que ele tinha potencialmente posto em risco o que tinha sido segredo por milhares de anos no que tange à sua raça.

Levantando-se devagar, Emily olhou para a parede cor de marfim, suas mãos segurando a mesa sem que percebesse.

Será que Zaron estava falando tudo aquilo com ela porque ele não a deixaria ir embora?

CAPÍTULO OITO

Ao entrar no estúdio, Zaron ativou o módulo de reunião no seu computador e fechou seus olhos por um segundo. Quando os abriu, ele estava em pé numa enorme câmara branca – o local de reunião do Conselho em Krina. Ele não estava lá fisicamente, claro, mas a simulação era real o bastante para poder ver, sentir, tocar e sentir o cheiro de tudo, quase como se ele estivesse lá pessoalmente.

Havia apenas três Conselheiros esperando por ele lá: Korum, Arus e Saret. Não era uma reunião formal então, concluiu Zaron; para isso era necessário que todos os quinze membros do Conselho estivessem presentes. Inclinando a cabeça em sinal de respeito, ele esperou para ver por que tinha sido chamado.

Os três homens sentados na sua frente estavam entre os mais influentes em Krina, cada um deles já estando no Conselho há mais tempo do que Zaron tinha vivido. O Conselho – o corpo regente formal de

Krina – prestava contas apenas aos Anciãos, os nove Krinars mais velhos em existência. E como os Anciãos raramente interferiam com qualquer coisa, isso significava que o Conselho gozava de poder quase ilimitado quando se tratava de aprovar leis e assegurar a ordem na sociedade.

Até dois anos antes, Zaron tinha se encontrado ocasionalmente com alguns dos Conselheiros em situações sociais. Mas desde que o Conselho começou a ficar interessado na sua pesquisa, ele ficou conhecendo a maioria dos seus membros.

— Bom te ver, Zaron — Disse Arus, dando um passo à frente. — Obrigado por responder tão rápido. Estamos quase saindo e queríamos nos atualizar com você por um minuto para ver se fez mais algum progresso na seleção dos lugares. — Sua expressão era agradável e mostrava razoável interesse, com o propósito de fazer o outro se sentir à vontade. Com um histórico em estudos da sociedade, Arus era o perfeito político, bem quisto e respeitado por quase todos – Zaron incluído. Foi Arus quem se aproximou dele há dois anos sobre o assunto de liderar os esforços de assentamento, resgatando Zaron da depressão desoladora que o tinha consumido desde a morte de Larita.

— Fiz — Respondeu Zaron. —, acho que o lugar mais promissor é aquele da região Guanacaste de Costa Rica. — Um toque no seu relógio trouxe um mapa detalhado tridimensional da Terra, e ele deu zoom no lugar do qual se referia. — O clima se parece muito com algumas áreas de Krina, e eu devo conseguir alterar o solo o bastante para fazê-lo acolhedor para muitas das nossas plantas comestíveis.

— E os outros nove centros? — Desta vez foi Korum que falou, seus olhos incomuns, cor de âmbar, olhando para Zaron com inteligência sagaz e penetrante. Dos três membros do Conselho, ele era de longe o mais intimidador, com uma reputação de impiedoso que ia bem além da ambição comum. Ele também era a força motivadora por trás da invasão que se aproximava.

— Eu tenho sete dos locais selecionados — Disse-lhe Zaron. —, os dois restantes serão finalizados em algumas semanas. Eles devem ficar nos Estados Unidos, para que tenhamos presença lá. Eu já diminuí minha amostragem para Flórida, Arizona e Novo México, mas cada um desses lugares precisa ser explorado mais detalhadamente antes de fazermos nossa escolha final.

— Muito bem. — Arus deu-lhe um sorriso de aprovação. — Isso já é um progresso. Eu suspeito que nos primeiros meses ficaremos a maior parte do tempo na nave de qualquer modo, até que os humanos se acostumem com nossa presença.

— Vocês estão esperando muitos distúrbios? — Zaron perguntou, tentando fazer um quadro de como tudo se desdobraria. Dada às reações de Emily às suas revelações, ele suspeitava que muitos humanos teriam dificuldade em lidar com algo tão fora da sua estrutura de crenças aceitáveis.

— Não muitos, esperamos — Respondeu Saret, falando pela primeira vez. Considerado o especialista mais inteligente em Krina, ele era quieto e geralmente relaxado, não se importando em aparecer ante as personalidades mais fortes do Conselho. — Acho que alguns ficarão nervosos quando chegarmos, mas temos esperança que, uma vez que tenhamos explicado tudo...

— Eles se ajustarão. — Disse Korum soando impaciente. — Eles não terão escolha quanto a isso. Além do mais, pelo que observamos, é uma raça calma e adaptável.

Arus franziu para Korum, então, se virou para Zaron: — Obrigado pelas informações. É exatamente isso que esperávamos ouvir. Tem mais alguma coisa que deveríamos estar atentos por enquanto?

— Não. — Disse Zaron, apesar de ter pensado em Emily, por alguma razão estranha. O Conselho não estaria interessado em algo tão trivial como uma humana ficando na sua casa, então, não havia necessidade em informá-los sobre aquilo.

— Nesse caso, nos vemos na Terra — Disse Arus, e a sala saiu de foco em volta de Zaron, fazendo-o fechar os olhos.

Quando ele os abriu, o ambiente virtual da reunião tinha desaparecido, e ele estava em pé no seu próprio estúdio.

~

Quando Zaron retornou, Emily estava com os

nervos à flor da pele. Ela tinha voltado ao cômodo que achava ser a sala de estar – aquela com a prancha longa e flutuante que, quando ela se sentou, se transformou no sofá mais confortável que poderia imaginar. Tinha se sentado ali por alguns minutos, pensando na situação, então, se levantou para procurar uma saída, muito nervosa para ficar parada. Passando as mãos pelas paredes, tentou achar algo, qualquer coisa, que indicasse a presença de uma porta, mas as paredes eram frustrantemente lisas e quentes sob seus dedos.

Abandonando aquela tarefa fútil, Emily começou a andar.

Até onde sabia, se Zaron quisesse que a existência do seu povo ficasse em segredo, só haveria três opções no que se referia à Emily. Ele poderia falar-lhe para ir e confiar que ela ficaria calada; ele poderia alterar suas memórias (presumindo-se que eles tivessem aquele tipo de tecnologia); ou ele poderia fazer algo que a inibiria de contar aos outros – como levá-la para seu planeta quando eles saíssem. Teoricamente, ele poderia também matá-la, mas isso não faria muito sentido, pois ele tinha tido muito trabalho para salvar sua vida.

Ela esperava muito que ele estivesse tendendo para a opção 'confiar nela'.

— Me desculpe por aquilo. — A voz forte de Zaron interrompeu os pensamentos de Emily, fazendo com que ela se virasse surpresa. Apesar do seu tamanho, o salvador dela andava com uma leveza incrível. Ele já estava alguns passos à sua frente, e ela não tinha nem mesmo ouvido-o entrar.

— Ah, sem problemas. — Emily deu a ele um sorriso mais do que largo para esconder seu nervosismo. — Tenho certeza de que você tem muitas coisas importantes para fazer e, provavelmente, estou te distraindo de fazê-las. Se você não se importa, eu posso simplesmente seguir meu caminho... — Sua voz diminuindo enquanto a expressão de Zaron ficava sombria.

— Você não está me distraindo. — Ele andou na direção dela sem fazer nenhum som. Pela primeira vez, ela sentiu que havia algo que não era bem humano no jeito que ele se movia, algo que a fazia pensar num carnívoro perseguindo sua presa. — Você ainda precisa se recuperar, Emily, e é meu prazer tê-la como minha hóspede.

— Ah, não, eu me sinto perfeitamente bem — Protestou ela, seu coração pulando ao ver que ele *não* tendia para a opção 'confiar'. — Qualquer que tenha sido o remédio que você usou em mim foi espantoso, e eu me sinto tão saudável quanto já estive...

— Emily... — Zaron parou alguns passos perto dela, seus olhos escuros parados nela. — Por favor, não fique estressada. Seu corpo passou por um trauma severo, e você precisa de tempo para se curar completamente.

— Quanto tempo?

— Algumas semanas.

— Algumas semanas? — Emily olhou para ele, sentindo um pequeno desconforto. — Não posso ficar na Costa Rica por esse tempo. Tenho que voltar para casa; minhas passagens de avião são para sábado.

Zaron considerou silenciosamente. — Te compro outras passagens — Disse ele depois de um momento. —, isso não é problema.

— Verdade? — Emily piscou. — Você pode me comprar passagem de avião? — O que ele iria fazer, comprá-las online ou com cartão de crédito? Será que alienígenas tinham cartão de crédito? Ela pensou nele solicitando um Mastercard da sua nave espacial e mordeu sua bochecha para não cair numa gargalhada quase histérica.

— Claro. — Ele ficou intrigado com a pergunta dela. — A riqueza humana não é algo que nos falta. Eu posso te comprar qualquer coisa que você queira, Emily.

A vontade de rir desapareceu sem deixar vestígios. — Isso é muito generoso da sua parte — Disse ela, tentando ficar calma —, mas eu me sentiria terrível por te pedir que gastasse seu dinheiro comigo. — Ela tentou outro sorriso. — Por que eu simplesmente não ligo para a companhia aérea e peço para eles alterarem minha data do voo? Se você acha que não estou em forma o bastante para viajar, eu poderia provavelmente ficar aqui mais alguns dias. Eu só precisaria fazer os arranjos apropriados...

— Emily... — Ele deu um suspiro bem humano. — Como você já deve ter imaginado, eu não posso deixá-la fazer isso.

O coração dela subiu ao pescoço. — Eu não falaria com ninguém sobre você - eu juro, não falaria. — Emily sabia que estava balbuciando, mas não conseguia evitar. — Você salvou minha vida e eu não te trairia. Além do mais, quem acreditaria em mim? Ninguém acredita em alienígenas...

— Isso não importa — Disse ele, interrompendo os apelos insistentes dela. — Eles não precisariam acreditar em você para isso. Tudo que precisariam fazer seria comparar seus antigos registros dentários com os atuais.

— Meus registros dentários?

— Seu corpo foi submetido a um procedimento de cura total — Disse Zaron. — Isso significa que *todos* os seus ferimentos foram curados, incluindo os que atingiam sua dentição primitiva. Seus dentes agora não têm nenhum traço de cárie ou restauração, e fazer o tecido se recuperar desse jeito não é algo que a ciência de vocês seja capaz de fazer ainda.

O pânico aumentando, Emily passou sua língua pelos dentes num esforço de checar o que ele estava dizendo. Sua boca realmente parecia levemente diferente, mas ela não sabia se estava apenas imaginando coisas.

— Você tem um espelho? — Perguntou ela, tentando diminuir sua respiração frenética. O que mais tinha o procedimento dele feito com ela? Estava ela de algum modo diferente?

Ele sorriu em resposta e disse alguma coisa na sua língua. As palavras soaram um pouco gutural nos ouvidos dela.

— Aqui — Disse ele, apontando para a parede à sua direita. —, dê uma olhada.

A parede tinha se tornado um espelho gigante – uma transformação que quase não surpreendeu Emily naquele momento. Indo para o espelho, ela abriu bem a boca, tentando ver os seus dentes de trás, onde seu amor por doces na infância deixou algumas cáries.

Não havia traços daquelas cáries ou restaurações. Seus dentes estavam tão brancos e perfeitos como se ela tivesse implantado novos.

Zaron não tinha mentido. Seu procedimento tinha deixado uma marca indelével – evidência que algo tinha sido feito a Emily que a ciência moderna não podia explicar.

Fechando sua boca, Emily se virou para Zaron, que estava olhado seus gestos com certo tom de divertimento. — Tem outras coisas mais? — Perguntou ela calmamente. — Eu mudei de outros modos?

Os lábios dele se curvaram num pequeno sorriso. — Não, Emily. A não ser que você conte o fato de não ter mais algumas cicatrizes como uma mudança.

Levantando a saia do seu vestido alguns centímetros, ela examinou sua coxa esquerda. Um dos seus irmãos de criação a empurrou num latão de lixo quando ela tinha doze anos, causando um corte profundo na sua perna por vidro quebrado. A cicatriz que ficou a fez tão autoconsciente do seu desenvolvimento como adolescente que ela desistiu de usar short por cinco anos. Foi apenas como adulta que Emily começou a aceitá-la como parte do seu corpo... e, agora, a cicatriz tinha desaparecido.

Desaparecido completamente. Apagada por tecnologia alienígena.

Pasmada, Emily levantou os olhos para notar o olhar de Zaron do outro lado da sala. — Não está mais aqui. Ela e minhas obturações... se foram.

Ele assentiu. — Sim.

— Então, o que você está planejando fazer comigo agora? — Ela fazia o máximo para segurar o pânico. — Você vai me levar para seu planeta?

— Não, claro que não. — Ele parecia se divertir novamente. — Eu te disse que você só ficaria por duas semanas. Dezessete dias, para ser exato.

— Por quê? O que vai mudar em dezessete dias? — Emily ainda teria seus dentes perfeitos e seu corpo sem cicatrizes. Se ele não confiava nela agora, por que ele achava que poderia confiar nela em dezessete dias?

— Em dezessete dias, não importará se você contar para os outros sua história. — Disse ele, atravessando a sala para ficar perto dela. —, não vai nem importar se seus jornais acreditarem em você. — Ele pausou por um segundo, olhando para ela, então, disse calmamente: — Veja, Emily, então meu povo já terá chegado.

CAPÍTULO NOVE

ZARON OLHAVA ENQUANTO AS PUPILAS DE EMILY SE dilatavam e ela ficava cada vez mais pálida. — O quê? — Sussurou ela. — O que você que dizer com 'seu povo terá chegado'?

— Estamos nos preparando para fazer contato com sua raça formalmente. — Zaron se curvou contra a parede espelhada. — Em dezessete dias, faremos contato com seus líderes – e a essa altura, você poderá retornar à sua vida normal se assim o desejar.

— Vocês vão se revelar para nós?

— Sim — Confirmou Zaron — Sendo assim, você não tem nada com o que se preocupar. Você pode simplesmente ficar aqui como minha hóspede e se recuperar por mais um tempo.

Ela inspirou fundo. — Certo, como sua hóspede. Até seu povo chegar. Até que todos saibam que alienígenas existem. Entendi. — Ela soava com se estivesse em choque, e Zaron queria puxá-la para ele e balançá-la para frente e para trás para diminuir sua ansiedade – e, então, levá-la para a cama e fodê-la por completo. A mistura curiosa de protecionismo e luxúria que ela despertava nele era diferente de qualquer coisa que tinha experimentado antes. Mesmo com Larita...

Não. Ele parou aquela linha de pensamento antes que fosse muito longe. Era ridículo comparar seus sentimentos por sua parceira com a atração física primitiva que estava experimentando com esta humana. As duas não tinham nada em comum. Ele devia muito bem tentar experimentar substituir Larita com um animal de estimação, como alguns humanos tentavam fazer com seus amados.

Para ser justo, então, Emily daria um animal de estimação excelente para ser fodido, pensou ele secamente, seu olhar descendo para a inteireza deliciosa dos seios dela sob a luz do tecido do seu vestido.

— Por que agora? — A voz dela puxou-o de um devaneio em que ele estava abaixando a parte de cima do vestido dela e moldando aqueles suaves e claros montes nas suas mãos. Forçando seus olhos de volta para o rosto dela, ele viu que parte do choque nela tinha diminuído. — Por que vocês escolheram se revelarem para nós agora?

— Porque esta é a hora — Zaron respondeu. — Porque achamos que vocês estão prontos. — E porque o Conselho estava preocupado pelo impacto que os humanos estavam tendo no seu planeta, mas isso não era algo que ele pretendia falar com Emily neste momento.

Ela olhou para ele. — Entendo. Então, vocês apenas irão mostrar suas espaçonaves e dizerem: 'Olá, chegamos'?

Os lábios dele se contorceram num breve sorriso. — Sim, quase isso. — Iria haver mais do que aquilo, mas ela não precisava saber disso, também.

— Ok, bem, se esse é o caso, então, eu entendo seu dilema com o cronograma — Disse ela vagarosamente —, e sou extremamente grata por tudo que tem feito por mim. Mas eu tenho um problema também. Não posso ser sua hóspede por tanto tempo porque tenho obrigações em casa. — Ela respirou. — Tenho uma importante entrevista de emprego na semana que vem. Uma entrevista muito importante que de forma alguma posso perder. Eu também tenho um gato que minha amiga está cuidando para mim, e ficará muito preocupada se eu não retornar no sábado.

— Seu gato? — Zaron franziu em confusão. Ele tinha estudado a espécie *Felis catus* recentemente, e eles raramente exibiam esse tipo de apego aos humanos.

— Não, claro que não. — Emily deu a ele um olhar exasperado. — Minha amiga.

Zaron não conseguiu evitar rir daquilo. — Ah, isso faz mais sentido.

Um sorriso de resposta apareceu no rosto da Emily. — Sim, faz, não faz? — Mudando para um semblante mais sombrio, ela disse: — Mas, sério, você não precisa se preocupar comigo. Não falarei uma palavra a ninguém sobre o que aconteceu – e evitarei doutores e dentistas como uma praga pelos próximos dezessete dias, só no caso de eles me examinarem por sinais de procedimentos de alienígenas.

Zaron suspirou. Ele já conseguia ver que convencer Emily a desfrutar de sua extensão das férias não seria tão fácil quanto ele esperava. Ela estava certa: dificilmente haveria qualquer dano deixá-la voltar à sua rotina a essa altura. Contudo, até que os Krinars oficialmente fizessem contato, ele estava impedido pelo mandado emitido pelos Anciãos de não exposição, e o mandado afirmava que ele não tinha permissão para fazer nada que pudesse expor sua raça para os humanos antes da chegada da nave.

Havia ainda outro motivo – um que Zaron era relutante de admitir mesmo para si próprio. Ele não queria deixar Emily ir antes de testá-la... antes de satisfazer a fome que queimava dentro dele.

Não. Não era aquilo, disse ele para si próprio. Ele estava meramente cumprindo o mandado, como deveria qualquer Krinar cumpridor da lei.

— Sinto muito, Emily — Disse ele. — Eu entendo que você possa ter a intenção de não revelar nada, mas eu tenho que seguir as leis. Desculpe-me em ter que insistir que você fique aqui por mais um pouco.

Os macios lábios dela se apertaram. — Certo. Por duas semanas e meia.... sem deixar ninguém saber onde estou ou o que aconteceu comigo.

Zaron expirou, começando a se sentir frustrado. — Você pode enviar um e-mail para sua amiga se desejar.

— Deveria ser bem fácil controlar o que o e-mail diria, particularmente se ele acessasse a conta do e-mail dela e enviasse a mensagem ele mesmo.

— Seria bom, mas eu ainda tenho aquela entrevista – e eu não posso perder ou remarcar — Disse Emily — É com uma das maiores empresas de fundo de investimento de Nova York, e é o emprego dos meus sonhos. Tenho me preparado para isso por dois meses, desde que fui despedida. Na Evers Capital, eles não aceitam desculpas, e eles não vão me dar outra oportunidade se eu faltar. Bill Evers – o cabeça da instituição – é conhecido por colocar o trabalho em primeiro lugar e o resto todo, em segundo. Certa vez, ele sofreu um acidente de carro que o colocou em coma, e no primeiro dia que saiu do coma, ele foi de cadeira de rodas para seu escritório. — Havia um tom de admiração na voz dela que irritava Zaron por alguma razão.

Seu temperamento começou a aumentar. — Olha só, Emily, você precisa entender uma coisa aqui. — Disse ele se afastando da parede. — Você só está viva porque eu te achei e te trouxe aqui. Se não fosse por mim, você estaria indo para casa em um saco neste exato momento...

Ela ficou chocada, começando a empalidecer.

— ... Então, você deve pensar antes na próxima vez que se preocupar em perder uma entrevista. — Ele deu uma pausa, ainda se sentindo inexplicavelmente com raiva dela. Quando ele continuou a falar, suas palavras saíram mais ásperas do que pretendia. — Você é minha hóspede, e ficará como tal até que o mandado não esteja mais valendo.

— Entendo. — O tom dela era calmo, mas havia um tom suspeito nos olhos dela enquanto olhava para ele. — Então, nos próximos dezessete dias sou sua prisioneira.

Os olhos de Zaron se estreitaram. — Chame do que desejar.

Antes de dizer ou fazer qualquer coisa que pudesse se arrepender mais tarde, ele se virou e andou rapidamente para seu estúdio.

Depois que ele saiu, Emily se encostou na parede espelhada, se abraçando protetoramente. Ela não sabia o que tinha provocado a raiva de Zaron, mas sabia que não seria inteligente da sua parte provocá-lo na situação em que ela estava. Deveria apenas ter aceitado sua 'hospitalidade', daquele jeito, em vez de querer argumentar.

Não era tão ruim assim, ela disse para si mesma, ignorando o aperto na barriga. Ele só a estava mantendo por duas semanas, não a estava levando para fora do planeta como ela temia inicialmente. De certo modo, ele estava certo: era tolice se preocupar com a perda de uma oportunidade de trabalho quando ela tinha quase morrido dois dias atrás. Quando Emily estava pendurada naquela ponte, sua carreira tinha sido a última coisa na sua mente. Ela era grata que

Zaron tinha escolhido salvá-la... mesmo se tudo dentro dela estivesse em fúria por ser prisioneira, de ter negada sua liberdade pelo tempo que ele julgasse necessário.

Se havia uma coisa que Emily odiava era estar confinada. Antes de entrar no sistema de adoção, ela tinha vivido com a irmã do seu pai – uma mulher antissocial que não tinha a mínima ideia de como lidar com alguém de quatro anos que tinha acabado de perder os pais. Sempre que Emily não se comportava, sua tia a trancava no seu quarto como punição, às vezes por vários dias de uma vez só. Wendy Ross nunca foi abusiva, estritamente falando – ela levava refeições para Emily e dava-lhe brinquedos para brincar – mas Emily ainda odiava estar trancada. Mesmo agora, a mera ideia de estar presa em algum lugar contra sua vontade era o bastante para fazê-la sentir-se como um animal enjaulado: preso numa armadilha e furioso.

Não, não fique pensando nisso. A última coisa que ela precisava era que sua estranha fobia de interiores aparecesse. Inspirando fundo, Emily foi para a tábua sofá e sentou-se, deixando a mobília alienígena envolver seu corpo e liberá-la da tensão. Se ela não focasse no fato de que estava sendo mantida presa, sua situação até poderia ser vista como uma excelente oportunidade – uma chance de conhecer um ser inteligente de outra raça.

Uma raça que todos os humanos conheceriam em breve.

A magnitude do que Zaron tinha acabado de falar

para ela era quase que demais para se acreditar. O cérebro de Emily estava buzinando com milhões de perguntas. Por que o povo de Zaron decidiu que os humanos estavam prontos para o primeiro contato? O que aconteceria quando eles aparecessem? Ela não podia imaginar que todos os acolheriam de braços abertos, mesmo se os Krinars tivessem intenções pacíficas. Quais eram suas intenções, finalmente? Simplesmente chegar e cumprimentar ou havia algo mais? E como o planeta reagiria à sua chegada? Para a revelação de que os humanos não estavam sós, que tinham sido criados por uma antiga raça extraterrestre?

Uma raça muito bela e humanoide.

Para seu espanto, Emily concluiu que estava se sentindo seriamente atraída por Zaron. Ela tinha estado tão sobrecarregada com tudo que ele tinha falado que aquilo havia, de algum modo, escapado dela, o puro impacto físico que ele tinha nos sentidos dela. Mesmo agora, apenas por pensar nele, ela já sentia sua pele aquecer e uma umidade morna se avolumar entre suas coxas. A atração que ela sentia por ele era diferente de tudo que tinha experimentado antes, era tão forte quanto desconcertante.

Zaron parecia um humano – *ok, bem melhor do que um humano* – mas ele não era humano. Se aquela raça realmente se desenvolveu num planeta diferente, deveria haver algumas reais diferenças entre suas espécies, e, até aquele ponto, Emily podia apenas especular quais seriam as diferenças. Não fazia sentido ela se sentir atraída sexualmente por ele, mas seu corpo não se importava com aquilo. Quanto aos hormônios, Zaron era a coisa mais deliciosa que eles já tinham entrado em contato.

Excelente. Era tudo o que ela precisava agora: Uma forte Síndrome de Estocolmo, e por um alienígena, nada menos. Emily gemeu mentalmente, afundando seu rosto nas mãos. Se sua civilização era realmente tão avançada e antiga como ele havia falado, então, havia uma forte possibilidade de que ele a visse como um pouco mais do que um macaco esperto – como algo para ser estudado e observado. Ele até tinha dito que era um biólogo, ela se lembrou daquilo com um aperto no estômago.

Não, desejo por ele era estúpido. Eles eram de raças diferentes, e mesmo se ela não fosse, esse tipo de situação não combinava com um relacionamento. Se Zaron não mentiu, em dezessete dias ela partiria e provavelmente nunca mais o veria.

Tudo o que precisava era se apegar à sua sanidade.

CAPÍTULO DEZ

Com suas mandíbulas tensas de raiva, Zaron entrou no seu escritório e se sentou. Levantando uma imagem tridimensional da paisagem local, ele sobrepôs nela um mapa de um prospectivo Centro e começou a fazer os cálculos. Ele tinha muito trabalho a fazer antes da chegada do Conselho, mas tudo que podia pensar era na sua hóspede ingrata.

Ele tinha salvado sua vida. *Salvado. Sua. Vida.* Sem ele, Emily seria uma carcaça putrefata. E ela pondo obstáculos em ficar na sua casa por mais duas semanas? Ele cerrou os dentes, curvando-se para frente na sua cadeira. A ideia de ficar com ele era tão repugnante para ela? Ou ela simplesmente estava ansiosa em voltar para que pudesse trabalhar com aquele líder louco de fundos de investimentos que parecia venerar?

A raiva de Zaron aumentou ao pensar naquilo. Com um comando rápido no seu aparelho computadorizado, ele acessou os arquivos da Bill

Evers, rapidamente pesquisando toda informação disponível sobre humanos, de artigos de jornais até endereço residencial. O que viu não era nada animador. O alvo da admiração de Emily tinha pouco mais de trinta anos e tinha alcançado um alto nível social na sua tenra idade. Ele também tinha uma aparência decente para um humano, com estrutura óssea normal, um corpo esbelto para sua média de idade e cabelos castanhos areia.

Seria esse o motivo de Emily estar tão determinada em conseguir a vaga naquela instituição? Ponderou Zaron ferozmente. Será que ela o queria como potencial parceiro? Se fosse o caso, ela estaria com uma merda de sorte. Ele não tinha a mínima intenção de permitir outro macho perto dela – pelo menos não até se saciar em seu delicioso corpinho curvilíneo.

E ali está a razão para sua raiva, concluiu ele, olhando sem ver o mapa tridimensional na sua frente. Não importava o quanto Zaron tentasse ser um cientista racional e iluminado, ele era um macho Krinar primeiramente e à frente de tudo, e ele estava se sentindo territorialista ante Emily. Ele a queria, e não queria que ninguém mais a possuísse – ou que ela sequer pensasse em outro homem. Sua admiração desavergonhada por Evers o tinha enfurecido porque tinha trazido a possibilidade de outro macho na vida dela – e um que ela parecia respeitar bastante.

Não era lógico, mas estava acontecendo. Zaron estava se sentindo possessivo sobre Emily... tão possessivo quanto ele certa vez se sentiu sobre Larita.

Não. Tudo dentro dele instantaneamente rejeitou aquela conclusão. Isso era diferente. A bela humana devia ter provocado seus primitivos instintos Krinar, mas era apenas porque Zaron se sentia como se tivesse algum direito sobre ela.

Sim, era isso, decidiu ele. Ele a salvou, e agora se sentia como se ela pertencesse a ele – como se ela já fosse dele. Não fazia muito sentido, mas ele não se importava.

Se ele fosse preservar sua sanidade, precisava tê-la. Em breve.

CAPÍTULO ONZE

— O QUE VOCÊ ESTÁ FAZENDO?

Ao som da voz aguda familiar, Emily deu um pulo e se virou, tentando não parecer culpada. — Só checando a textura destas paredes — Disse ela alegremente.

— Aham. — Zaron não parecia acreditar nela. E, então, ela soube que ele não acreditou porque ele disse gentilmente: — Emily, elas não abrirão para você, não importa o quanto você procure o mecanismo. Esta casa é inteligente, e está programada para responder a mim, não a você.

Emily apertou a boca. — Certo, claro. — Ela tinha suspeitado disso. Na última hora, ela tinha procurado diligentemente cada cantinho e cavidade da sala de estar e área da cozinha por uma saída, e até onde via, não existia.

A não ser que Zaron fizesse o que quer que fosse para fazer as paredes abrirem, ela estava presa.

Ele atravessou a sala e parou perto dela. — Por que você insiste em dificultar tanto as coisas? — Ele murmurou. Seus dedos esfregando as bochechas dela, fazendo-a sentir calafrios. — Isso não tem que ser uma má experiência para você, anjo. Pelo contrário, pode ser muito prazerosa... — Sua grande mão moldando a bochecha dela, o polegar gentilmente alisando o lábio inferior. — Bem prazerosa, de fato.

Chocada, Emily olhou para ele, seu coração batendo como um tambor. Não havia engano no que ele queria dizer – ou na fome do seu olhar. Teria ele de algum modo lido sua mente mais cedo? Seria ele capaz de ler mentes? — Ahm... — O cérebro dela parecia ter se tornado um mingau, deixando-a incapaz de formular uma frase coerente. — O que você vai... o que você...?

— Você não tem que ficar com medo, Emily — Disse ele calmamente, chegando mais perto. —, não vou te machucar. — E como ela ficou parada abismada e não acreditando, ele abaixou sua cabeça, capturando os lábios dela.

Os lábios dele eram macios como veludo, sua respiração quente e levemente doce. Ele não parecia estar com pressa de aprofundar seu beijo; era como se ele a estivesse provando, aprendendo do contorno e textura dos lábios dela. Ao mesmo tempo, ele sabia exatamente o que estava fazendo. Não havia hesitação nas suas ações, nenhuma incerteza desastrada. Ele a beijou como se já tivesse feito aquilo um milhão de vezes, seus dedos deslizando pelos cabelos dela e a segurando com uma pegada gentil, contudo, inescapável.

De cara, Emily estava muito espantada para corresponder, mas como ele continuava a beijá-la com aquela maestria sem erros, uma moleza aconchegante começou a passar pelo seu corpo, começando bem dentro dela. Suas mãos inconscientemente se levantaram ao peito dele, suas palmas pressionando contra a parede dura de músculos, e ela movendo-se para ele, seus joelhos ficando fracos.

Sentindo a resposta dela, ele aprofundou seu beijo, sua língua partindo-lhe os lábios e mergulhando nos espaços quentes da sua boca. Ainda segurando a cabeça dela com uma mão, ele pressionou a outra mão nas costas dela perto da cintura, puxando-a rápido contra seu corpo poderoso. Ela pôde sentir o contorno da sua forte ereção contra seu ventre, e ela gemeu, seu sexo tensionando-se com uma dor intensa e repentina.

Um rosnado baixo estremeceu no fundo do peito dele, e a mão nos cabelos dela desceu para pegar a fita fina do vestido dela. Antes que Emily pudesse registrar sua intenção, ela ouviu um som de algo rasgando, e, então, a palma dele estava nos seus seios, seus dedos grandes e fortes moldando aquele peso macio com uma possessão alarmante, seu polegar raspando pela ponta do mamilo, fazendo-o pegar fogo.

Em algum lugar no canto da mente de Emily, sinos de alarmes começaram a soar, penetrando a neblina do desejo. — Espere, pare — Ofegava ela virando a cabeça para evitar seu beijo. — Zaron... por favor, pare!

O corpo dele tenso e a pegada nos seios dela aumentando, seus dedos apertando a carne dela quase no ponto da dor. Por um segundo aterrador, Emily pensou que ele não a ouviria, mas ele a largou e deu um passo atrás, dando-lhe aquele espaço tão necessário.

Tremendo de cima a baixo, Emily tentou cobrir seu seio nu com o material rasgado do vestido. Como podia ela ter feito aquilo? Como podia ela ter deixado um homem estranho – não, um estranho *extraterrestre* – quase fazer sexo com ela? Teria ela perdido toda a razão e o bom senso?

O vestido não ficaria preso por si só, e ela finalmente desistiu. Segurando o material esfarrapado apertado contra seu seio, ela levantou os olhos vendo o olhar de Zaron, sentindo-se bem desequilibrada.

Ele a estava olhando com desejo despreocupado, seus olhos negros como breu e brilhantes. Tinha um volume grande no seu short, e seu corpo muscular estava praticamente vibrando de tenção. Parecia que ele estava usando todo o seu autocontrole para não avançar nela.

O sequestrador alienígena de Emily a queria.

Isso não era bom. Absolutamente não.

Emily deu um passo atrás, seu pânico aumentando.

As narinas de Zaron se mexendo enquanto observava os instintos de fuga dela. — Não vou forçá-la — Disse ele calmamente. — Você não tem que ter medo de mim.

— Certo, claro. — Emily se esforçou para parar de

ir para trás. — Olha, Zaron... — Ela inspirou. — Não tenho ideia do que você tem em mente para nós dois, mas isso é uma má ideia...

— Por quê? — O olhar sombrio dele preso nela. — Você me quer. Ou eu só imaginei que você correspondeu?

Emily engoliu. — Não, você não imaginou — Admitiu ela, seu rosto esquentando. —, mas isso não significa que eu queira fazer sexo contigo. Eu quase não o conheço – e você não é nem mesmo humano.

Sua boca se curvou com repentina diversão. — Você está com medo de eu ter tentáculos ou um terceiro braço? Posso te assegurar, tenho todas as mesmas partes de um macho humano.

— Eu sei disso — Disse Emily rapidamente, apesar de não saber. Ele *parecia* humano, mas isso não significava que seu equipamento funcionava do mesmo jeito. Mas aquilo não importava, ela não estava disposta a admitir suas dúvidas agora.

— Então, qual é o problema? — Murmurou ele, diminuindo a distância entre eles novamente. — Você vai gostar da experiência, prometo. — A mão dele pegou a dela, sua palma grande cobrindo o punho fechado dela que estava segurando o vestido. Ela podia sentir o calor saindo do corpo dele. Inconscientemente, sua pegada no vestido afrouxou-se... e, de repente, o material macio estava caindo, deixando-a nua da cintura para cima.

Os olhos de Zaron pareciam escurecer ainda mais, e

antes de Emily poder reagir, ela sentiu a mão grande dele moldando as nádegas dela, levantando-a com facilidade espantosa até que seus seios estivessem no nível dos seus olhos. Com um grunhido baixo, ele abaixou a cabeça e capturou um mamilo rosado com sua boca, chupando-o com uma sugada forte. Emily ofegou, as mãos dela segurando os músculos fortes dos ombros dele enquanto seus dedos dos pés se viravam por causa do prazer forte e inesperado. O calor molhado da boca dele e pressão da sua língua aumentaram a dor pulsante entre as suas pernas, e ela gemeu, esfregando-se irracionalmente nele para aliviar a tensão que aumentava dentro de si.

— Sim, anjo, é isso — Sussurrou ele, sua respiração quente cobrindo-a enquanto ele a abaixava vagarosamente, deixando-a sentir os contornos duros do corpo dele e sua boca subindo para sentir a área sensível onde o pescoço dela se juntava aos ombros. Ela estremeceu impotente, tomada pelas sensações, e sentiu os dedos dele escorregando por entre as pernas dela enquanto a segurava suspensa no ar com uma mão. O polegar dele circulando o seu clitóris, vagarosa, loucamente, cada circulada aumentando a onda de tensão nas profundezas dela. Um dedo longo empurrou-se para dentro de seu canal molhado, e ela o ouviu gemer quando o corpo dela apertou-se em volta do seu dedo, suas paredes internas agarrando ansiosamente o intruso. Ela conseguia sentir sua pele ficando quente e, então, o polegar dele estava direto no clitóris, massageando com um movimento rítmico e circular. Emily gritou, seus quadris pulando ante a forte sensação daquele movimento, e sentiu seu corpo dividir-se em um milhão de pedaços.

Antes que pudesse se recuperar, a sala balançou em volta dela. Desorientada, ela segurou na camisa de Zaron – e viu que ele a estava baixando no chão, a mão dele saindo de seu sexo. As costas dela tocaram a superfície dura e fria, e o choque daquilo retirou-a do delírio sensual.

O que ela estava fazendo? Um alarme soou no cérebro de Emily quando Zaron levantou a saia do seu vestido, desnudando sua parte de baixo. Seus joelhos se alinhando entre as pernas dela, segurando-as abertas. Algo duro e liso esfregou contra a parte interna da coxa dela, e ela sabia com uma clareza repentina o que era aquilo, que no próximo momento ele estaria dentro dela.

Ela não estava pronta para aquilo. Quando a boca de Zaron abaixou-se sobre ela novamente, Emily empurrou-o com toda a sua força e virou a cabeça para o lado. — Pare. Zaron, por favor, pare!

Ele congelou-se em cima dela, sua respiração pesada e entrecortada, e Emily ficou parada, desesperadamente desejando que ele mantivesse sua palavra de não forçá-la. Ela podia sentir o pulsar quente da ereção dele nas suas entradas, e uma tremida forte mesclada com excitação passou por ela. Vagarosamente, virando sua cabeça, ela viu seu olhar, tentando não entrar em pânico ante o olhar faminto dele.

— Eu não quero isso — Sussurrou ela, suas mãos empurrando o peito dele sem sucesso. Ela podia sentir os músculos duros sob os dedos dela, e a sensação de que ela nunca seria capaz de lutar contra ele fez seu estômago revirar-se. — Zaron, por favor... deixe-me ir.

CAPÍTULO DOZE

ELA QUERIA QUE ELE PARASSE.

Ele estava a um segundo de enterrar-se na sua quentura apertada e escorregadia, e Emily queria que ele parasse.

Por um segundo, Zaron não tinha certeza se seria capaz de obedecer. Ela estava deitada aberta sob ele, o corpo macio e atraente cheio de excitação e seu cheiro quente inflamando os sentidos dele. Seus seios redondos deliciosos estavam nus para ele olhar, seus mamilos em pé como cerejas maduras, e seu pulsar batendo no lado do seu pescoço, lembrando-o do líquido extasiante correndo por suas veias. Ele podia sentir as coxas elegantes dela tremendo de tensão nos lados dos quadris dele. Uma enfiada, ele a teria. Uma enfiada, e ele estaria bem fundo nela, satisfazendo a necessidade intensa que corria pelo seu corpo. Seu pau estava dolorosamente duro, dolorido por ela, e seu corpo guerreava com sua mente enquanto ele lutava obstinadamente por controle.

Foi apenas o medo nos olhos dela que o possibilitou vencer a batalha. Ela poderia desejá-lo fisicamente, mas se ele continuasse neste exato momento, seria um pouco melhor do que um estupro.

As mandíbulas dele se apertaram, Zaron se forçou para rolar-se para fora dela. Ficando em pé, ele se virou, arrumando suas roupas para esconder seu pau duro. Ele não olhou para ela. Ele não podia – não se quisesse manter sua palavra.

Ele a ouviu se levantar. Seus movimentos eram instáveis, sua respiração mais rápida do que o normal. Ele não sabia se era por tesão ou apreensão, mas não importava. Ajeitando seu semblante numa máscara sem feições, Zaron virou-se para ela, torcendo para que sua ereção tivesse acabado.

Emily estava olhando para ele desconfiada, segurando o vestido para cobrir seu seio. Seus cabelos louros pendurados, descendo pelas suas costas numa nuvem de ondas pálidas, e seus lábios estavam inchados e vermelhos pela pressão da boca dele. Com a pele dela, rosa pelo orgasmo, ela dava água na boca de tão pronta que estava para ser fodida.

Absolutamente comestível, de fato.

Foi necessário todo seu autocontrole para dizer calmamente: — Desculpe-me se te assustei, Emily. Não foi minha intenção.

— Qual era sua intenção então? — A voz dela era tão firme quanto a dele, mas sua pegada no vestido denunciava seu nervosismo. — O que você quer de mim, Zaron? Isso é algum tipo de excentricidade da sua parte, fazer sexo com uma mulher que mantém presa na sua casa? Uma mulher que não é nem da sua espécie? É para isso que você me salvou?

Enquanto ela falava, o tesão de Zaron vagarosamente se transformou em raiva. O fato de que havia um pouco de verdade no que ela estava falando só aumentou sua fúria. — Ora, sim — Disse ele em tom sedoso. —, é exatamente isso, anjo. Te salvei para que pudesse fodê-la. Você preferiria que eu a deixasse morrer naquelas pedras?

Ela encarou seu olhar desafiadoramente, mas um tremor fraco, quase imperceptível, correu sua pele, fazendo-o se arrepender daquelas palavras duras. — Não — Disse ela, seus lábios quase não se moviam. —, estou obviamente grata por estar viva. Esse é o pagamento que você espera de mim? Sexo?

Inesperadamente enojado consigo mesmo, Zaron sacudiu a cabeça. — Não. — Frustrado, ele passou a mão nos cabelos. A pequena humana o tinha preso em nós. — Não era isso que eu queria dizer. — Sabendo que qualquer coisa a mais que dissesse pioraria a situação, ele foi para a parede fazendo aparecer uma entrada para o quarto de Emily.

— Por que você não descansa um pouco? — Sugeriu ele, apontando a abertura. — Tenho trabalho para fazer agora, e você pode dormir um pouco antes do jantar. — Ele sabia que humanos precisavam de bastante sono e, provavelmente, ela já estivesse cansada.

Ela assentiu, quase que imperceptivelmente, e passou por ele para dentro do cômodo, tomando cuidado para não olhar para ele. Ela ainda estava segurando o vestido rasgado protegendo seu seio, e o cheiro delicado dela provocou as narinas dele ao passar.

— Vou te trazer roupas novas — Disse Zaron com voz pesada, e foi para seu escritório antes que tentasse agarrá-la novamente. Pegando seu fabricador, ele criou mais vestidos para ela, usando o tempo para se imaginar submerso num tonel de água bem gelada – uma imagem que esperaria ser capaz de ajudar no seu autocontrole.

Quando teve certeza de que não iria tentar fazer sexo com ela, ele foi até o quarto dela.

Emily estava sentada na cama, suas pernas esbeltas cruzadas. Ela tinha de alguma forma conseguido amarrar as fitas do seu vestido mantendo-o no lugar sozinho.

— Aqui está — Disse Zaron, abrindo uma das paredes para um *closet*. — Isso será seu pelo período. Você só precisa andar nesta direção e ele se abrirá para você. — Ele colocou o vestido no *closet* e se virou para olhar para ela.

— Obrigada — Disse ela quietamente, olhando para ele com seus distintos olhos da cor do mar. — Você, por acaso, teria livros que eu pudesse ler? Talvez revistas?

Zaron pensou por um momento, então, deu um rápido comando em Krinar, fazendo com que a casa o enviasse um pequeno *tablet* flutuando em sua direção da outra sala. Pegando-o no ar, ele deu algumas instruções em Krinar para possibilitar a Emily controlá-lo com língua inglesa e deu para Emily. — Isso deve te dar acesso a qualquer livro que queira — Explicou ele. — Só fale para ele o que quer ler, e você deve poder ter acesso.

— Verdade? — Ela olhou para ele ao pegar o *tablet*. — É como um *e-reader*?

Ele sorriu. — Algo parecido. — Dava para comparar, apesar de que o dispositivo que ele a estava entregando era bem mais avançado. — Você também pode assistir TV nele, se quiser. Só fale o que quer ver, e ele irá mostrar-lhe o vídeo.

— Eu só falo com ele e ele funciona?

— Sim. — Ele sabia que algumas tecnologias humanas funcionavam assim também, então, o conceito não seria estranho para ela. Para os Krinars, comandos verbais e gestos eram um jeito ultrapassado de se fazer as coisas, mas Zaron ainda preferia assim por alguma razão. A alternativa era integrar o aparelho computacional no seu corpo, possibilitando-o a usar sua mente para controlar a tecnologia. Isso era algo que ele pretendia fazer depois, mas ainda não tinha feito.

— Ok, então, que tal me mostrar *Avatar*? — Disse ela, olhando para o equipamento. Ela falou devagar e alto, como se estivesse falando com uma pessoa surta. — Por favor, me mostra *Avatar*.

— Ele entendeu na primeira vez — Disse Zaron, olhando com divertimento os olhos de Emily se arregalarem ante a imagem tridimensional que apareceu na sala. — Você deve ser capaz de assisti-lo agora se quiser.

— Puta merda! — Ela ofegou, pulando conforme a imagem se expandia, tomando quase todo espaço perto da parede. — Isso é fascinante!

— Divirta-se — Disse Zaron, sorrindo ao seu entusiasmo. —, te vejo em duas horas.

Ele tinha quase certeza de que ela não notou quando ele saiu do quarto, toda sua atenção focada no espetáculo se desenrolando à sua frente. Ele teria que apresentá-la a uma simulação em breve, pensou ele, e sorriu, pensando na reação dela para *aquilo*.

CAPÍTULO TREZE

Havia o assistir normal, e havia o assistir com a tecnologia Krinar. Emily tinha visto *Avatar* duas vezes no cinema, cada vez em IMAX 3D, mas hoje, ela sentiu como se tivesse experimentando aquilo pela primeira vez. A imagem era tão real, tão vívida, que era como se estivesse lá em Pandora, assistindo a ação se desdobrando toda à sua volta.

As duas horas seguintes se passaram com Emily totalmente absorvida no filme. Era um alívio deixar sua mente focar em algo além da sua situação maluca – apesar de ela ter rapidamente visto que um filme com humanoides alienígenas não foi uma das escolhas mais sábias para aquele propósito.

Quando o filme terminou, ela visitou o banheiro estranho novamente, maravilhando-se de como todas as suas necessidades eram antecipadas, a tecnologia trabalhando tão intuitivamente que era como se a casa estivesse lendo sua mente. Ela conseguiu que a água saísse da saliência que parecia uma pia e lavasse seu rosto, e, então, olhou em volta por algo que hidratasse sua pele. Imediatamente, ela sentiu a brisa quente e macia no seu rosto. Quando a brisa parou, ela descobriu que sua pele não estava mais parecendo seca e repuxada; de fato, estava lisa como se tivesse estado num *spa*. Desejou ter um espelho, e tão logo começou a procurar por um, uma das paredes do banheiro brilhou na frente dos seus olhos, transformando-se numa superfície brilhante como um espelho. Era realmente fantasmagórico.

Chegando mais perto do espelho, Emily estudou a imagem refletida nele. Era familiar e diferente ao mesmo tempo. Quando olhou para si antes, Emily havia ficado demasiadamente espantada para realmente focar no seu reflexo, então, agora olhou mais de perto.

Parecia que os procedimentos de cura de Zaron tinham feito mais do que consertar seus dentes e cicatrizes. Tinham também retirado os pequenos sinais de estresse e privação de sono que a haviam marcado pelos últimos dois anos. Foram-se os círculos escuros que emolduravam seus olhos, as finas linhas de tensão em volta da sua boca. Ela parecia saudável e descansada pela primeira vez em meses.

Também se parecia como se tivesse sido cabalmente beijada.

Engolindo, Emily se virou do espelho e voltou para o quarto. Não queria pensar sobre aquilo, mas não conseguia manter as imagens fora da sua mente. O que tinha acontecido mais cedo tinha sido cru, sexual... e profundamente perturbador.

Aquele extraterrestre que a capturou a desejava. Não havia mais dúvida nisso. Se ela não o tivesse parado, ele a teria possuído lá e naquela hora, no chão. Sua respiração se acelerou ante a memória do corpo poderoso dele sobre ela, a pressão dura das pernas dele forçando suas coxas a se abrirem, o calor molhado da sua boca em seus mamilos...

Gemendo, Emily jogou-se na cama e afundou sua cabeça no cobertor macio.

Ela nunca tinha feito sexo casual – nem mesmo na faculdade, onde a cultura de pegação prevalecia. Ela sempre foi muito prudente, muito cuidadosa. Muito ciente das possíveis consequências. Para ela, aquele tipo de intimidade requeria confiança, e ela não era alguém que confiasse com facilidade. Com seu ex-namorado Jason, eles tinham sido amigos por um ano antes de começarem a namorar, e mesmo assim, eles tinham estado juntos por um mês inteiro antes de ela finalmente ir para a cama com ele.

Mesmo assim, ela quase havia fodido com um estranho – um estranho não humano – no chão da sua casa futurística após conhecê-lo por menos de um dia. Ele não tinha nem mesmo usado proteção, lembrou-se Emily com um tremor frio. Poderia ele tê-la engravidado ou lhe passado alguma doença? Pensando naquilo, ela decidiu que a última possibilidade era improvável, dado ao avanço da medicina e tecnologia deles, mas estava menos certa sobre a primeira. Emily havia parado de tomar a pílula depois que se separou de Jason quatro meses antes, então, gravidez era uma preocupação real.

O que aconteceria na próxima vez que Zaron tentasse seduzi-la? E ele tentaria, ela tinha certeza daquilo. Seria ela capaz de pará-lo? Iria *querer* pará-lo? Ela nunca tinha se sentido tão atraída por um homem, nunca havia sentido aquela necessidade desesperada e que consumia tudo. Sexo sempre foi algo que Emily gostou, mas o que experimentou hoje não tinha sido nada como os encontros mornos que teve com Jason. Foi mais como um conflito que a havia queimado viva.

E ela viu o mesmo tipo de fome incontrolável nos olhos dele. De uma forma ou outra, ele iria tê-la.

Emily não estava certa se aquela constatação a excitava ou aterrorizava.

CAPÍTULO CATORZE

Para o jantar, Zaron pediu uma grande variedade de pratos preparados para satisfazer os gostos de Emily. As únicas comidas faltantes eram produtos de procedência animal de qualquer tipo. Ele tinha provado carne duas vezes durante seu tempo na Terra, mas não conseguia se acostumar ao sabor e textura desagradáveis. Ele não tinha ideia como os humanos nas nações desenvolvidas tinham se tornado tão carnívoros nas últimas poucas décadas; certamente não era algo que qualquer um em Krina tinha previsto. Até aquele dia, ele ficava pasmado que a raça de Emily achava normal comer carne todos os dias – e até mesmo três vezes ao dia, em alguns casos extremos.

Quando tudo estava pronto, ele foi buscar Emily.

Ele a achou deitada de barriga para baixo, lendo no *tablet*. Ela tinha posto um vestido branco, e seus pequenos pés estavam descalços, seus dedos dos pés rosados balançando num ritmo no cobertor enquanto falava baixinho algo para si.

— Emily. — Ele disse o nome dela calmamente, não querendo assustá-la, mas ela pulou mesmo assim, rapidamente se virando e olhando para ele. — O jantar está pronto.

— Ok, excelente. — Se abaixando, ela colocou as sandálias e se levantou. — Estava ansiosa por isso. — Seu tom era jovial, mas Zaron notou que ela estava tentando não olhar para ele. Estava determinada a manter uma distância entre eles, ele viu aquilo com um divertimento sombrio.

Eles se sentaram à mesa, que já estava cheia com os pratos. — Uau, esta refeição mais parece uma festa — Disse ela pasmada, colocando algumas porções de tudo no seu prato. —Você geralmente come assim?

— Não — Admitiu Zaron, pegando um *Cucurbita pepo* recheado com *Pleurotus ostreatus* assado – ou como Emily provavelmente pensava, abobrinha com cogumelo ostra. —, pedi para você. Quis ter certeza que iria gostar da refeição.

Ela parecia surpresa, então, o sorriso rápido e radiante passou pelo rosto dela. — Obrigada. Mesmo assim, não precisava ter tanto trabalho. Sou do tipo que está longe de ser exigente no paladar.

— Oh?

Ela assentiu. — Eu como de tudo. Apenas me ofereça comida e eu estou lá.

— Por quê? Você já passou fome alguma vez? — Zaron perguntou curioso. Segundo a sua carteira de motorista, ela vivia nos Estados Unidos, uma das nações mais ricas.

Ela bateu de ombros, parecendo desconfortável. — Algumas poucas vezes. Um dos lares adotivos que vivi tinha uma política de alimentação muito restrita. Eles tinham doze crianças vivendo com eles, e sempre ficavam sem fundos.

— Lar adotivo? — Zaron tentou se lembrar se tinha ouvido algo sobre aquela específica instituição. Parecia insinuar que ela tinha vivido longe da sua família – algo que ele não tinha visto durante a checagem dos antecedentes dela que fez no início.

Ela assentiu, mas não explicou. Em vez disso, perguntou: — Como você fala inglês tão bem? Eu presumo que não seja sua língua materna.

— Você tem razão, não é. — A tentativa dela em mudar de assunto estava além da obviedade, mas Zaron decidiu aceitar aquilo e fez uma anotação mental para pesquisar lares de adoção mais tarde. — Tenho um pequeno implante que age como um aparelho de tradução.

— Um implante? Como no seu cérebro?

Zaron sorriu. — Exatamente.

— Isso é incrível. — Ela parecia excitada agora. — Você fala outras línguas também?

— Sim, falo.

— Quais?

— Todas.

Ela ofegou, sua boca aberta. — Cada língua lá fora?

— Sim — Confirmou Zaron, se divertindo com a

reação dela. —, cada língua que existe e mais algumas que já morreram.

Ela expirou forte. — Puta merda... — Balançando a cabeça em espanto, ela começou a comer.

Nos próximos minutos, havia apenas silêncio companheiro enquanto 'demoliam' os pratos postos na mesa. Zaron notou que Emily serviu-se pela segunda vez da salada feita de bulbos de *Beta vulgaris* bulbs e cerejas *Vitis vinifera* secas. Não, uma salada feita de beterraba e passas secas, ele se corrigiu mentalmente. Ele sempre tinha dificuldade de sair do jargão de cientista, mas era melhor usar nomes comuns para plantas comestíveis.

— Isso foi espantoso — Disse Emily, empurrando seu prato vazio. — Parece que seu povo gosta de comer bem.

— Gostamos. — Sorriu Zaron vagarosamente para ela. — Costumamos desfrutar de todos os aspectos da vida na sua plenitude, e recompensar os sentidos é uma parte importante disso.

Um rubor discreto se acendeu nas pálidas bochechas dela. — Entendo.

O sorriso de Zaron dissipou-se quando seu corpo reagiu àquela visão. Ele podia dizer que a garota estava pensando no que tinha acontecido mais cedo; ele podia ouvir a rápida batida do coração dela e ver o pulsar forte no lado do pescoço. A pele naquela tenra área parecia macia, convidando para um toque, e a necessidade de cravar seus dentes ali e provar a riqueza do sangue dela era tão forte que Zaron quase tentou tocá-la.

Como se estivesse sentindo a fome dele, Emily virou-se no assento, ficando de costas para a mesa. Suas mãos apertando forte os utensílios que estava segurando, e Zaron forçou seus músculos tensos para que relaxassem. Ele não sabia por que era tão difícil se controlar na presença dela, mas não tinha intenção de perder o controle e pular nela como um tipo de selvagem. Não tinha nem passado um dia inteiro desde que ela havia acordado, e ela estava, sem dúvida, sobrecarregada com tudo. Ele precisava dar mais tempo para ela.

— Zaron — Disse ela calmamente, seus olhos colados no rosto dele —, você poderia me falar mais sobre você? O que exatamente você está fazendo na Terra? Como é seu povo?

Zaron considerou como melhor responder à pergunta. O protocolo oficial da pós-chegada ainda estava sendo trabalhado, mas ele sabia que o Conselho não pretendia revelar muito ao público em geral, então, precisava ser cuidadoso.

— Já te disse que estamos aqui para formalmente encontrarmo-nos com sua raça pela primeira vez — Disse ele. — E sobre como nós somos, seria como perguntar a vocês como são os humanos. Não é fácil listar todos os seus próprios atributos.

— Mas como é você diferente de mim? — Persistiu ela. — O que exatamente faz de um Krinar não ser um humano?

Zaron suspirou. Isso seria capcioso. — Bem, por uma coisa, os Krinars vivem por mais tempo. — Disse ele, focando na informação mais inócua primeiro. — Muito mais, de fato.

— Oh? Quanto mais?

— Eu tenho seiscentos e nove anos de idade. — Disse Zaron, olhando enquanto o queixo dela caía pelo choque. — Muito, muito mais.

— Seiscentos anos de idade — Sussurrou ela, seu olhar movendo-se de cima a baixo no corpo dele. — Como você parece tão jovem?

— Não envelhecemos — Explicou Zaron, recostando-se no seu assento. —, não como os humanos. Depois que atingimos a total maturidade, não mudamos muito no decorrer das nossas vidas.

Os olhos dela estavam grandes com o choque. — Vocês são imortais?

— Não, imortais não, mas não morremos de velhice. Você já ouviu falar de senescência desprezível?

Ela franziu, parecendo pensar naquilo. — O termo parece familiar. Acho que li isso em algum lugar recentemente.

— Talvez já tenha — Disse Zaron. — Existem algumas pesquisas sendo feitas sobre isso entre seus cientistas atualmente. Essencialmente, um organismo desprezivelmente senescente não apresenta redução da capacidade reprodutiva ou diminuição funcional com a idade. Existem várias espécies na Terra assim, então, não é um fenômeno específico dos Krinars. Existem os vermes achatados planários, por exemplo...

— Oh, isso é certo — Respirou ela, seus olhos passando por ele. — Agora eu me lembro de ter lido isso. O artigo especulava que tartarugas podem ser assim – que elas não envelhecem com a idade.

Zaron assentiu. — Sim, precisamente. Os Krinars são assim também.

Ela respirou fundo e seus olhares se encontraram. — Se esse é o caso, vocês não podem ser muito similar a nós geneticamente, certo?

— Não, não somos nem um pouco similares a vocês geneticamente — Disse Zaron, sorrindo. A garota aprendia rápido. — No que tange ao DNA, você tem mais em comum com um golfinho do que comigo.

Ela lançou um olhar incrédulo nele. — Se isso é verdade, por que você quer fazer sexo comigo? E como exatamente algo assim funciona?

Zaron riu calmamente. — Funciona muito bem, te asseguro. — Curvando-se para frente, ele esticou o braço sobre a mesa para pegar a mão delgada dela. — Eu não posso te engravidar, anjo, mas posso te dar mais prazer do que jamais experimentou na sua vida. — Ele passou seu polegar pelo centro da mão dela vagarosamente, apertando levemente os lugares em que sentia tensão. Mulheres – humanas ou Krinars – são altamente susceptíveis ao prazer do simples toque; isso era algo que tinha aprendido séculos antes. O vínculo físico sempre começava com o contato básico pele a pele, e um homem esperto assegurava-se de que houvesse bastante dele.

Para a satisfação dele, a pele de Emily roseou em

excitação, a mão dela revirando-se na pegada dele. Zaron podia ouvi-la respirando rápido, e o próprio corpo dele reagindo intensamente, seu pau endurecendo num instante. Não querendo testar muito seu auto comedimento, ele largou a mão dela, deixando-a puxá-la para fora do seu alcance.

— Por que você me chama de 'anjo'? — Perguntou ela com voz insegura. — Você tem tal conceito no seu planeta?

— Não. — Zaron inspirou profundamente, inalando o aroma quente dela. — Isso é invenção única dos humanos. Mas sua cor realmente me lembra alguns desenhos que vi aqui na Terra.

Um sorriso inesperado dançou pelos lábios dela. — Você é fã de arte religiosa? Eu diria não esperar isso de um alienígena.

— Aprecio beleza de todas as formas — Retrucou Zaron, estudando as feições delicadas dela. —, e devo dizer, os humanos conseguiram criar coisas incrivelmente belas durante sua curta existência.

— E os Krinars? Seu povo tem arte, filosofia, música?

— Sim, todos os três. — Ele sorriu para ela. — Alguns de nós dedicam toda sua vida à busca da criatividade, enquanto outros meramente se deliciam com elas. Mas, de qualquer modo, tais contribuições são altamente valorizadas – um artista é tão importante na nossa sociedade quanto um projetista ou cientista.

Os olhos dela se acenderam com curiosidade. —

Como valorizado? Eles são recompensados financeiramente? No geral, como sua economia funciona? O que você usa como moeda? Vocês têm algo como bolsa de valores?

Zaron riu da enxurrada de perguntas. — Temos, mas não é nem de perto tão importante. — Disse ele, respondendo à última pergunta dela. — A maioria dos negócios tem fundos privados, e se o projeto é grande o bastante, o governo se envolve. Riqueza não é algo necessariamente para se perseguir; vem com sucesso nas nossas áreas escolhidas, quando os melhores profissionais são bem recompensados – tanto no setor privado como no governamental.

— Então, vocês não têm capitalismo?

— Não da mesma forma que vocês têm. — Ele pausou, tentando pensar na melhor forma de explicar isso a ela. — Pelo fato de vivermos tanto - e por nossa população ser significantemente menor, chegando a milhões em vez de bilhões – nossa sociedade funciona muito diferente da de vocês. Em alguns aspectos, é mais simples; em outras, mais complexa. Todos os Krinars da atualidade são uma unidade socio-econômica coesa, com tudo que esteja envolvido.

Ela parecia fascinada. — Então, todo o planeta é como um país?

— Mais ou menos. Temos um corpo regente – O Conselho – e eles tomam decisões que beneficiam a nós como um todo, oposto do que seria para apaziguar uma região ou facção.

— Bem, isso é certamente diferente — Raciocinou

ela. —, nossos políticos não são nada iguais a isso. Como são escolhidos os membros do Conselho? Eles são eleitos?

— Não. — Zaron balançou a cabeça. — Aqueles que estão no Conselho estão lá porque mereceram aquilo de certa forma – porque a contribuição deles para a sociedade foi maior do que a da maioria.

Ela assentiu, como se isso fizesse sentido para ela. — Vocês têm os indivíduos mais sábios e que conseguiram mais coisas controlando seu planeta? Isso parece que seria uma melhora no jeito que nós fazemos as coisas.

— Funciona para nós — Disse ele, e estava para iniciar no conceito de plataforma social quando seu computador de pulso vibrou baixo, lembrando-o de uma reunião virtual em breve. Ele deveria reunir-se com um profissional de defesa e vários projetistas para determinarem a melhor configuração para os dez Centros. Irritado pela interrupção, Zaron considerou cancelar a reunião, mas não queria arriscar um atraso.

Relutantemente, ele se levantou. — Desculpe-me, mas tenho que ir. Você deve descansar e dormir um pouco. Tenho trabalho para fazer esta noite.

— Claro, eu entendo. — Também se levantando, ela sorriu brevemente para ele, e Zaron concluiu que ela estava satisfeita de que o jantar tivesse acabado daquele jeito. Ela provavelmente estava preocupada de que ele iria tentar seduzi-la novamente, pensou com certa irritação – e ele provavelmente teria, se não fosse pela reunião.

— Bem, boa noite então — Disse ela, com um pequeno acenar da mão, e foi para seu quarto. Ele ouviu os passos leves e o som dela chutando os sapatos, então, ele entrou no seu escritório, esforçando-se ao máximo para focar em algo além da garota que queria foder enlouquecidamente.

~

Sozinha no seu quarto, Emily deitou-se na confortável cama e fechou os olhos, tentando clarear a mente o bastante para pegar no sono.

Ela já tinha se acostumado com o banheiro futurístico, tinha até tomado um banho lá – que foi uma experiência por si só, com a água vindo a ela de todas as direções com temperatura e pressão perfeitas. Uma variedade de sabonetes, shampoos, e loções com fragrâncias deliciosas tinham sido aplicados na sua pele e cabelo sem que ela precisasse levantar um dedo, e jatos quentes de ar a secaram no final. Quando terminou, todas as partes dela tinham sido limpas luxuosamente, e mesmo sua boca estava refrescante, como se tivesse acabado de escovar os dentes.

Agora, contudo, seu cérebro se recusava a relaxar, sua cabeça buzinando com tudo que tinha aprendido hoje. Em apenas algumas poucas horas, seu mundo tinha virado de cabeça para baixo, e ela não podia parar de pensar nas implicações incríveis das coisas que Zaron lhe tinha dito.

A Terra estava para fazer contato com uma raça

alienígena – uma raça que tinha tecnologia e medicina bem além do que qualquer coisa que a ciência moderna pudesse imaginar. Uma raça que tinha essencialmente criado os seres humanos.

Se Zaron estava falando a verdade, em dezessete dias nada seria o mesmo novamente. Iriam os Krinars curar o câncer? Poderiam acabar com a pobreza ou a fome? Parar a guerra? Parecia que a civilização de Zaron tinha ultrapassado esses problemas. Significava aquilo que a humanidade também iria? O que seu povo pretendia dizer quando aparecessem? Como se revelariam ao público, e quais seriam as consequências depois disso? Ela pensava em manchetes de gritos, a histeria dos fanáticos do fim do mundo...

Quando ela finalmente dormiu, seus sonhos eram uma mistura estranha de imagens eróticas, cenas do *Independence Day*, leões famintos com olhos cor de carvão, e planilhas de Excel em três dimensões cheias de tigelas com frutas exóticas.

CAPÍTULO QUINZE

Na manhã seguinte, Emily acordou com os pensamentos mais claros. Para sua surpresa, ela tinha dormido bem, bem melhor do que esperava pelas circunstâncias. Aparentemente, seu subconsciente não estava particularmente preocupado com o pensamento de que existiam alienígenas – ou que estava sendo temporariamente detida por um deles contra sua vontade.

Levantando-se, ela colocou as roupas que Zaron tinha trazido e usou o banheiro. Então, se aproximou da parede, ciente da sensação estranha na barriga. Batendo na porta, ela esperou, seus dedos se revirando nervosamente no material macio do seu vestido.

A parede à sua frente se dissolveu, criando uma entrada na área da sala de estar. Zaron estava em pé do outro lado.

— Bom dia — Disse ele calmamente, olhando-a. —, espero que tenha dormido bem.

— Dormi, obrigada. — Emily fazia o máximo para não fitá-lo, mas era impossível. Ela tinha, de algum modo, esquecido o quão belo era seu sequestrador... e de como seu corpo reagia diante dele. Na hora, ela já conseguia sentir as batidas do coração aumentarem, suas entranhas se apertando com a necessidade repentina. Ela nunca tinha querido um homem tanto assim antes – tão de imediato, tão fortemente. Não havia nada racional ou razoável naquele calor passando pelas suas veias; era uma luxúria animal, pura e simples. Sua mente dizia que ele não era humano, que ela ainda não sabia nada dele ou do seu povo, mas seu corpo não se importava.

Ele estava vestindo uma camiseta branca e bermudas cáqui – uma roupa simples que, de algum modo, apenas reforçava sua sombria beleza masculina. Seu cabelo espesso estava um pouco desgrenhado, e seus ombros largos esticavam o tecido fino da camisa, seus músculos claramente definidos sob a roupa.

Engolindo, Emily passou pela abertura, tentando ignorar seu pulso disparado.

— Quer algum café? — Ofereceu Zaron, seus olhos escuros brilhando com repentino entretenimento. Emily não tinha dúvida que ele estava ciente da sua resposta física a ele e estava adorando tremendamente.

— Hum, sim, com certeza. — Emily respirou fundo. — Primeiro, por favor, pode me dizer onde estão minhas coisas? Você disse que tem minha carteira, certo? — Ela tinha se lembrado naquela manhã que não tinha visto sua carteira ou celular desde que acordou ali – uma constatação que a fez se sentir mais ainda como prisioneira.

Zaron assentiu e disse algo na sua língua. Um segundo depois, uma das paredes se abriu, e uma pilha dos pertences dela veio flutuando. Segurando-os no ar, ele os deu para ela. — Aqui estão. As roupas estavam danificadas, mas ainda assim as guardei para você. O dinheiro dentro da carteira molhou um pouco, mas acho que ainda serve. Este pequeno equipamento tecnológico contudo — Ele apontou para o smartfone — não sobreviveu ao nado no rio.

Segurando suas roupas com uma mão, Emily pegou o telefone com a outra e tentou ligá-lo. A tela permaneceu apagada, e ela sentiu a umidade residual na capa. Zaron estava certo: o telefone estava morto. Claro, se estivesse funcional, ela duvidava que ele devolveria assim tão fácil.

Ela checou a carteira depois. Para sua satisfação, a carteira de motorista, cartão de créditos, e dinheiro estavam todos lá, apesar de um pouco molhados.

— Não roubei nada, se é essa sua preocupação. — Disse Zaron com ironia enquanto ela terminava de verificar os compartimentos.

— Não achei que tivesse roubado. — Emily olhou para ele. — Só quis me certificar que não perdi nada na queda. Obrigada por me devolver tudo.

— Claro. Como disse, você é minha hóspede.

— Uma hóspede que não pode sair. — Disse Emily, encarando-o.

Os olhos dele diminuíram levemente, mas não

respondeu. Em vez disso, perguntou: — Para o café, que tal um a salada de frutas com molho de macadâmia e framboesa?

— Parece bom. — Colocando suas coisas no sofá flutuante, Emily seguiu Zaron para a cozinha. Aconchegando-se nas placas flutuantes, ela ouviu quando ele deu a ordem à casa – ou, pelo menos, o que ela presumia que estivesse fazendo quando falava em Krinar.

Mexendo-se no seu assento, Emily deu uma respirada devagar, então outra, tentando ficar calma. Ela podia sentir as estremecidas daquele sentimento claustrofóbico do aprisionamento, quando ficava em lugares fechados por muito tempo – um sentimento que era aumentado por saber que, desta vez, estava realmente trancada, que sua liberdade estava no controle de outra pessoa. Logicamente, ela entendia que seu aprisionamento era apenas temporário, mas a lógica não tinha nada a ver com o aperto sufocante no seu peito.

Emily sabia por experiência que o aperto só pioraria. Na última vez que ela foi forçada a ficar dentro de um lugar por mais de um dia, tinha sido quatro anos antes durante uma tempestade de inverno em Chicago. Quase um metro e vinte centímetros de neve tinha caído num período de trinta e duas horas, e ficou impossível abrir a porta da frente por três dias. Emily, que estava dividindo uma pequena casa na cidade de Evanston com quatro colegas, ficou claustrofóbica ao ponto de descer do seu quarto no primeiro andar numa pilha de neve – qualquer coisa para se livrar da sensação sufocante de estar presa em um espaço fechado por um período prolongado.

Desde que acordou na casa de Zaron na véspera, ela não tinha ficado ao ar livre nem um pouco.

Não, não pense nisso. Respire, e não pense nisso.

— Qual o problema? — Zaron franziu, aparentemente sentindo seu desconforto. — Você está se sentindo mal? — Sentado do outro lado da mesa, ele deu a ela um olhar questionador.

Emily mordeu seu lábio. Ela odiava admitir fraqueza, mas não poderia ficar enclausurada pelas próximas duas semanas. Ela simplesmente não podia.

— Tenho um problema — Disse ela após um momento. — Fico estranha se estiver em lugares fechados por muito tempo. É um tipo de claustrofobia. Posso ficar em espaços pequenos, mas não por muito tempo.

As sobrancelhas dele se levantaram em surpresa. — Você estava bem ontem.

Ela assentiu. — Geralmente consigo ficar um dia sem me sentir mal, mas, então, preciso pegar um pouco de ar fresco ou começo a ficar louca. Quando estou trabalhando, sempre me ofereço para ir na rua fazer compras – você sabe, pegar café, levar coisas aos correios, pegar o almoço para minha equipe – qualquer coisa que possa fazer para sair do prédio por alguns minutos. Não costuma ser um grande problema, mas só não posso ficar enclausurada por muito tempo.

Zaron se recostou, pensando em Emily sob

pálpebras parcialmente fechadas. — Entendo. Precisa sair neste exato momento, ou pode esperar até depois do café?

Uma onda de alívio passou por ela, retirando parte do aperto sufocante no seu peito. — Posso esperar — Disse ela, dando a ele um sorriso genuíno. —, ainda não está muito ruim. — Ela se sentiu quase tonta de tanta felicidade.

Ele não iria mantê-la trancada na casa apesar de tudo.

Enquanto estavam conversando, seus alimentos tinham aterrissado na mesa.

— Podemos sair para nadar — Disse Zaron, pegando uma tigela de frutas e sementes com um molho parecendo exótico. —, tem um lago muito bom aqui por perto.

— Nadar? Seria magnífico — Disse Emily, atacando as frutas, faminta. A salada estava deliciosa, mas ela quase não sentiu o gosto na ânsia de estar ao ar livre. Além de aliviar sua claustrofobia, sair também daria a ela uma chance de procurar uma rota de fuga.

Se Zaron achava que ela aceitaria passivamente perder a chance da oportunidade de trabalho de uma vida, deveria pensar duas vezes. Emily tinha se esforçado muito para deixar sua carreira descarrilar tão facilmente.

De uma forma ou de outra, ela precisava voltar para casa.

~

Depois do café, Zaron fabricou um traje de banho para Emily e algumas bermudas de natação para ele. Atendendo ao mandado de não se expor que significava que tudo que vestisse teria que, pelo menos, *parecer* traje humano, ele achou o desenho do biquíni para Emily na internet.

Entrando no quarto de Emily, Zaron deu as duas peças para ela, então, saiu para deixá-la se trocar. Ele não se importava por terem de sair, mas a condição dela o intrigava. Tão logo a viu naquela manhã, ele sentiu uma tensão estranha nela, e sua ansiedade tinha piorado com o passar da manhã. Quando sentaram-se para o café, Emily parecia como se quisesse sair da própria pele. Ele também não achava que ela estivesse armando aquilo; a não ser que fosse uma atriz de muito talento, o desconforto dela era real.

Uma batida interrompeu os pensamentos de Zaron. Ele deu um comando rápido, e a parede para o quarto de Emily se abriu, criando uma porta para ela.

Ela estava vestindo o mesmo vestido de antes, apenas com as fitas azuis do seu biquíni aparecendo por baixo. Ao olhar o corpo seminu dele, uma onda rosada passou pelo rosto e pescoço dela, dando à sua pele pálida um brilho delicado.

— Pronta para ir? — Perguntou Zaron, segurando um sorriso notando o jeito que ela se forçava a manter seus olhos acima do pescoço dele. Ele tinha acabado de colocar seu próprio traje de banho, e não tinha colocado uma camisa. Sua reação feminina para com o corpo dele o agradou; quanto mais forte a atração, mais fácil seria para persuadi-la ir para sua cama.

Emily assentiu e o seguiu para a parede mais no canto da sala. Quando eles se aproximaram, o material inteligente se abriu, criando uma abertura para fora.

Saindo, Zaron inalou profundamente, usufruindo o calor do sol na sua pele exposta. Já estava no meio da manhã, e o ar estava quente e úmido, cheio da essência das bromélias e os sons de várias criaturas viventes. Esta região da Terra o lembrava sua casa – razão mais importante por que tinha escolhido este local como a principal colônia Krinar.

Virando-se, ele viu Emily em pé a alguns passos dele, olhado para a casa atrás deles. — Não é o que você esperava, é? — Perguntou ele, vendo a expressão no rosto dela.

Diferente de todas as casas Krinars ou humanas, esta residência temporária não era nem mesmo um prédio. Era uma caverna *high-tech* localizada bem dentro de uma pequena montanha. Com a parte externa selada, era completamente invisível atrás de uma parede grossa verde. A não ser que alguém já soubesse que já estava lá, seria impossível de achar – tanto pelo ar ou a pé.

— Não — Retrucou Emily, virando-se para encará-lo. — Não era absolutamente o que estava esperando. É assim porque você está tentando ficar escondido?

— Sim. Não quero que algum avião ou helicóptero observe uma estrutura estranha na sua selva e decida investigar.

Emily olhou para ele pensativamente, mas não fez mais perguntas enquanto andavam pela floresta para o lago. Agora que estava fora, Zaron pôde sentir sua ansiedade diminuindo, e o olhar empalidecido no seu rosto desaparecendo. Pela primeira vez desde que a encontrou, a garota humana parecia relaxada e feliz, seus lábios macios curvando-se num sorriso enquanto olhava um *Sceloporus malachiticus* – uma lagartixa de espinha verde – correndo numa pedra ali perto.

— Você parece bem confortável aqui para alguém que vive na cidade de Nova York — Observou ele, notando a facilidade que passava pela floresta verde. Ela parecia respeitar a natureza sem temê-la, pisando cuidadosa e confiantemente pelo mato denso. Ele estava quase avisando-a da dolorosa ferroada da *Paraponera clava*, mas ela desviou-se da colônia da formiga tocandira antes que ele tivesse a chance.

— Eu *estou* confortável aqui — Disse Emily, dando um sorriso curto para ele. — Cresci na Geórgia semi-rural, na verdade, e só me mudei para Nova York para trabalhar. Eu era uma criança bem largada, subindo em árvores e pegando insetos o dia todo. Se tivesse escolha, eu moraria numa casa na árvore.

Zaron sorriu largamente, visualizando a pequena Emily correndo pelas florestas. Se ela parecia angelical agora, ele podia apenas imaginar o que ela devia ter sido como criança, com aqueles grandes olhos brilhantes e cabelo cor do sol.

— E você? — Perguntou ela ao chegarem a uma pequena área aberta. — Como eram as coisas para você quando criança? Você brincava do lado de fora bastante? Imagino que suas cidades sejam bastante high-tech...

— São — Disse Zaron. —, mas são diferentes das suas cidades. Costumamos construir em volta do ambiente natural, em vez de sobre ele. De fato, nossos assentamentos se parecem mais como esta selva do que com uma das suas cidades.

— Verdade? — Ela deu um olhar surpreso para ele. — Então, sem arranha céus, sem estradas, sem carros?

— Não. — Ele balançou a cabeça. — Nada desse tipo. Temos alguns prédios grandes para eventos públicos, mas não há muitos deles. Não gostamos de nos juntar como os humanos, nossas casas tendem a se espalhar – e não precisamos de estradas porque nós ou andamos ou usamos transportes aéreos.

Zaron podia ver que Emily iria fazer mais perguntas, mas, naquele momento, eles chegaram ao seu destino.

Com cerca de três quilômetros de comprimento e cinco de largura, o lago era um corpo de água de tamanho considerável, alimentado por vários riachos diferentes da montanha – riachos que eram mais parecidos com rios nesta época do ano. Localizado bem dentro da floresta, o lago era ladeado por paredes de vegetação densa e atraía todo tipo de criatura selvagem – um local perfeito para um biólogo. Zaron vinha aqui frequentemente, tanto para desfrutar da água como para estudar a fauna local.

— Cuidado com essa mancenilheira — Ele falou

para Emily, pegando no braço dela para retirá-la da planta que descia para a água. — A *Hippomane mancinella* é altamente venenosa, e eu não trouxe nenhum equipamento médico comigo. — A seiva branca leitosa da árvore contém fortes toxinas; só por ficar sob a suas folhas durante a chuva pode causar bolhas na pele humana.

— Oh, obrigada — Murmurou ela, olhando para ele antes de mudar sua atenção para a água. — Me certificarei de evitá-la de agora em diante. — A voz dela parecia um pouco engasgada, e Zaron viu que ele ainda estava segurando seu braço. A mão dele era estranhamente escura contra sua pele marfim, seus dedos quase que circulando o braço fino dela.

Por um momento, a tentação de puxá-la para mais perto dele era insuportável. O ar entre eles parecia chiar, a atmosfera cheia de sensibilidade sexual. Ela o queria; ele podia sentir o cheiro do desejo dela no ar, ouvir as batidas rápidas do coração dela. Por que ela estava resistindo ao inevitável? Certamente Emily tinha que saber que seria dele, de que ele não a deixaria ir sem primeiro mergulhar-se profundamente na sua carne tenra e macia.

— O lago é seguro para nadar? — A voz dela estava mais alta que o normal, suas palavras saindo mais rapidamente. Ela podia sentir a direção dos pensamentos dele, notou ele, e estava fazendo seu melhor para distraí-lo da sua fome crescente. — Existe alguma coisa perigosa lá?

— Não — Disse Zaron, relutantemente soltando o

braço dela. — Você não precisa se preocupar com nada. — Não importava o quanto ele quisesse impor o assunto, ela ainda estava muito ansiosa. Ele a teria em breve, era o que se prometia. Em breve, mas não agora.

Se virando contra Emily, Zaron retirou as sandálias e desceu o caminho estreito de pedras na direção da água.

Um mergulho no lago frio parecia mais chamativo – e necessário – naquele momento.

CAPÍTULO DEZESSEIS

Quase sem poder respirar, Emily ficou olhando Zaron enquanto ia para a água, o sol refletindo seu cabelo espesso e brilhoso. O coração martelando forte no seu peito, e ela se sentiu muito quente, sua pele pinicando pela sensação residual do toque dele.

Ela já sabia que ele tinha um físico avantajado, claro; as roupas quase não conseguiam esconder seus músculos. Mas saber e ver são coisas bem diferentes – foi o que Emily descobriu quando ela saiu do seu quarto e o viu em pé à sua frente, não vestindo nada além de uma bermuda cinza clara.

Seu sequestrador alienígena era devastadora e desumanamente bonito. Sua pele lisa e bronzeada, sem falhas ou qualquer sinal de imperfeição, cobrindo cada centímetro de seu torso. Ombros largos, cintura fina, e quadris estreitos formando um 'V' espantoso, não havia nenhuma gordura em qualquer local do seu corpo musculoso. Dos poucos pelos no seu peito ao abdômen liso e definido em oito partes, ele era um animal macho inacreditavelmente belo.

Andando perto dele pela floresta fechada, Emily quase não conseguia manter seus olhos longe do corpo dele, e no momento que ele a tocou novamente, ela sentiu-se como que pegando fogo. Seus dedos fortes tinham segurado o braço dela com pegada de aço, supostamente para protegê-la da árvore venenosa, e o corpo dela explodiu de desejo, umidade quente inundando o sexo dela.

Por que ela ainda estava resistindo? Aquela vozinha malévola sussurrando na sua mente. Seria tão ruim mandar a precaução para os ares e ser feliz de uma vez por todas? Com que frequência alguém tem a oportunidade de foder com um homem tão gostoso? E o que importava se não havia futuro para eles, se ele era de uma espécie diferente e se nunca mais a veria novamente depois de voltar para casa? Milhares de mulheres ficavam com estranhos durante seus passeios. A escolha de parceiro de Emily poderia ser mais exótica, mas, no final de tudo, é só aquilo que seria: uma escapada nas rápidas férias com um homem que era, literalmente, do outro mundo.

Não. Balançando a cabeça, Emily tirou seu vestido, afastando os pensamentos perigosos. Ela tinha que focar em trazer sua vida e carreira de volta aos trilhos, e um caso com um extraterrestre – um extraterrestre que a estava aprisionando, nada mais – era a última coisa que precisava.

Chutando seu calçado, ela foi para a água,

agradecendo por Zaron parecer estar nadando para longe da margem e não estava prestando atenção nela. Ela não tinha ideia de quantas outras tentativas de sedução podia aguentar antes de ceder, e tinha uma suspeita forte de que estarem quase nus juntos não era propício para manter distância.

Só um nado rápido, prometeu Emily para si mesma, apreciando a água fria batendo na sua pele. Só uma nadada rápida para clarear a mente, e, então, ela poderia começar a planejar como sair daquele apuro.

O fundo do lago era tão pedregoso quanto a beirada, machucando os pés descalços dela, mas ela não tinha que andar muito até poder nadar. Movendo sem pressa pela água, ela viu Zaron nadando a uma distância.

Bem distante.

O pulso dela acelerou com excitação momentânea. Ele estava tão longe que ela mal podia ver sua cabeça na água. De fato, ele estava quase no meio do lago. Ela devia ter ficado lá, olhando para a água, por mais tempo que achava.

Esta era sua oportunidade, sua chance de escapar antes que os dezessete dias terminassem. Emily estava em boa forma para correr, e tinha alguma ideia de onde estavam, tendo visto algo que parecia com este lago no mapa que tinha estudado para sua excursão a pé. Ela não devia estar mais do que quinze, vinte quilômetros de uma das cidades. Se ela conseguisse uma distância boa de Zaron no início, havia uma possibilidade bem forte de chegar à civilização antes que ele pudesse capturá-la – e ela estaria de volta em casa antes da entrevista.

De olho na cabeça escura distante, ela saiu da água e andou despreocupadamente até suas sandálias, fazendo o máximo para fingir que estivesse apenas se aquecendo. Colocando os calçados e vestido, deu uma última olhada na direção de Zaron – verificando que ele ainda estava no meio do lago – e correu para a selva.

Nadando pelas águas calmas, Zaron apreciava o exercício relaxante, seus músculos movendo-se e esticando-se com cada braçada lenta e premeditada. Ciente da presença próxima de Emily, ele fazia o máximo para diminuir seu ritmo ao de um humano, mas não estava totalmente certo se conseguia. Mesmo após seis meses na Terra, ele achava difícil se mover como os *Homo sapiens* faziam – outra razão para sair das cidades humanas para as regiões mais remotas.

Olhando para a beirada, ele viu Emily saindo do lago. Com seus aguçados olhos Krinars, ele podia ver tudo, até as gotas d'água brilhando na sua pele pálida. Sua respiração na garganta, seu pau endurecendo ante à visão. Zaron tinha propositadamente resistido olhar para ela mais cedo, incerto do seu autocontrole, e agora, ele podia ver que estava certo em evitar a tentação. Vestida com apenas um pequeno biquíni, sua hóspede humana era uma sinfonia de pernas longas e esculturais e curvas femininas, seus seios cheios e eretos, e sua pequena cintura deslizando para um traseiro firme e com forma de coração. Com seus cabelos louros presos descuidadamente na cabeça, ela parecia um raio de sol, sua pele com uma luminosidade diferente à distância.

Incapaz de tirar os olhos, Zaron olhava faminto enquanto ela se abaixava e colocava suas sandálias e vestido. Seus movimentos eram casuais, quase preguiçosos. Enganosamente casuais, concluiu ele, notando a tensão nos ombros dela. Ficando ereta, ela rapidamente olhou na direção dele, os olhos brilhando contra a claridade... e, então, ela correu.

Ela estava fugindo dele.

Levado por puro instinto, Zaron mergulhou, cortando a água com velocidade feroz. A raiva aguda e irracional agitando suas veias, somado à ânsia visceral de caçar a presa fugitiva. Como ela ousava fugir? Ele tinha salvado sua vida, e ela era *dele* – sua foda, sua para mantê-la pelo tempo que desejasse.

Levou menos de dois minutos para ele atravessar a distância até a margem. Saindo da água, ele sentiu o cheiro dela desaparecendo na floresta. Ela não tinha ido longe, mas mesmo se tivesse, não importaria. Nenhum humano era páreo para um Krinar.

Sua mandíbula formou uma linha sinistra, Zaron começou a caçada.

CAPÍTULO DEZESSETE

Correndo pela floresta, Emily sentiu sua respiração se manter num ritmo constante – um que ela sabia a possibilitaria manter a velocidade por mais alguns quilômetros. Para seu alívio, as sandálias de tiras que Zaron tinha lhe dado se ajustaram confortavelmente aos seus pés, sem o mínimo desconforto da fricção que normalmente se esperaria de tais calçados.

Apesar dos dois últimos anos terem sido difíceis, com seu trabalho consumindo quase a totalidade das suas horas acordada, Emily geralmente conseguia dar uma fugidinha e correr 8 quilômetros a cada dois dias. Aquilo não se comparava ao regime rigoroso para ficar em forma que tinha tido na faculdade, mas era melhor do que se transformar numa sedentária por completo – e ela estava extremamente grata por aquelas corridas agora. Até aquela hora, Zaron deveria estar bem para trás, tendo em mente a possibilidade de ele até não se preocupar em vir atrás dela quando chegasse na margem.

Se tudo fosse bem, ela nunca mais o veria novamente.

O pensamento era estranhamente perturbador, então, ela o retirou da mente. Não havia retorno agora. Para melhor ou para pior, ela tinha escapado e, agora, precisava assegurar-se que acharia a civilização rapidamente.

Apenas um pé à frente do outro, Emily. Um pé à frente do outro.

Focando nos obstáculos familiares a um corredor, ela pulou um tronco caído... e trombou fortemente contra um corpo impossivelmente duro.

O impacto a deixou sem respirar. Rodopiando ela voltou e tropeçou no tronco, e teria caído se mãos fortes não a tivessem segurado naquele momento. Num instante, Emily se viu estatelada de costas no chão, com os braços presos acima da cabeça, com um macho musculoso, todo molhado, de mais de um metro e oitenta deitado sobre ela.

Zaron. Ele tinha de algum modo a alcançado.

Ele estava respirando forte, e ela podia ver um músculo pulsando nas suas mandíbulas cerradas. Seu cabelo grosso e negro estava colado no seu crânio, seus olhos escuros brilhando como carvões.

Ele parecia selvagem – e completamente furioso.

— Onde diabos você pensa que está indo? — Sua

voz era um rosnado feral, seus dedos como um torno em volta dos pulsos dela. — Você não pode fugir de mim.

Seus pulmões finalmente começaram a funcionar, e Emily sugou o ar avidamente, tentando organizar seus pensamentos. Como tinha Zaron a alcançado tão rapidamente do meio do lago? Mesmo os melhores nadadores olímpicos não poderiam ter coberto aquela distância em tão pouco tempo. — O que... como você...? — Ela não parecia conseguir falar mais do que poucas palavras por causa do alto estrondo das batidas pulsantes do sangue nos seus ouvidos. Ela podia sentir cada centímetro do corpo duro e parcialmente nu dele, a umidade da pele penetrando no vestido, e a carne dela reagiu instantaneamente, os mamilos enrijecidos, como botões eretos.

— Como eu o quê? — Ele abaixou a cabeça até que seu rosto ficasse a apenas alguns centímetros do dela, seu olhar queimando nela. A água do cabelo dele pingando na testa dela, os pingos espantosamente frios na pele superaquecida dela. — Como te alcancei?

Emily conseguiu assentir.

— Eu posso sempre te alcançar. — A voz dele baixando para um sussurro rouco, e um brilho mais quente e sombrio nos seus olhos. — Não tem lugar neste planeta ou além que eu não possa achá-la, anjo... se eu quiser.

O coração dela deu uma pontada, então, voltou a galopar loucamente no peito. Ela podia sentir um endurecimento crescente contra sua perna, um calor como resposta encheu o corpo dela mesmo com sua percepção de vulnerabilidade apertando seu estômago.

— Solte-me — Sussurrou ela, lutando contra o aperto dele. Era como estar presa por uma montanha, e o sentimento de impotência era tanto assustador quanto enlouquecedor. — Zaron, me solta...

Ele olhou para ela, os músculos da sua mandíbula flexionando, e a fome ardente no seu rosto enviando uma onda de excitamento passando por ela. Ela podia senti-lo brigando por controle – e sabia o momento exato em que perdeu a guerra.

Com um gemido torturado, ele abaixou a cabeça capturando os lábios dela aos dele.

Não havia nada doce ou terno naquele beijo; era um clamor cru, carnal. Os lábios e língua de Zaron estavam em todos os lugares, consumindo-a, roubando sua respiração, sua vontade de resistir. Sua mão direita segurava sem esforço os dois pulsos dela sobre a cabeça, e a mão esquerda escorregava pelo corpo abaixo, segurando e levantando sua saia. Onde quer que seus dedos arrastassem na pele dela, sua carne queimava, suplicando pelo seu toque. Sobrepujada, Emily se arqueou contra ele, incerta se queria se aproximar ou empurrá-lo, e sentiu os joelhos dele separando suas coxas nuas enquanto ele pegava a calcinha de seu biquíni e rasgava-a. Apenas o material molhado da bermuda dele os separava, a pesada pressão da ereção dele empurrando contra o sexo exposto dela.

De repente, as mãos dela estavam livres. Ofegando,

Emily agarrou-se nos ombros de Zaron, seus dedos afundando na pele dele enquanto ele começava um movimento com seus quadris, cada movimento esfregando o comprimento duro do seu pau no clitóris dela e enviando ondas de calor pelo seu corpo. Ele ainda a estava beijando profusamente, beijos drogados que enuviavam a mente dela, e em algum lugar abaixo do seu ventre, uma tensão familiar começou enquanto ele puxava o top do seu biquíni e fechava suas mãos em volta dos seios, massageando firmemente os pesos macios sob o tecido do vestido.

Com a cabeça rodando, Emily gemeu dentro da boca dele, incapaz de focar em qualquer coisa além do prazer inebriante passando por ela. Todos os seus temores, todas as suas dúvidas se evaporaram, queimadas no abraço ardente dele. Os dedos dela deslizaram para dentro do seu cabelo espesso, segurando-o mais perto, e os quadris dela começando a mover-se ajustando-se ao ritmo.

Zaron gemeu novamente, e ela mal registrou o som novamente de algo se partindo. Ele tinha rasgado sua bermuda, ela concluiu vagamente, sentindo a cabeça lisa do seu pau roçando na parte interna da sua coxa. A tensão dentro dela aumentando, seu interior latejando com uma necessidade cumulativa, e ela levantou seus quadris para ele, inconscientemente implorando por mais.

Ao seu movimento, Zaron enrijeceu e levantou sua cabeça para olhar para ela, segurando-se num dos cotovelos. A respiração dele era áspera e rápida, seus lábios brilhando pelos beijos dela. — Você quer isso? — Sussurrou ele, sua voz rouca com o desejo. Ele forçou seus quadris para frente, a ponta do pau pressionando a abertura entre as pernas dela. — Você quer isso, Emily?

Os olhos dele ligados nos dela, exigindo uma resposta, e ela assentiu impotentemente, incapaz de fazer qualquer outra coisa. Ela nunca tinha tido um desejo tão forte, um desejo tão intenso que beirava a agonia. Ela não seria capaz de aguentar se ele parasse agora, e sua sempre presente voz de cautela ficou calada enquanto ele a segurava fortemente com uma mão forte, abrindo mais suas pernas, e começou a empurrar.

Apesar de sua excitação, a primeira penetração não foi fácil. Ele era grosso e longo, bem maior do que qualquer homem com quem ela tinha estado, e ele avançou mais fundo na sua carne solícita, um grito escapou dos lábios dela pela ferroada, esticando o prazer. Tensa, Emily agarrou os braços dele e sentiu um tremor correndo pelo corpo dele enquanto seus músculos internos apertavam em volta do comprimento duro numa tentativa fútil de repelir o invasor.

Com o grito de dor dela, Zaron parou, seu corpo grande tremendo com o esforço de se manter parado, e Emily viu que seus olhos negros queimavam com a avidez. Mesmo assim, quando ele abaixou sua cabeça, esfregando seus lábios contra o rosto dela, o gesto trazia uma ternura espantosa. — Você está bem? — Murmurou ele, sua respiração quente passando pela orelha esquerda dela enviando tremores de prazer pelo corpo.

Fechando os olhos, Emily enroscou seus braços em volta do pescoço dele e suas pernas nos quadris dele. O desconforto já estava passando, e aquela febre voltando. — Sim — Sussurrou ela, se arqueando para recebê-lo mais fundo, e estremeceu com prazer impotente enquanto o movimento aumentava as sensações vindas das profundezas dela.

Zaron também estremeceu, os resquícios do seu controle desaparecendo, e começou a empurrar pesadamente, penetrando nela com força punitiva. Arfando, Emily se agarrou a ele, como um papelzinho jogado numa tempestade. Seu mundo se estreitou, todos os seus sentidos focados nele. A pele dele estava escorregadia com a água e o suor, seus músculos agrupando-se e flexionando sob as pontas dos dedos dela. Ela podia sentir seu pau movendo-se lá dentro, cheirar sua fragrância quente e almiscarada, e a tensão nela espiralando mais ainda, concentrando-se no agrupamento de nervos no ápice do seu sexo. Sua pele pinicando com formigamentos, as batidas do seu coração disparadas... e, então, de repente, ela estava lá, um grito arfante escapando da sua garganta enquanto seu corpo explodia no mais poderoso orgasmo da sua vida.

Ele a cavalgou, suas estocadas fortes e implacáveis, não dando a ela tempo para se recuperar, e para seu espanto, ela sentiu outro clímax se aproximando, sua carne sensível precisando dum estímulo mínimo desta vez. Sentindo aquilo, ele aumentou o compasso, esfregando sua virilha contra o clitóris dela com cada empurrada, e Emily gritou com o próximo orgasmo alcançando-a, deixando-a despedaçada e sem fôlego no final.

A pegada convulsiva do sexo dela parecia desencadear a própria liberação de Zaron, e ela sentia a tensão dele, um som áspero contorcendo-se no peito dele quando ele parava, esfregando sua pélvis mais forte contra ela. Emily podia sentir seu pau pulsando profundamente dentro dela, sua semente jorrando com jatos quentes, e ela apertou os lados dele, pasmada pela experiência.

Por alguns momentos, eles ficaram deitados, sem se mover, seus corpos colados pelo suor e suas respirações vagarosamente voltando ao normal. Zaron pesava em cima dela, e pela primeira vez, Emily se deu conta de que estava deitada no chão duro, com pedrinhas e gravetos penetrando na pele nua das suas costas. Movendo-se um pouco, ela tentou ficar mais confortável, e Zaron se levantou em um dos cotovelos novamente, liberando-a da sua parte mais pesada. Seu sexo macio ainda se abrigando dentro dela, e a intimidade daquela posição fez as bochechas de Emily flamejarem quando seus olhos se encontraram.

— Você não vai a lugar nenhum, anjo. — Disse ele brandamente. Havia algo diferente no modo como ele olhava para ela agora, algo sombrio e possessivo que não tinha estado lá antes. — Não até eu deixar. Você me entende?

A boca de Emily se apertou, mas ela assentiu levemente. Agora não era hora de discutir – não com ele ainda enterrado profundamente na sua carne, não enquanto ela estava cambaleando pelo prazer devastador. Ela tentaria se reagrupar mais tarde, para imaginar um jeito de escapar, mas, por enquanto, tinha que acalmá-lo, fazer a parte da prisioneira submissa. Ela não suportaria se ele decidisse mantê-la trancada depois do incidente de hoje.

— Bom. — Abaixando sua cabeça, Zaron a beijou rapidamente, seus lábios esfregando nos dela e, cuidadosamente, saiu do canal inchado dela. Ficando de pé, ele a levantou.

Emily tinha perdido seu biquíni, mas seu vestido tinha conseguido sobreviver de algum modo, e foi colocado no lugar, cobrindo suas nádegas nuas. A bermuda de Zaron, contudo, ficou rasgada no chão. Ele não parecia preocupado com aquilo, parecendo tão confortável nu quanto com roupa. Ela podia ver suas bolas balançando pesadamente entre as pernas, o sexo dele brilhando com sua umidade combinada, e a boca de Emily ficou seca com o pensamento de que ele tinha estado dentro dela – que ela realmente tinha feito sexo com aquele homem.

Com este *alienígena*, uma voz interna a corrigiu, e Emily engoliu, não querendo examinar o fato muito de perto. Suas pernas pareciam gelatinas, mas ela apertou o passo, querendo pôr alguma distância entre eles.

Contudo, Zaron não permitiu, sua mão apertando o braço dela. Antes de reclamar, ela sentiu-se levantada do chão e acomodada confortavelmente nos braços dele.

— Vamos para casa — Disse ele, olhando para ela enquanto passava pela selva, carregando-a sem esforço como se ela não pesasse nada. — Acho que já teve ar fresco o bastante por hoje.

A VIAGEM DE VOLTA LEVOU MENOS TEMPO, POIS, ZARON manteve uma passada energética, navegando pela floresta conhecida com facilidade. Emily protestou pelo fato de ser carregada, dizendo que podia andar sozinha, mas ele se recusou a pô-la no chão, precisando sentir a pegada segura dela no seu peito. Ela não tinha conseguido escapar e nunca conseguiria, mas ele ainda estava relutante em deixá-la ir, um sentimento estranho atormentando-o toda vez que ele pensava na tentativa de ela fugir.

Apesar da raiva no início, Zaron entendeu por que ela tinha feito aquilo. A garota humana estava acostumada com sua independência, em ser responsável pela sua própria vida. Sem dúvida, estava com raiva de ser forçada a ficar como sua hóspede. Ele entendia e até mesmo se simpatizava com o dilema dela, até certo ponto. Contudo, aquilo não mudava sua convicção irracional e primitiva de que Emily pertencia a ele, de que de algum modo ela era *dele*.

Fazer sexo com ela apenas tinha reforçado aquele sentimento. Seu corpo estava temporariamente saciado, mas ele ainda desejava mais do prazer viciante, desejando fodê-la mais e mais. O fato de que ele tinha se contido de tomar o sangue dela não ajudava. Ele não queria perder o controle em campo aberto, mas agora, não conseguia parar de pensar sobre o líquido afrodisíaco que corria em suas veias – e de como seria estar bem dentro dela quando ele enfiasse seus dentes em seu pescoço e provasse seu sangue pela primeira vez.

— Você é mais forte que um humano, não é? — A pergunta de Emily o tirou dos pensamentos, fazendo-o olhar para ela. Ela estava com seus braços em volta do pescoço dele, segurando-se como se tivesse medo de que ele a deixasse cair. — Você já me carregou por quase um quilômetro, e não está nem ofegando — Explicou ela olhando para ele.

Zaron hesitou por um momento, então, decidiu que podia revelar aquilo. Os humanos descobririam aquele fato sobre os Krinars logo. — Sim — Confirmou ele, pulando por um pequeno arbusto de *Lippia alba* —, somos mais fortes que sua raça. E mais rápidos – por isso que fui capaz de alcançá-la.

A garganta moveu-se enquanto engolia. — O quanto mais forte e rápido?

— O bastante para nenhum dos seus atletas ser um desafio — Disse-lhe ele, não querendo ser mais específico. Ele podia esmagar cada osso num corpo humano sem muito esforço, mas Emily não precisava saber aquilo. A última coisa que ele queria era que ela sentisse medo dele. Ele nunca a machucaria fisicamente, mas ela não acreditaria nele – particularmente se soubesse das origens predatórias da sua espécie e preferência pela violência.

Ela franziu a testa com sua resposta, mas antes que pudesse enchê-lo com mais perguntas, eles chegaram na sua residência.

Aproximando-se da entrada, Zaron passou pela abertura, carregando Emily para dento como um prêmio de guerra. Apenas após a parede ter fechado seguramente atrás deles, que ele finalmente a deixou, colocando-a em pé. Ele sabia que estava provavelmente agindo como um bárbaro, mas não se importava. Se ela não queria ser sua hóspede, então, ela seria sua prisioneira, com tudo que aquilo significava. Ele não se ressentia de mantê-la como prisioneira – não depois de ela ter traído sua confiança por tentar fugir.

Tão logo ele a soltou, ela se afastou dele, seu queixo levantado desafiadoramente. — Quero tomar um banho — Disse ela, devolvendo o mesmo tipo de olhar. Contudo, Zaron detectou um pequeno tremor nas suas mãos. Emily estava mais preocupada do que parecia. Estaria arrependida do que tinha acontecido entre eles? Ou tentava se manter afastada dele para fingir que nada tinha acontecido?

De qualquer forma, Zaron não iria permitir aquilo. Ela o tinha deixado entrar no seu corpo, e ela era dele agora. Não havia retorno para ela.

— Claro — Disse ele. —, você precisa de uma ducha – e eu também.

Sem esperar pela resposta dela, ele se aproximou dela. Agarrando seu vestido, puxou-o pela cabeça dela num movimento leve, deixando-a em pé nua.

Então, ele pegou-a novamente e a levou para dentro do quarto, indo direto para banheiro.

CAPÍTULO DEZOITO

Aconchegando Emily no seu peito, Zaron entrou num compartimento circular alto e deu um comando rápido para início da água.

— Você pode me descer agora, sabia? — Disse ela secamente quando a água começou a jorrar nos corpos deles. — Consigo ficar em pé nos meus próprios pés – e, obviamente, não tem nenhum lugar para fugir aqui.

Um sorriso pontuou o lado da boca de Zaron. Ele estava definitivamente agindo como um bárbaro. — Certo. Se é o que você quer. — Colocando-a cuidadosamente no piso lustroso, ele deixou o chuveiro inteligente aplicar líquidos de limpeza no cabelo dela enquanto ele recebia o mesmo tratamento.

Ele não tinha a mínima ideia por que era tão difícil manter suas mãos afastadas de Emily, mas ele quase não aguentava ficar sem tocá-la. Também não era somente uma necessidade física, apesar do seu corpo estar começando novamente a se estremecer ao ficar perto dela. Não, esta compulsão era mais profunda, ele concluiu com um calafrio interior. Ele queria mantê-la perto, senti-la perto dele todo o tempo... segurá-la e possuí-la.

Como ele quis Larita.

Desta vez, a dor lancinante no peito era muito aguda para ignorar, e Zaron deu as costas para Emily, não querendo que ela visse a agonia no seu rosto. Ele possivelmente não poderia desejar um humano do mesmo jeito que desejou sua companheira. Larita tinha sido sua vida por mais de quarenta anos, e o fato de que ele podia até pensar nela na mesma frase que Emily, parecia uma traição à memória dela.

E mesmo assim... ele não conseguia se lembrar da última vez que se sentiu tão vivo. Pela primeira vez desde a morte de Larita, pensamentos sombrios não consumiam Zaron sempre que estava acordado, seu ódio e pesar diminuindo na presença de Emily. Ele tinha sorrido e rido mais nos últimos dois dias do que por todo o último ano, e o sexo com Emily tinha sido tão intenso e satisfatório quanto ele experimentara com sua companheira.

Aquilo não fazia sentido, mas ele não podia mais negar.

Pela primeira vez em anos, Zaron sentiu seu antigo eu, e Emily era a razão daquilo.

Virando de volta para ela, ele olhava enquanto ela se virava no jato d'água, seus olhos fechados e seus cabelos molhados caindo pelas suas costas esguias.

Com o perfil dela virado para ele, ele notou seu nariz pequeno e reto e as linhas puras das sua mandíbula e queixo. Sua boca parecia macia e luxuriante, inchada pelo seu encontro mais cedo, e quando seu olhar desceu o corpo dela, seu pau engrossou e endureceu, respondendo à visão sensual diante dele.

Ele não sabia por que esta garota humana em particular tinha esse tipo de efeito nele, mas não iria perder tempo se preocupando com aquilo, decidiu, enquanto o calor aumentava sob sua pele. Ele tinha sua pequena prisioneira pelos próximos dezesseis dias, e pretendia usufruir cada um deles.

Aproximando-se de Emily, ele a puxou contra seu corpo excitado e capturou o ofego assustado dela com sua boca.

Ela tinha um gosto doce, sua respiração levemente mentolada pela limpeza. Os lábios dela colaram nele, respondendo ao beijo, e os dedos dela agarraram a carne musculosa dos seus braços, suas unhas frágeis penetrando na pele dele. Ele conseguia sentir os seios nus dela empurrando o seu peito, seus mamilos como pedras rígidas, e suas bolas endureceram quando sangue fresco jorrou para a sua virilha. Gemendo, Zaron a encostou na parede do compartimento, sua mão escorregando pelo corpo dela para a abertura macia e tentadora entre suas pernas.

Ela já estava molhada, pronta para ele, e Zaron sentiu sua fome intensificar enquanto ela resistia contra seus dedos, um gemido baixo escapando da sua garganta. Pressionando seu polegar contra o clitóris dela, ele empurrou o dedo do meio na pequena abertura escorregadia do canal dela, procurando pelo ponto sensível no seu íntimo. — Sim, é isso — Murmurava ele, levantando a cabeça para olhar seu rosto excitado. — Goze para mim, anjo... — Ele podia sentir a área esponjosa macia contra o meio do seu dedo, e quando pressionava levemente, sua vagina se contraía em volta dele, apertando seu dedo tão forte que seu pau pulava em resposta.

Emily estava ofegando agora, suas pupilas dilatadas enquanto olhava para ele, e ele aumentava sua pressão naquele ponto interno macio, seu polegar circulando o clitóris simultaneamente. Ela deu um grito, seu corpo se empurrando para ele, e ele sentiu o orgasmo dela começando, suas paredes internas ondulando seu dedo num movimento sinuoso e flutuante.

Incapaz de esperar mais, Zaron removeu seu dedo e segurou a parte de trás das coxas dela, levantando-a do chão e abrindo suas pernas. Sem mais preliminares, ele alinhou a cabeça do seu pau com a entrada dela e empurrou.

Como antes, ele se sentia tonto com ela, inebriado. Ela estava incrivelmente apertada no pau dele, sua carne macia espremendo-o, abraçando-o enquanto ele avançava mais fundo. Ele conseguia sentir o cheiro doce de almíscar da excitação dela, ouvir a batida rápida do coração, e os olhos dele chegaram no seu pescoço, atraído pelo forte pulsar sob sua pele pálida quase translúcida. Uma fome ancestral, animalesca apareceu, uma ânsia predatória que nenhuma quantidade de manipulação genética tinha sido capaz de suprimir, e ele abaixou sua cabeça vagarosamente, esfregando seus lábios contra a delicada coluna do pescoço dela. Ela gemeu, seu pescoço arqueado para trás, e o desejo, incontrolável. Usando sua mão esquerda para segurá-la, Zaron agarrou os cabelos de Emily com sua mão direita, forçando-a a se manter imóvel. Então, com um movimento rápido, ele cortou os lados pontiagudos dos seus dentes superiores pela pele dela e pressionou sua boca para o ferimento resultante.

Sangue, quente e acobreado, jorrou na sua língua, o cheiro rico e singularmente satisfatório. Emily gritou ante à dor repentina, apertando os braços dele, mas, então, ele sentiu o efeito entorpecedor da sua saliva afetando-a. O corpo dela se derretendo nele, o seu sexo apertando e pulsando contra seu pau, e ele sabia que ela estava dominada pela mesma onda de prazer que o estava varrendo. Êxtase, feroz e efervescente, zunindo pelas terminações nervosas de Zaron, aumentando cada um dos seus sentidos até que ele sentiu como se fosse explodir com as sensações esmagadoras. Tudo estava mais brilhante, mais quente, mais intenso, e ele sentiu todo seu pensamento racional fugindo enquanto seu corpo ficava no controle, o gosto do sangue dela amplificando sua luxúria a um nível irresistível.

Ele não tinha certeza por quanto tempo a fodeu naquela parede do chuveiro, ou em que momento ele a carregou para a cama. Tudo o que sabia era que ambos gozaram repetidamente, num frenesi de orgasmos violentos que não terminavam.

Apenas quando Emily desmaiou nos seus braços que Zaron viu seu desejo refrear, seu corpo saciado, mas ainda clamando por mais.

CAPÍTULO DEZENOVE

Recobrando gradualmente e consciência, Emily ficou ciente de um enigmático conjunto de dores e espasmos. Cada músculo do seu corpo estava sensível, como se ela tivesse feito uma série gigantesca de exercícios. Ao abrir os olhos e se mexer um pouco na cama, ela viu que seu desconforto ia mais fundo, seu sexo inchado e sensível pelo uso excessivo.

Ela também estava nua sob a coberta.

Com as batidas do seu coração aumentando, Emily examinou detalhadamente suas memórias, tentando achar um sentido naquilo tudo. Ela se lembrava do passeio no lago, seguido da tentativa frustrada de fuga – uma tentativa que tinha terminado no sexo mais inacreditável da sua vida. Ela também se lembrava claramente de estar tomando banho com Zaron e do jeito que ele foi para cima dela novamente, sobrecarregando seus sentidos e roubando sua vontade de resistir antes que tivesse a chance de se recuperar do primeiro encontro.

Naquele ponto, contudo, as coisas começaram a ficar nubladas na sua mente. Tudo que podia se lembrar era de um amontoado de sensações que nunca tinha experimentado antes e um prazer tão intenso que beirava a agonia.

Puta merda. Ela tinha feito sexo com um alienígena. Um alienígena que a estava mantendo cativa na sua casa. Emily não podia nem mesmo processar as implicações de algo como aquilo, ela colocou aquele pensamento de lado para uma análise posterior.

Franzindo a testa, sentou-se, olhando em volta do quarto. Ela estava só novamente, sem nenhum sinal de Zaron. O que tinha acontecido ontem? Por que ela estava se sentindo daquele jeito?

Saindo vagarosamente da cama, Emily foi ao banheiro, suprimindo um gemido pela profunda dor interna entre suas coxas. Ela nunca tinha sentido aquela dor depois de ter feito sexo antes, nem mesmo depois da sua primeira vez. Olhando para baixo, ela notou marcas sutis e arranhões na sua pele. Era o sexo com um macho da espécie de Zaron diferente afinal? Ela estremeceu ao pensar, mesmo quando seu interior esquentou ao se lembrar das sensações.

Não, não pense nisso agora. Forçando sua mente a abandonar o tópico, Emily cuidou das suas necessidades básicas e lavou suas mãos. Quando estava quase entrando no chuveiro, ela ouviu alguém entrando no quarto.

Virando-se, olhou para o homem que tinha se tornado seu amante. Ela ficou desconfortavelmente consciente da nudez dela. Ela nunca tinha ficado particularmente envergonhada com seus namorados, mas, de algum modo, aquilo era diferente. Nem Jason nem Tom tinham jamais olhado para ela do jeito que Zaron estava olhando agora: com uma fome profundamente possessiva que fez o sexo dela latejar em resposta. Era um olhar que a fazia visceralmente ciente do seu corpo, sua feminilidade.

— Já levantou — Murmurou ele, seus olhos brilhando ao se aproximar dela. Vestido com uma camiseta azul clara e calça jeans apertada que abraçava suas coxas poderosas, ele estava deslumbrante como sempre, devastando os sentidos dela com sua presença.

Ela realmente fez sexo com essa bela criatura.

— Sim, acordei há pouco — Emily conseguiu responder, sua voz um pouco rouca. Limpando a garganta, ela tentou focar na rotina. — Que horas são?

— Pouco mais das nove da manhã — Disse Zaron, uma pequena carranca apareceu no seu rosto enquanto examinava o corpo dela, parando nas marcas de dedo nas coxas. No próximo segundo, ele estava na frente dela, as mãos dele segurando seu braço enquanto a virava para cá e para lá, inspecionando cuidadosamente cada centímetro de sua pele.

— Ei! — Emily tentou se afastar. — O que está fazendo? — Ela estava fazendo seu melhor para fingir que esta seria uma manhã do dia seguinte normal evitando, assim, qualquer embaraço desnecessário, mas Zaron parecia determinado a arruinar os esforços dela.

Ignorando seus esforços sem efeito, ele largou os braços dela e se abaixou à sua frente, levemente passando suas mãos nas coxas dela. Quando ele ficou de pé novamente, a raiva no rosto quase a fez recuar.

— Eu te machuquei — Disse ele, sua voz cheia de nojo de si próprio, e ela viu que ele estava chateado consigo mesmo, não com ela. — Porra, Emily. Não sabia que tinha te marcado assim. Eu sabia que os humanos são frágeis, mas não achei... — Ele se conteve de continuar, seu peito estufando ao dar uma respirada, acalmando-se. Quando ele falou novamente, seu tom estava um pouco mais calmo. — Você está sentindo dor, anjo? — Perguntou, seus olhos fixados nela.

Emily sentiu um calor subindo a linha do seu cabelo. — Estou com um pouco de dor. — Admitiu relutantemente. Ela não queria que ele a achasse uma humana frágil. Sempre tinha se orgulhado de ser forte e em forma; mesmo quando criança, gostava de esportes e outras atividades fisicamente desafiadoras, preferindo 'pique' a brincar com bonecas. Ela não era uma moça frágil que precisasse ser tratada como um bibelô. — Isso não é nada — Acrescentou, vendo a expressão nas feições de Zaron. —, nada que uma ducha quente não resolva.

Ele apertou a boca, mas não disse nada. Virando-se, saiu da sala, movendo-se tão rápido que Emily piscou surpresa.

Batendo de ombros pelo seu comportamento inexplicável, ela entrou no chuveiro.

Antes da água ter chance de começar, Zaron reapareceu, carregando um pequeno objeto prateado em forma de cubo. — Fique parada, por favor — Instruiu ele, ajoelhando-se em frente a ela.

Confusa, Emily olhava enquanto ele movia o objeto pelo corpo dela, focando nas áreas com hematomas visíveis. Havia uma luz vermelha saindo do pequeno aparelho, uma luz que era prazerosamente morna na pele machucada. Para seu espanto, as marcas diminuíram quase que imediatamente, desaparecendo sem traços.

— Uau — Ela respirou, dobrando seu joelho direito e fazendo movimentos rápidos com o pé. As dores musculares de antes tinham desaparecido. — Zaron, é assim que sua tecnologia de cura sempre trabalha?

Ele assentiu, olhando para ela. — Sim. Ele usa nanócitos, se você está familiarizada com o conceito.

— Nanócitos? Como em nanotecnologia aperfeiçoada? — Emily tinha lido sobre aquilo enquanto pesquisava uma *startup* em tecnologia, e pelo que entendeu, as possibilidades de tal tecnologia eram praticamente sem limites. Nanomáquinas eram robôs inacreditavelmente pequenos que poderiam ser programados para funcionar numa variedade de formas diferentes – algo que a ciência podia apenas teorizar até este ponto. — Espere um minuto... Você está colocando esses nanócitos no meu corpo?

— Sim, precisamente. — Ele parecia satisfeito que

ela tinha entendido aquilo tão rápido. — É isso que cura suas feridas — Explicou ele, movendo o objeto pela pélvis dela. Antes de ela notar as intenções dele, ele colocou sua mão entre as pernas dela e enviou o brilho diretamente à sua abertura dolorida. Houve uma pequena sensação de formigamento e, então, a sensibilidade interna tinha acabado.

— Agora você pode tomar banho — Disse Zaron com satisfação, ficando de pé. Abaixando a cabeça, ele esfregou seus lábios contra os dela num rápido beijo de posse, então, afastou-se. — Na verdade, é melhor que você se banhe antes que eu perca meu controle novamente — Disse ele com voz rouca e saiu do quarto, a parede fechando-se atrás dele.

Emily banhou-se no piloto automático, seus pensamentos pulando em uma dúzia de direções diferentes. Ela estava tanto fascinada quanto horrorizada pela ideia de pequenas máquinas alienígenas correndo seu corpo. Teria sido daquele jeito que ele a tinha curado antes? Fazia sentido. Do mesmo jeito que um cirurgião podia suturar um ferimento, uma máquina de tamanho nano poderia teoricamente reparar danos a nível celular. Não, não teoricamente, ela se corrigiu. Aquilo podia realmente acontecer desse jeito. O fato de ela se sentir perfeitamente normal era prova disso.

Saindo do chuveiro, Emily deixou as correntes de ar secá-la, daí, voltou para o quarto para se vestir. Somente quando ela estava calçando as sandálias que reparou em algo.

Ela ainda não sabia o que tinha necessitado de cura, em primeiro lugar. Sua memória dos acontecimentos da noite anterior estava tão obscura como se ela tivesse sido drogada.

CAPÍTULO VINTE

— Zaron... O que exatamente aconteceu ontem à noite?

Devorando um prato de salada de frutas na mesa da cozinha, Emily olhou para ele solicitamente. Com o vestido amarelo pálido que estava usando naquele dia, seus olhos estavam mais verdes do que azuis, lembrando Zaron de *burit* – uma planta parecida com musgo, do seu planeta natal.

Terminando seu próprio prato, ele considerou sua pergunta, pensando em como melhor respondê-la. Por não saber qual seria o protocolo pós-chegada, ele suspeitava que o Conselho não estaria ansioso em revelar as tendências vampíricas da sua raça imediatamente.

— O que você quer dizer? — Perguntou ele, decidindo fingir que não sabia de nada por enquanto. Sorrindo lentamente para Emily, ele esticou o braço e pegou a mão dela, esfregando gentilmente a parte interna da sua palma com o polegar. — Você sabe o que aconteceu, anjo. Ou você quer que eu te lembre?

Ela lambeu uma gota de suco de fruta dos seus lábios, olhando para ele, e o corpo dele se enrijeceu ante a memória do seu gosto e de como o tinham feito sentir. — Lembro-me que fizemos sexo, claro — Disse ela, puxando a mão da pegada dele. —, o que não me lembro é do resto do dia depois da ducha, ou de como, no final, fiquei sensível daquele jeito. Você me deu algo? Como uma droga de algum tipo?

— Não, claro que não — Disse Zaron, animado pela ideia. Não era uma droga que tinha feito a memória do seu encontro atrapalhada; era uma substância naturalmente presente na saliva de Zaron, um resquício dos dias em que sua espécie caçava o *lonar* – uma espécie primata do qual o sangue os abastecia com ingredientes importantes. Com suas feições fingindo indiferença, ele perguntou mansamente: — Você não se lembra de todos os orgasmos que te dei?

As bochechas de Emily rosaram, mas seu olhar continuou fixo nele. — Não, não lembro. Você está me dizendo que fizemos sexo o dia e a noite inteiros?

Zaron assentiu, suprimindo um sorriso pela nota incrédula na voz dela. — Por aí — Confirmou ele. —, você finalmente caiu no sono às três da manhã.

— Três da manhã? — Ela olhou surpresa para ele. — Mas não era nem meio dia quando fomos para o lago!

— Acho que meu povo tem mais estamina quando o assunto é sexo — Disse Zaron, observando a reação dela. —, não nos cansamos tão fácil como os humanos.

A cor nas feições de Emily se intensificou. — Se isso for verdade, então, não acho que somos compatíveis — Disse ela com firmeza. — Você vai se dar melhor com outra Krinar.

— Mas eu não quero outra Krinar. — Zaron esticou a mão para pegar a dela. Segurando seus dedos, ele inclinou-se para ela. — Eu quero *você*.

E aquilo era verdade. Ele não queria apenas sexo – ele queria Emily. A noite anterior tinha sido uma das experiências mais incríveis de sua vida, e ele não podia esperar para possuí-la novamente. Ele podia ver que ela ainda tinha reservas de estar com ele, mas ele não tinha intenção de deixá-la se afastar.

Ele a tinha por outros quinze dias, e planejava gastar uma boa parte daquele tempo mergulhado profundamente dentro do seu corpinho.

Emily franziu, tentando puxar sua mão da dele. — Olha, Zaron, apenas porque fizemos sexo uma vez – ok, várias vezes — Ela notou um olhar irônico no rosto dele. —, isso não significa que vai se tornar uma rotina. Você está me prendendo aqui contra minha vontade, e mesmo se não estivesse, essa não é uma boa ideia. Somos muito diferentes. Por tudo que sei, com esse apetite, você tem um harém de mulheres no seu planeta...

— Eu não tenho — Zaron interrompeu, seu peito apertando dolorosamente. Liberando a mão dela, ele se recostou, tomado pela perspectiva desoladora. — Você não tem nada com que se preocupar quanto a isso, posso te assegurar. — As palavras saíram involuntariamente amargas, e ele viu os olhos de Emily se abrirem em surpresa.

— Você não tem ninguém te esperando ao voltar para casa?

— Não nesse sentido que você está falando — Respondeu Zaron, mais calmo dessa vez. —, meus pais e avós estão em Krina, mas não tenho uma 'namorada', como você chamaria.

— Por que não? — Perguntou Emily, tombando a cabeça para um lado. Seu olhar varrendo-o inquiridoramente. — Com certeza você não tem problemas em atrair mulheres. A não ser que aquelas no seu planeta tenham um gosto diferente?

Zaron olhou para ela, uma tentação estranha a remoê-lo. — Não — Disse ele vagarosamente. — Elas não têm. — Mesmo pelos padrões Krinar, ele era considerado um macho atraente; ele sabia sem falsa modéstia. Larita sempre brincava que seus pais o tinham feito belo, frequentemente implicando com ele por ser mais bonito que ela.

— Então, o que é? — Emily insistiu, seus olhos brilhando de curiosidade. — Você disse ter seiscentos anos de idade. Já não deveria ter mulher e filhos a essa altura?

— Eu tinha uma esposa — Disse Zaron abruptamente, cedendo à tentação. — Ela morreu há oito anos. — Tão logo as palavras saíram de sua boca, ele as quis tomá-las de volta, mas era tarde demais. A curiosidade no rosto de Emily desapareceu, substituídas por choque e pelo que ele mais odiava: pena.

Para seu alívio, ela não começou a discorrer lugares comuns. Em vez disso, perguntou calmamente: — Por quanto tempo vocês ficaram juntos?

— Quarenta e quatro dos seus anos terráqueos. — Faltando apenas três anos para a Celebração dos Quarenta e Sete – o evento formal que tornaria pública sua união e a faria permanente aos olhos da sociedade Krinar.

— Entendo — Murmurou Emily, observando-o. — Posso te perguntar o que aconteceu?

— Foi um acidente. — A boca de Zaron se contorcendo. — Apenas um acidente estúpido e imprudente. Larita era o que vocês chamam de astronauta, uma exploradora da geologia no espaço longínquo. Quando ela morreu, estava num projeto de rotina perto de um sistema solar, pegando amostras de um lago de metano num planeta que se parece um pouco com a sua lua de Saturno, Titã – num nível que não havia nem oxigênio na atmosfera. — Ele pausou, engolindo o nó que se formara na sua garganta. — Houve uma explosão vulcânica inesperada numa área próxima, e o tanque de oxigênio de Larita ficou danificado pelos projéteis que voaram. Ela ficaria bem – exceto pelo oxigênio que vazou, combinando-se com o metano na atmosfera.

Ele podia ver a cor abandonando as bochechas de Emily quando ela percebeu onde ele iria chegar. — Sim — Disse ele friamente. — Você pode provavelmente imaginar o que aconteceu depois. Metano é altamente inflamável na presença de oxigênio, e com o vulcão cuspindo magma quente, o lago em volta dela se tornou um inferno incandescente. Nem ela nem seus dois colegas sobreviveram.

Então, ele parou, incapaz de dizer algo mais enquanto revivia o horror de ouvir que a mulher que tinha amado mais do que sua própria vida tinha partido, seu corpo incinerado por um inferno num mundo longínquo. Ele não tinha acreditado nas notícias no primeiro instante, tentou negar o mais que pôde. Apenas quando os restos do traje de Larita tinham sido recuperados que ele aceitou a verdade: que sua companheira nunca retornaria da sua expedição de rotina.

Uma pressão quente e macia na sua mão o trouxe das lembranças sombrias. Olhando para baixo, Zaron ficou surpreso ao ver os dedos finos de Emily agarrados em volta da palma da sua mão. Ela o tinha alcançado através da mesa por sua própria iniciativa, pegando na sua mão num gesto de apoio silencioso. Levantando seu olhar para o rosto dela, ele viu que seus olhos brilhavam com uma umidade contida.

— Sinto muito — Sussurrou ela dolorosamente, e algo sobre o semblante de genuína simpatia estampado no rosto dela tocou as entranhas dele, expulsando os pesados e frios sentimentos em seu estômago. — Sinto muitíssimo, Zaron. Não posso imaginar o que você deve ter sentido, perder alguém que você amou por tanto tempo.

Ele respirou fundo, deixando ser acalmado pelo timbre manso da voz dela e a percepção da mão delicada na sua palma. Ele não sabia por que tinha confiado nessa humana. Ele não era absolutamente assim. Zaron nunca falou voluntariamente sobre a morte de Larita; mesmo depois de oito anos, as memórias ainda estavam muito frescas, muito dolorosas, e ele não era o tipo de pessoa que sobrecarregava outros com seus problemas. Mesmo assim, por alguma razão, ele quis contar a Emily, para ver se ela entenderia.

Ela ainda estava olhando para ele, como se debatendo sobre algo. Então, aparentemente chegando a uma conclusão, começou a falar.

— Meus pais morreram quando eu tinha quatro anos — Disse ela brandamente, e Zaron congelou, um calafrio que penetrou até sua espinha. — Foi um acidente de carro. Eles estavam ultrapassando um caminhão lento numa rodovia, andando a cerca de cento e vinte quilômetros por hora, quando um dos pneus estourou. O carro capotou várias vezes antes de parar ao lado da rodovia. Meu pai morreu instantaneamente, e minha mãe faleceu no hospital algumas horas depois. — Os dedos dela apertavam convulsivamente em volta da palma dele ao acrescentar roucamente. — Eu estava em casa com uma babá na hora, e meus pais estavam voltando correndo porque o filme tinha acabado mais tarde do que eles esperavam.

— Emily... — Zaron não sabia o que dizer. De muitos modos, sua perda tinha sido infinitamente maior. Ele era um adulto, e por mais que amasse Larita, não dependia dela do jeito que uma criança depende dos seus pais. — Eu sinto tanto — Disse ele finalmente, seu coração doloroso pela garota humana. — Quem te criou depois daquilo? Foram aqueles lares adotivos que você mencionou antes?

Ela assentiu. — Sim. Bem, e minha tia Wendy, eu acho – irmã do meu pai. Me levou para sua casa depois que eles morreram. Nenhum dos meus dois pais tinha uma família muito grande, então, ela era a única parente próxima. Eu morei com ela por dezoito meses antes que visse que estava muito pouco preparada para lidar com uma criança traumatizada e me colocou no sistema de adoção.

— Ela te deu para estranhos criarem? — Ódio acumulou nas entranhas de Zaron ao lembrar Emily dizendo que não havia comida o bastante nesses lares de adoção. Como podia sua tia ter feito aquilo? Que tipo de monstro manda embora seu próprio sangue? Órfãos Krinars eram extremamente raros nos tempos atuais, mas se tal infortúnio realmente acontecesse, qualquer parente, não importa quão distante, ficaria feliz em ficar responsável por cuidar da criança; qualquer coisa além daquilo seria inimaginável.

Um sorriso fraco apareceu nos lábios de Emily. — Sim. Não era assim tão ruim, na verdade. Eu preferia daquele jeito. Tia Wendy não era... boa com crianças. Foi um alívio estar fora da casa dela.

O sangue de Zaron congelou. — Ela te machucava? — Ele tombou para frente cobrindo o pulso dela com sua outra mão. Ele tinha visto esses tipos de histórias nos noticiários humanos, e a ideia de que Emily pudesse ter sido abusada... — Ela fez alguma coisa contigo?

— Não. — Emily balançou a cabeça. — Nada que você esteja imaginando. Ela me punia de vez em quando me prendendo no meu quarto, mas nunca fez nada além disso comigo. Nem qualquer outra pessoa nos lares em que fiquei. Tive muita sorte. Alguns dos meus pais de criação eram indiferentes, mas geralmente eram pessoas decentes que queriam ajudar – e que precisavam do dinheiro extra que o governo dava para que cuidassem da gente.

— Espere um momento — Disse Zaron devagar, agarrando-se ao comentário sobre ela ter sido mandada embora. — Sua tia a trancava no seu quarto? É por causa disso que você não gosta de ficar em lugares fechados?

Emily mordeu seu lábio, parecendo de repente desconfortável. — Sim, provavelmente. — Ela puxou sua mão da pegada dele, deixando-o estranhamente vazio sem o toque dela. — Não é nada de mais. Como te disse, só preciso sair com regularidade. — Continuando a olhar nos olhos dele, ela acrescentou calmamente: — Não me dou bem em cativeiro – mas novamente, eu não conheço muitas pessoas que se dão.

Zaron sentiu uma dor desconfortável de culpa, seguido de uma pontada de raiva irracional. Vagarosamente, ele se levantou, suas mãos agarradas no canto da mesa. — Eu já te expliquei por que estou te detendo por um tempo — Disse ele, cuidadosamente frisando cada palavra. —, é você que insiste em fazer disso um grande problema. Tudo que tem a fazer é ficar comigo pelos próximos quinze dias. Por que isso é tão difícil para você?

Ela também se levantou, seus olhos se estreitando. — Porque eu tenho uma vida lá fora. — O tom agudo dela igualando-se ao dele. — Porque eu não posso ficar aqui, fazendo sexo o dia e a noite todos, enquanto a carreira pela qual eu lutei tanto para construir sai completamente dos trilhos. Não sou como um animal de estimação que você pode resgatar e manter, Zaron – sou um ser humano – e seu chamado medo de exposição não é nada mais do que uma desculpa para me privar da liberdade. Você sabe tanto quanto eu que eu poderia correr pela Times Square gritando sobre alienígenas até estourar meus pulmões, e ninguém acreditaria em mim...

— Se eles acreditam ou não, não é relevante — Interrompeu Zaron, contornando a mesa. Com os olhos dela faiscando em fúria, Emily parecia tão adorável que ele sentiu sua própria ira diminuir, levado por um sentimento familiar de desejo. Havia alguma verdade nas palavras dela, mas ele se recusava a aceitar aquilo naquele momento. Parando em frente a ela, ele segurou seu rosto com suas mãos grandes e olhou em seus olhos tempestuosos. — Não arriscarei desrespeitar o mandado nesta altura dos acontecimentos. Nem mesmo por você, anjo.

Ela levantou suas mãos finas, seus dedos se

enrolando nos punhos dele. — Zaron, por favor — Sussurrou ela, e ele podia ouvir a respiração dela aumentar ao pressionar sua ereção crescente contra a barriga dela. —, essa não é uma boa ideia...

— Pelo contrário... — Ele abaixou a cabeça, seus lábios flutuando centímetros dos dela. — Essa é uma excelente ideia. — Ainda segurando seu rosto entre suas palmas, ele a beijou, deleitando-se no jeito que os lábios dela moldavam-se aos seus. Era como se ela também não conseguisse o bastante dele. Por ter falado sobre Larita e conhecido o passado de Emily, Zaron estava se sentindo desconfortável, estranhamente vulnerável e faminto por algo que não podia definir, até para si próprio. Por um momento, ele estava tentado a possuir a garota novamente, mas se controlou. Apesar de querer ficar na cama com Emily o dia todo, havia trabalho a ser feito – e ele tinha que abrir exceções pelo fato da sua hóspede ser, de fato, humana.

Levantando a cabeça, Zaron relutantemente abaixou as mãos e deu um passo atrás, ignorando os argumentos do seu pau duro. — Tem algo que preciso fazer agora — Disse ele roucamente, olhando para a feição desejosa dela. —, mas volto em algumas horas, e sairemos para um passeio, prometo. Você vai ficar bem sozinha por um tempo?

— Um, sim, com certeza. — Emily piscou, o brilho de desejo desaparecendo aos poucos das suas bochechas. — Ficarei bem.

— Bom — Murmurou Zaron. —, então te vejo em breve.

Antes de ficar tentado novamente, ele saiu do cômodo, indo para outra reunião virtual no seu escritório. Havia muitas coisas a serem terminadas nos próximos poucos dias.

As naves principais chegariam em breve, e Zaron precisava certificar-se de que tudo estivesse pronto.

CAPÍTULO VINTE E UM

Depois que Zaron saiu, Emily voltou para seu quarto. Para seu alívio, a entrada entre os cômodos funcionava para ela agora, abrindo e fechando à sua aproximação. Zaron devia ter ajustado os controles das portas em algum momento, dando-lhe mais liberdade para andar pela casa. A parede para fora não se movia, claro, mas ela não esperava que abrisse. Gostasse ou não, estava presa aqui pelas próximas duas semanas – com um alienígena lindo e insaciável que esperava que ela aquecesse sua cama durante o período.

Suspirando, Emily sentou-se na cama. Ela não podia fingir, mesmo para ela própria, que não estava nada além de desejosa. Ela nunca tinha feito sexo como aquele antes, nunca tinha nem mesmo sonhado que tal êxtase fosse possível. Com Jason, eles se divertiam na cama, mas nunca passou de diversão para Emily. Ainda, seu ex, pelo menos, tinha sabido como levá-la ao orgasmo. Com Tom, seu namorado no Ensino Médio, ela nunca foi capaz de gozar, seus encontros indo de dolorosamente atrapalhados a um pouco prazerosos. Mas com Zaron, era uma experiência diferente de qualquer outra – pelo menos até onde ela conseguia se lembrar.

Por que sua memória da noite anterior estava tão obscura? O pensamento incomodava Emily, e não pouco. Zaron tinha se desviado da sua pergunta naquela manhã, e ela via agora que estava completamente no escuro. Seria possível que ele estivesse manipulando sua mente de alguma forma? Talvez com a ajuda dos nanócitos que tinha usado para curá-la?

A ideia era tão assustadora que um suor frio espalhou-se por todo seu corpo. Poderia Zaron fazer algo como aquilo? E mais importante, ele *faria*? Ele claramente não hesitou em mantê-la prisioneira por mais de duas semanas, mas tirar sua liberdade de pensamento era um assunto completamente diferente. Isso implicaria num total desrespeito por ela como pessoa, e Emily não queria acreditar naquilo sobre ele. Com certeza, ele poderia ser completamente dominador, arrogantemente não dando a mínima para suas objeções do caso entre eles, mas ele não a tratava como se ela fosse menos do que humana. Ao contrário, ela tinha a impressão de que ele não falava da morte da sua esposa com frequência, mesmo assim, se abriu para Emily, confiando nela em um assunto que era claramente doloroso para ele.

Quarenta e quatro anos. Ele tinha estado com sua

esposa por quarenta e quatro anos. A longevidade incrível dos Krinars ainda chocava Emily. Os únicos humanos que ela conhecia que tinham ficado com seus cônjuges por tanto tampo já tinham passado bastante dos seus sessenta anos – e Zaron era claramente um homem na sua melhor forma. Se ela o encontrasse na rua, ela imaginaria que ele estivesse com vinte e tantos anos, nunca sonhando que ele fosse velho o bastante para ter vivido no tempo da Renascença.

Ela não imaginaria que ele tivesse passado por aquela tragédia no passado. O peito de Emily doía ao pensar o que ele deve ter passado, perdendo sua amada companheira de quarenta e quatro anos. Seria aquele o motivo por que ela se sentia tão atraída por ele? Porque ela tinha sentido que ele era igual a ela daquele modo: um sobrevivente, alguém que também tinha conhecido sofrimento e perda? O fato de que ela tinha se sentido confortável em falar sobre seus pais para Zaron parecia indicar aquilo. Ela nunca se abriu sobre aquilo com ninguém que não fosse um bom amigo e, mesmo assim, aquilo tinha sido a coisa mais natural do mundo, compartilhar aquela experiência com Zaron. De modo estranho, ela se sentia mais achegada a ele depois de três dias do que com Jason depois de três anos.

Se ele fosse humano, seria fácil amá-lo.

O pensamento saiu do nada, chocando Emily com uma claridade espantosa. Levantando-se, ela começou a andar, um vazio frio de desespero crescendo no seu peito. Por mais que ela quisesse negar, sabia que tinha chegado ao ponto central. Era esse o motivo por que tinha tentado resistir à atração, por que se sentia tão desconfortável pelo impacto que Zaron tinha nos seus sentidos. Não era por ela estar sendo esperta e cautelosa.

Era porque ela estava com medo.

Medo de se apaixonar por um homem com quem nunca poderia ter um futuro – um homem que poderia despedaçá-la se ela o largasse.

A atração que sentia por Zaron era mais do que sexual. Ela sabia daquilo agora. Tudo sobre ele intrigava Emily, e não era simplesmente o fato de ele ter vindo de outro planeta e poder falar-lhe coisas que nenhum humano sabia. Não, tão fascinante quanto ela achava do fato de ele ser alienígena, o conhecimento que ela desejava era tanto simples quanto complexo. Ela queria saber seus mais profundos pensamentos e sentimentos, mergulhar nas suas memórias. Queria vê-lo sorrir e rir, banir as sombras que tinha visto nele hoje. E, mesmo assim, ela se ressentia por estar sendo mantida prisioneira, ela não conseguia genuinamente odiá-lo por aquilo – não quando ele salvou sua vida.

Ela já estava se apaixonando por ele, e ainda faltavam quinze dias no seu relógio de prisioneira.

Não. Emily sentou-se na cama novamente. Isso era loucura. Ela não podia – não devia – se ligar a Zaron. Aquele caminho era um mundo de sofrimento. Ela tinha que formular um plano de fuga, e precisava fazer isso agora.

Pelos cálculos de Emily, já era sábado, o que significava que tinha perdido seu voo para casa naquela manhã. Em algum ponto daquela tarde, Amber viria devolver o gato de Emily e conversar sobre as novidades, e ficaria preocupada quando não pudesse entrar em contato com Emily. E a entrevista de Emily com Evers Capital – a entrevista que poderia influenciar todo o curso da sua carreira – era na próxima quinta.

Frustrada, Emily pegou o telefone danificado, pegando-o da placa flutuante próxima à sua cama. Ela o tinha posto lá depois que Zaron o tinha devolvido para ela, apesar de não saber por que ela tinha se importado em guardá-lo. O negócio estava completamente parado depois do banho no rio. Removendo a capa ainda úmida, Emily balançou o telefone, então, tentou ligá-lo novamente. Sem surpresas, a tela continuou escura.

Colocando o telefone de lado, Emily começou a andar novamente, muito transtornada para ficar parada. De um jeito ou de outro, ela precisava achar uma forma de sair antes que os quinze dias terminassem.

Sua carreira e paz mental dependiam daquilo.

CAPÍTULO VINTE E DOIS

QUANDO A MAIOR PARTE DA LOGÍSTICA TINHA SIDO decidida, Zaron liberou sua equipe pelo dia. Apenas um membro, Ellet, permaneceu na reunião virtual à sua solicitação. Uma bióloga como ele, ela tinha escolhido se especializar em *Homo sapiens* nas últimas décadas e era considerada uma estrela em ascensão na comunidade científica Krinar. Ela também era alguém que Zaron considerava como uma amiga, apesar de apenas conhecê-la nos últimos doze anos.

Quando eles ficaram finalmente a sós, Ellet foi sentar-se na placa flutuante perto de Zaron, cruzando suas longas pernas num gesto inconscientemente sensual. Com uma beleza clássica, havia o rumor de que ela estava se envolvendo com um Conselheiro Korum nos últimos meses. Alguns dos seus críticos até mesmo falavam que Korum era a razão de ela ter conseguido um lugar no time de preparação para a colonização – uma posição muito cobiçada entre os biólogos especialistas em humanos. Zaron não sabia se aquilo era verdade e não se importava. Por toda sua ambição, Ellet era um dos melhores indivíduos que conhecia, e ele a respeitava e gostava genuinamente.

— Então, como está a vida? — Perguntou ela, olhando pare ele com seus grandes olhos castanhos esverdeados. — Você prefere florestas a cidades?

— Prefiro, realmente — Disse Zaron com um sorriso. Ellet tinha sido uma das que o aconselharam a construir sua casa perto da futura colônia, e ele estava grato por sua sugestão. Mesmo antes da chegada de Emily, ele tinha achado uma boa porção de paz na floresta, seus sentidos descansando do barulho insuportável dos assentamentos humanos. — E você? Ainda está aproveitando o Rio de Janeiro?

— Estou. — Ela sorriu, seus dentes brancos brilhantes. — É quente e consigo me misturar bem. Sempre que vou em algum lugar público, os humanos me perguntam se sou parente de Gisele. Aparentemente, ela é uma supermodelo local.

Zaron riu. — Bom para você. Parece que você realmente achou seu nicho.

— Sim, por hora. Mesmo assim, mal posso esperar para os Centros serem construídos. Não acho que conseguirei me acostumar com os utensílios humanos. Você consegue imaginar ter que colocar roupas na lavadora manualmente? — Ela bateu de ombros dramaticamente. — Meu apartamento é tão primitivo que poderia ser muito bem uma caverna. Eu gostaria de poder construir uma casa normal aqui, mas é muito arriscado numa cidade grande – muitos humanos, muita chance de exposição...

— Certo, claro — Disse Zaron vagarosamente, pensando em como melhor iniciar o tópico que ele queria discutir. — Falando em exposição, eu posso ter feito algo um pouco... incomum.

Ellet arqueou suas sobrancelhas negras. — Como?

— Trouxe um humano para minha casa.

Ela piscou. — Um humano? Por quê? Você não costuma estudá-los, certo?

— Não, não estudo. — Zaron costumava focar nas outras espécies de animais e plantas. — Não a trouxe para estudar. Trouxe porque ela estava morrendo, e queria salvá-la.

— Ela? — Perguntou Ellet delicadamente. — Estamos falando aqui sobre uma jovem mulher? Talvez uma bela jovem mulher?

— Talvez — Consentiu Zaron, um sorriso puxando o canto da sua boca. Emily era mais do que bela, mas sua colega de trabalho não precisava saber daquilo.

— Ok, acho que estou começando a formar o cenário — Disse Ellet, seus olhos brilhando com o entretenimento. Se ela estava chocada com a admissão dele, enganou bem. — Presumo que você realmente conseguiu salvá-la. O que você planeja fazer com ela? Ela sabe o que você é?

Zaron assentiu. — Ela sabe. Estou mantendo-a comigo pelas próximas duas semanas, até virmos a público.

— Entendo. — Ellet olhou para ele curiosamente. — E você já tomou o sangue dela?

— Sim, uma vez. — O calor rasgou sua pele com a memória. — E quero fazer isso novamente. Ellet, tem algo que quero te perguntar...

— Você quer saber sobre o vício de sangue — Disse ela, sua expressão ficando mais séria. —, é por isso que você está me falando isso, não é? Imagino que você já fez algumas pesquisas por si próprio?

— Já, e não tem muita informação sobre isso. — Zaron passou seus dedos pelos cabelos. Como um cientista, ele odiava não ter todos os fatos. — Sei que não é aconselhável tomar o sangue do mesmo humano com uma frequência significante, mas a maioria das informações na rede parece não ter muita procedência, na melhor das hipóteses. Você já pesquisou sobre isso? Quais são as reais limitações?

— Bem — Disse Ellet vagarosamente —, já olhei mais ou menos esse assunto. Como você disse, a maioria das evidências não é muito confiável, e estamos apenas começando a fazer simulações, então, não há uma resposta definida. O que sabemos é que os humanos como um todo ficam viciados com a experiência, enquanto nós nos viciamos com um humano específico. Eu seria cuidadoso se fosse você. Deixe pelo menos dois dias se passarem entre cada sessão – talvez até alguns dias mais. Com humanos tem muita variação... Você não vai querer ficar viciado, confie em mim – nem vai querer que ela se torne viciada em você.

— Sim, claro. — Zaron tinha conhecido esse fenômeno por certo tempo, e ele tinha sido cuidadoso por evitar tomar sangue do mesmo humano mais de uma vez. Não era difícil; não havia escassez de pretendentes parceiras sexuais nas cidades grandes. Quando viveu em Los Angeles e Miami, ele desfrutava de uma mulher diferente a cada noite, facilmente pegando-as em bares e clubes. Por algumas razões, contudo, a ideia de ficar com qualquer uma além de Emily, causava-lhe náuseas. — Serei cuidadoso.

— Bom — Disse Ellet, se levantando. — Se tiver algo mais que precise de mim, por favor, não hesite em perguntar. Estarei na Costa Rica em algum momento nas próximas duas semanas, então, talvez possamos nos reunir pessoalmente.

— Seria excelente. — Zaron se levantou. — Você é mais do que bem-vinda para me visitar e usufruir alguns dos confortos domésticos aqui.

— Obrigada. — Ellet sorriu para ele. — Talvez eu aceite seu convite. E você poderá me apresentar a essa sua garota humana. Ela parece muito especial.

— Ela é — Disse Zaron, sorrindo de volta. — Tenho certeza que ela gostaria de te conhecer também. — Com isso, ele saiu do ambiente virtual, a realidade mudando e se distorcendo na frente dele.

Quando sua visão se acostumou, ele estava de volta ao seu escritório, a maior parte do seu trabalho para aquele dia, terminado.

CAPÍTULO VINTE E TRÊS

Na hora que Zaron retornou, Emily estava pronta para subir pelas paredes. Sua claustrofobia tinha retornado com força total, sua garganta apertada enquanto andava em círculos pelo cômodo. Além da sua preocupação com a entrevista, o que mais a chateava era a confusão nas suas memórias. As horas obscuras não estavam totalmente em branco – ela tinha vagas lembranças de sensações muitissimamente prazerosas – e aquilo a preocupava mais ainda.

Era exatamente como se ela tivesse estado bêbada ou drogada.

— O que aconteceu ontem? — Exigiu ela tão logo Zaron entrou no seu quarto. Seu tom era mais do que duro, mas ela não ligava. Ela tinha que ter algumas respostas antes que ficasse louca. — O que você fez comigo para que eu esquecesse?

— Emily... — O olhar do seu sequestrador era inescrutável ao parar perto dela. — Não faça isso, anjo.

Eu não posso te dizer o que você quer saber sem violar o mandado.

O coração dela palpitando. — Então, você fez algo?

— Não é o que você está pensando. — Ele segurou os ombros dela, impedindo-a de se afastar. — O que aconteceu foi um resultado natural da nossa copulação e nada que você precise ficar preocupada. Você não sofreu nenhum dano de qualquer forma.

O pulsar de Emily bramia em suas têmporas. Seu vestido era sem mangas, e as palmas dele eram fortes e quentes na pele nua dela – tão quentes quanto as vagas sensações que tinha sido tudo que restava das suas lembranças. — Não sofri nada? — Disse ela cuidadosamente, as reações incontroláveis do seu corpo ao toque dele aumentando a sua ansiedade. — Bagunçando meu cérebro ao ponto de eu perder um dia e meio não se configura como dano no seu manual?

As narinas de Zaron se abriram. — Você também se divertiu nesse tempo.

— Me diverti? E como posso saber se não me lembro?

— Você pode confiar em mim — Disse ele, seus olhos se estreitando —, ou posso te mostrar - e, desta vez, você se lembrará de tudo.

— Não, não pode. — Emily se desvencilhou dele e deu um passo atrás. Sua respiração estava rápida e rasa, sua claustrofobia se intensificando a cada momento. Ela precisava sair do confinamento daquelas paredes antes de perder os resquícios finais de sanidade. — Por favor. Você disse que me levaria para fora.

Os olhos dele mostraram total compreensão. — Sim, claro. Venha. Vamos passear.

Envolvendo seus dedos na cintura dela, ele a levou para fora pela parede dissolvida – uma maravilha tecnológica que não surpreendia mais Emily. Na verdade, uma nave espacial poderia se materializar na frente dela e ela não piscaria.

Tudo que importava era sair.

No momento que Emily sentiu a brisa quente na sua pele, o aperto na sua garganta começou a diminuir. Inflando os pulmões de ar fresco, ela fechou os olhos e jogou a cabeça para trás, deixando o sol dançar pelo seu rosto. Com Zaron segurando seu braço, ela não estava livre aqui mais do que estava dentro da caverna, mas o sentimento era diferente.

Ela sentia diferente.

— Melhor? — Perguntou Zaron quando ela abriu seus olhos, e Emily assentiu. A sensação sufocante tinha passado, e com ela, parte da sua raiva e medo. Se Zaron não tivesse mentido sobre sua perda de memória como sendo algo 'natural' da cópula deles, então, ela só podia ver uma solução para o problema.

Eles não podiam fazer sexo novamente.

Zaron não gostaria daquilo, mas teria que aceitar – pelo menos até ela achar um jeito de voltar para casa.

Quando eles já tinham andado por vários minutos, a forte palidez de Emily diminuiu, a aparência anêmica deixando seu rosto. Se Zaron precisasse de mais confirmação de que ela não estava fingindo sua claustrofobia, ele acabara de conseguir.

Sua hóspede/prisioneira não conseguia suportar lugares fechados por muito tempo.

— Você já tentou ir ao médico ver isso? — Perguntou Zaron quando entraram numa campina ensolarada. Ao se aproximarem, dois *Ateles geoffroyi* – macaco-aranha da Costa Rica – que estavam numa tora caída, fugiram, sacolejando os galhos de árvores. Emily pulou, claramente assustada, mas um sorriso largo apareceu no seu rosto e ela correu para as árvores para ver os macacos pulando pelos galhos. Zaron acompanhou, sorrindo pelo seu divertimento desavergonhado.

— Amo a Costa Rica — Disse ela, virando-se para encará-lo quando os macacos se foram —, a natureza aqui é absolutamente fascinante.

— É mesmo, não é? — Zaron se sentiu estranhamente satisfeito por compartilharem os mesmos interesses. — A Terra tem algumas criaturas verdadeiramente incríveis.

— É esse o motivo de você estar aqui? — Perguntou Emily. — Porque você é interessado na fauna terrestre?

Seu sorriso desvaneceu. — Em parte, sim. — Ele não queria pensar sobre as principais razões por ter vindo à Terra, mas era tarde demais. As imagens de Larita quando a viu pela última vez invadiram sua mente, trazendo a pontada aguda do pesar. Eles haviam brigado no dia anterior à sua partida sobre algo estúpido, como onde passariam as férias do próximo ano, mas na manhã que Larita deveria sair para sua expedição, eles fizeram as pazes. Apenas por ela estar com pressa, concordaram com uma rapidinha. Aquele era um dos maiores arrependimentos de Zaron: ele não ter acordado mais cedo naquela manhã e segurado sua companheira por mais tempo, ele não tentou imprimir cada detalhe dela na sua mente. Passaram-se apenas oito anos desde a morte de Larita, mesmo assim, às vezes ele se encontrava incapaz de lembrar a exata tonalidade dos seus olhos verde-acastanhados ou o real sabor dos seus lábios. A cada dia que passava, sua companheira se afastava mais um pouco dele, e isso doía, ainda que ele tentasse fugir das memórias, distanciando-se de tudo que o lembrava que tinha perdido.

— Oh, entendo — Disse Emily calmamente, e ele viu que ela entendia. Seu olhar turquesa trazia simpatia e um pouco de calor gentil. Talvez porque também conhecesse a perda, mas vindo dela não o aborrecia. Ele conhecia pouquíssimos Krinars que viveram qualquer tipo de tragédia real. Não havia doença na sua sociedade, nem envelhecimento. Nenhuma morte fora dos desafios da Arena e acidentes grotescos como aquele que assolou Larita. Para seus amigos, família, e colegas de trabalho, o pesar de Zaron era algo estranho, e eles não sabiam como lidar com isso, como se aproximar dele depois da morte de Larita.

Mas esta garota humana sabia. Ela sabia e tinha simpatia, e com ela, Zaron não se sentia totalmente só.

— Tem algumas cachoeiras aqui perto — Disse ele. —, você gostaria de vê-las?

Emily sorriu. — Sim, seria excelente.

Eles andaram para as cachoeiras sem se falar, e também havia algo confortante naquilo. Pelos anos, ele e Larita tinham se tornado confortáveis o bastante por apenas *estarem* juntos, eles gostavam da companhia um do outro sem precisarem preencher cada momento com conversa. Era estranho que ele se sentisse igualmente confortável com Emily após conhecê-la apenas por alguns dias, mas ele se sentia. Algo dentro dele parecia simultaneamente relaxar e nascer na presença dela, como se ele estivesse acordando de um sonho tenso e desconfortável.

— E, então, você já procurou ajuda para o problema? — Perguntou ele novamente, lembrando-se o quão tensa *ela* tinha ficado mais cedo. — Talvez conversar com algum dos seus especialistas da mente?

— Especialistas da mente? — Ela deu a ele um olhar inquiridor. — Ah, você quer dizer um terapeuta. Não, na verdade não. Consigo controlar isso na maioria das vezes – ou, pelo menos, consigo quando posso controlar as minhas saídas. — Ela lançou um olhar crítico nele.

Aquilo era uma tentativa descarada de colocar a culpa nele, e funcionou. Zaron não gostava de ideia de que era a causa do desconforto de Emily, nem físico, nem mental. Nesta manhã, quando ele havia visto os ferimentos que seus dedos tinham deixado na sua pele pálida, ele se sentiu como o pior dos monstros. Apesar de ter feito sexo com mulheres humanas antes, ele nunca tinha se deixado levar daquele jeito, nunca tinha perdido o controle tão inteiramente; Emily era tão delicada comparada com ele, tão quebrável, e ele a tinha machucado. E agora, parecia que a mantendo presa, a estava ferindo também, num modo diferente.

Mais quinze dias, ele disse a si próprio, empurrando a culpa para longe. Ele se certificaria de que ela saísse regularmente, assim sua fobia não agiria, e faria seu melhor para ser cuidadoso com ela. Agora, ele podia admitir para si mesmo que Emily estava certa: o mandado era apenas uma desculpa para segurá-la por mais tempo. Nem os Anciãos nem o Conselho se importariam se humanos soubessem da existência dos Krinars alguns dias antes – não que qualquer jornal humano confiável imprimiria a história de Emily sem provas contundentes.

Zaron estava mantendo-a cativa porque ele a queria, e por nenhuma outra razão. Isso era um erro dele, e egoísmo, mas ele não se importava. Pela primeira vez em anos, ele sentiu uma ligação verdadeira com alguém, e não conseguiria suportar deixar isso escapar.

Não por enquanto, pelo menos.

Esticando o braço, Zaron pegou a mão de Emily, ignorando o olhar intrigante que ela lhe deu. Os dedos dela eram pequenos e finos na pegada dele, sua pele macia e quente. A mão dela estava tensa no começo, mas depois de continuarem andando, Emily relaxou e seus dedos envolveram-se na palma dele. Não era muito, mas era o bastante. Era o que ele precisava neste momento: algum tipo de reconhecimento de que ela não o odiava, que a ligação estranha entre eles não era unilateral.

Logo depois, eles estavam na cachoeira. Era outro riacho que tinha se tornado um rio em razão das chuvas recentes. Naquele ponto específico, o solo tinha cedido fortemente, formando um penhasco, e as águas turbulentas desciam formando duas cachoeiras de bom tamanho. Gotículas d'água enchiam o ar, e em alguns poucos lugares onde a luz do sol penetrava as copas densas das árvores, Zaron podia ver a luz sendo refletida no belo fenômeno conhecido como arco-íris.

— Isso é maravilhoso — Respirou Emily tão logo as quedas apareceram. Retirando a mão da pegada dele, ela correu para a beirada do rio e rodopiou, rindo enquanto os pingos caíam na sua cabeça e ombros. Os minúsculos pelos louros em volta do seu rosto se enrolaram pela umidade, criando tipos de auréolas. Com o vestido claro que estava usando, ela parecia impossivelmente angelical – e tão sexy que o corpo de Zaron se endureceu na hora.

Diminuindo a distância entre eles com alguns passos longos, ele a puxou contra seu corpo excitado e abaixou a cabeça, abafando o ofegar dela com seus lábios. Ela tinha um gosto quente e doce, seus lábios se abrindo na pressão do beijo dele, e ele varreu a sua língua pela boca de Emily, precisando de mais do doce sabor dela. Suas mãos desceram pelas costas e agarraram suas nádegas, puxando-a para mais perto, e ele sentiu os mamilos dela endurecerem contra seu peito e o corpo dela ficar macio e se derreter ante seu abraço.

Então, abruptamente, ela estava lutando contra ele. Seu corpo enrijecido, suas mãos empurrando o peito dele enquanto tentava se soltar. — Pare, por favor — Ofegava ela, e Zaron a soltou instantaneamente, com medo de tê-la machucado novamente. A necessidade de possuí-la era enorme, mas ele estava determinado a manter a promessa que tinha feito a si mesmo.

— O que aconteceu? — Perguntou ele, forçando-se a dar um passo atrás. Mesmo para seus próprios ouvidos sua voz era rouca, pesada de desejo. — Você está bem?

Emily assentiu, seus seios subindo e descendo com a respiração rápida. — Sim, eu só... — Ela deu dois passos atrás, aumentando a distância entre eles. — Zaron, não podemos fazer isso.

— O quê? — Suas sobrancelhas se juntaram rapidamente. — Por que não?

— Porque não quero perder a consciência — Disse ela, levantando seu queixo. — Não sei o que aconteceu ontem, mas se a perda da memória é um resultado natural do sexo com você...

— Não é, não. — Zaron respirou fundo. — Não tem que ser, pelo menos. O que aconteceu ontem não tem que acontecer todas as vezes – ou vez nenhuma, se você não quiser. — Tanto quanto ele odiava a ideia de não poder provar o sangue de Emily novamente, ele podia ficar sem ele. Parecia até mesmo ser uma boa ideia, dados os parâmetros incertos de viciar que Ellet o tinha advertido. — Podemos apenas fazer o sexo normal, como no lago ontem — Disse ele. — Você se lembra de tudo o que aconteceu, certo?

Emily piscou para ele. — Sim, mas...

— Então, não tem problema. — Zaron se aproximou dela, e antes que ela pudesse vir com outra objeção, ele a levantou contra ele e inclinou sua boca em seus lábios.

CAPÍTULO VINTE E QUATRO

No jantar, Emily tinha que lutar para não ruborizar-se cada vez que pensava na sua saída na cachoeira. Como seu captor prometera, ela lembrava cada detalhe do que tinham feito – e eles fizeram bastante. Mesmo agora, seu sexo estava inchado e seu clitóris pulsando com os choques posteriores de todos os orgasmos que Zaron a tinha dado. Ele a tinha possuído na grama, contra a árvore, e no rio sob a cachoeira, com as correntes frias da montanha resfriando seus corpos superaquecidos. Eles haviam ficado lá por horas, e quando terminaram, Emily estava tão exausta que Zaron teve que carregá-la para casa.

Agora, depois de uma soneca, ela estava se sentindo bem mais descansada, mas sabia que Zaron iria querer mais sexo em breve. Estava lá, no jeito que ele olhava para ela, seus olhos sombrios seguindo cada porção de comida que subia para sua boca, na tensão sexual latente no ar enquanto discutiam assuntos inócuos como filmes recentes – alguns dos quais Zaron tinha assistido – e George, o gato de Emily.

— Eu o adotei de um abrigo quando ele era um filhote — Disse ela a Zaron enquanto eles estavam terminando a refeição. — Minha amiga Amber insistiu que eu fosse lá logo quando me mudei para a cidade. Ela queria um cachorrinho, e me convenceu a ir com ela. Eu tinha certeza que não queria um animal – trabalho com horários doidos e mal consigo cuidar de mim – mas havia George, e me apaixonei.

— Pelo gato? — Zaron parecia confuso.

Emily assentiu. — Ele era um gatinho então, mas sim. Ele era simplesmente tão doce e pequenino, e se esfregou em mim, ronronando... imagino que vocês não têm gatos?

— Não. Geralmente não temos animais de estimação.

— Verdade? Por que não?

Zaron bateu de ombros. — Nunca nos ocorreu domesticar animais. Gostamos de observá-los no ambiente natural, não confinados nas nossas casas.

— Entendo. Mas vocês não se importam de confinar humanos nas suas casas? — Na hora que as palavras saíram da sua boca, Emily desejou não tê-las dito, mas era tarde demais. As mandíbulas de Zaron se apertaram, a tensão adversária substituindo a atmosfera companheira que tinha prevalecido durante a refeição.

Levantando-se de forma elegante, ele contornou a mesa flutuante e puxou Emily do seu assento. Suas mãos eram impossivelmente fortes enquanto a segurava pelos braços, seus olhos negros como piche. Ele estava com raiva; ela podia sentir. A respiração dela acelerou, seu pulso pulando de ansiedade, mas ele apenas soltou o braço dela e se afastou.

— Você gostaria de enviar um e-mail para sua amiga? — Sua voz normal. — A que está tomando conta do seu gato?

— Oh. — Emily sentindo-se completamente perdida. — Sim, claro. — Ela tinha planejado pedir a Zaron aquilo naquela noite – outra razão por que tinha se arrependido de confrontá-lo – mas ele estava um passo à sua frente. — Sim, por favor.

— Ok, então. — Ele murmurou algo em Krinar, e uma parede se abriu deixando com que um *tablet* fino flutuasse. Zaron pegou no ar e deu-o para Emily. — Aqui está. Simplesmente fale sua mensagem, será enviada para sua amiga pelo seu Gmail.

Emily franziu, olhando para o *tablet* antes de olhar para Zaron novamente. — Mas como eu sei que será enviada? Você está dizendo que tem acesso à minha conta de e-mail?

— Claro. — Zaron olhava sem piscar. — Você não acha que suas senhas e *firewalls* podem proteger vocês da nossa tecnologia, acha?

O estômago de Emily deu um pulo. — Não, acho que não. — Pelo que tinha visto até agora, seus computadores deveriam ser inimaginavelmente avançados; *hackear* seu e-mail deve ter custado a Zaron menos de um nanossegundo. Infernos, *hackear* o

Pentágono seria brincadeira de criança para os Krinars. Então, um pensamento até mais inquietante lhe ocorreu.

Conseguiria *qualquer* defesa militar terrena aguentar se os Krinars tivessem quaisquer intenções além de amigáveis?

— Zaron... — A voz de Emily tremeu um pouco. — Você disse que seu povo só está vindo para dizer olá, certo? Eles não farão nada além disso, farão?

Suas belas feições ficaram sem expressão. — Como assim?

— Não sei. — Agora que as sementes sombrias estavam na sua mente, estavam se multiplicando incontrolavelmente. — Recursos? Terra? Mão de obra barata? Qualquer coisa que as pessoas sempre querem ao explorarem novos lugares.

A hesitação de Zaron foi tão rápida que ela não teria percebido se já não estivesse tão ligada a ele. — Não pretendemos fazer nada de mau para seu povo — Disse ele, e as entranhas de Emily congelaram quando ela concluiu que ele não tinha negado explicitamente quaisquer possibilidades que ela listou. Sua imaginação explodiu, cada filme de invasão alienígena que tinha visto passando pela sua mente. Zaron realmente nunca tinha falado por que seu povo estava vindo, ou melhor, na verdade, ela não tinha perguntado. Entre aprender sobre Krinars e sexo sem pausa do seu captor, ela tinha estado muito sobrecarregada para pensar sobre panoramas mais amplos. Quando Zaron mencionou primeiro que seu povo chegaria em breve, não tinha parecido ilógico para ela que os Krinars iriam querer se apresentar para uma espécie inteligente que se parecia exatamente como eles e que a tinha supostamente criado. Agora que estava pensando sobre aquilo, contudo, o fato de ela ter aceitado sua explicação inicial sem questionar parecia ingênuo.

Se todos os Krinars quisessem revelar sua existência para a raça humana, eles teriam enviado uma mensagem. Eles não tinham que voar para a Terra pessoalmente. De fato, algo como um vídeo introdutório para começar, seguido por uma visita de uma pequena delegação – teria feito mais sentido como um prelúdio amigável. Mas Zaron tinha dito que 'seu povo' estava para chegar. Soava como mais do que uma pequena delegação.

Soava como uma invasão.

Não. Ela não podia se apressar a fazer conclusões como aquela. Zaron havia salvado sua vida, e, temporariamente esquecendo a prisão, ele não a tinha tratado mal. O mínimo que ela podia fazer era descobrir mais fatos antes de concluir o pior.

— Quão longe é seu planeta natal? — Perguntou ela, tentando soar casual. — Você realmente nunca me disse onde é Krina.

O semblante de Zaron não mudou, mas ela podia ver que ele relaxou um pouco. — É longe — Disse ele —, numa galáxia diferente, de fato. Posso te dar as coordenadas exatas, mas elas não significariam nada para você ou seu povo.

A respiração de Emily parou pelo espanto. — Uma

galáxia diferente? Como pode até mesmo isso ser possível? Vocês têm que viajar mais rápido do que a velocidade da luz.

— Viajamos. Não é minha área de conhecimento, mas pelo que entendo, a capacidade de distorção das nossas naves cria uma bolha de energia gigantesca que essencialmente dobra o espaço-tempo. A distância é mais ou menos irrelevante; indo para um sistema solar vizinho leva mais ou menos o mesmo tempo que vindo para a Terra.

— Entendo. — A tecnologia deles era até mais avançada do que ela pensava. Emily imaginou se Zaron podia ouvir a batida estrondosa do seu coração. Ele era mais forte e rápido do que um homem normal. Podiam seus sentidos serem mais aguçados do que os dos humanos também? Havia tantas coisas que ela não sabia sobre Zaron e seu povo, e o que estava descobrindo passava longe de ser tranquilizadora. Lutando para manter seu tom casual, ela perguntou: — Então, quantos de vocês estão vindo para a Terra desta vez?

— Por que você não manda o e-mail para a sua amiga? — Disse ele em vez de responder. — Tenho trabalho para fazer esta noite, e quero me certificar de que o e-mail vá sem quaisquer problemas.

— Claro. — Afastando seu desapontamento, Emily forçou um sorriso largo nos seus lábios. — Então, é só eu falar para o *tablet,* e ele saberá o que fazer e para onde enviar o e-mail?

— Sim, exatamente. Vá em frente. — Ele cruzou os

braços no peito, e as batidas do coração dela aumentaram ainda mais quando ela viu que ele não iria dar nenhuma privacidade para ela fazer aquilo.

— Ok — Disse ela, esperando que ele não conseguisse detectar o quão suadas suas mãos tinham ficado. — O que você acha disso? 'Ei, Amber. Lamento muito não ter te mandado um e-mail antes, mas me atrasei aqui na Costa Rica. Te explicarei melhor quando chegar em casa, mas por enquanto, você se importaria de ficar com George por mais alguns dias? Obrigada antecipadamente!'

— Por mais duas semanas — Zaron corrigiu, e Emily viu o texto – com a correção dele – rapidamente aparecer na tela do *tablet* na sua frente. Então, o Gmail dela apareceu na tela, mostrando a mensagem enviada, e o *tablet* se apagou novamente.

— Bom trabalho — Disse Zaron, pegando o *tablet* dela, e Emily viu o objeto desaparecer pela parede. — Agora, se você não se importa, tenho que entrar numa reunião virtual. Te vejo em duas horas.

Abaixando-se, ele esfregou seus lábios nos dela num beijo rápido e desapareceu pela abertura na parede, deixando Emily sozinha com suas suspeitas.

∼

ZARON TRABALHOU TODA A TARDE. NA HORA QUE SAIU do seu estúdio, Emily estava quase dormindo. Ele fez amor com ela por duas horas, cansando-a mais, e apenas na tarde do próximo dia, quando eles foram caminhar, que ela teve chance de interrogá-lo novamente. Naquele ponto, Zaron sabia que tinha que falar-lhe algo, e ele optou pela verdade.

Aquilo preocuparia Emily e faria as próximas duas semanas menos prazerosas do que poderiam ser, mas ele não queria mentir para ela.

— Então, quantos do seu povo virão? — Perguntou ela enquanto andavam para o lago. — É uma delegação grande?

O tom de Emily era calmo, quase que sem interesse, mas Zaron não se enganava. Sua hóspede humana era perspicaz. Tão logo ela se recuperou do choque de tê-lo encontrado e aprendido sobre os Krinars, não demorou muito a começar a perguntar sobre tudo.

Suspirando, ele respondeu: — Cerca de cinquenta mil. Mas, Emily...

— Cinquenta mil? — Ela parou sob um *Enterolobium cyclocarpum*, a árvore guanacaste, toda a cor fugindo do seu rosto enquanto ela se afastava dele. — Cinquenta mil do seu povo estão vindo para a Terra em duas semanas?

— Sim. Mas não temos nenhuma intenção de machucar seu povo, eu prometo.

— O que vocês pretendem então? Vocês não estão apenas vindo para se apresentar, estão?

— Não, não exatamente — Admitiu Zaron. — Também vamos nos estabelecer aqui.

— Estabelecer? — A voz de Emily aumentou. — Estabelecer onde?

— Em dez locais diferentes pela Terra — Disse

Zaron, imaginando quanto ele podia falar. Ele decidiu errar para o lado da precaução. — No momento ainda estamos escolhendo.

— Oh meu Deus. — Emily deu um passo atrás, sua mão apertada na boca. — Vocês querem colonizar nosso planeta, roubá-lo de...

— Emily, para. — Zaron a alcançou com dois passos longos e gentilmente baixou a mão dela, longe dos lábios trêmulos. — Não é absolutamente desse jeito. Sim, vamos estabelecer alguns assentamentos aqui, mas não vamos roubar seu planeta. Seu povo continuará a morar nas suas cidades e se governarem como sempre fizeram. Suas vidas não mudarão muito. Seremos seus vizinhos, isso é tudo.

— Isso é tudo? — Na sombra da guanacaste, os olhos de Emily estavam quase que completamente verdes ao olhar para ele, e ele podia sentir a pulsação dela batendo rapidamente no seu pulso fino. — Quão estúpida você acha que sou? Vocês farão conosco o que civilizações mais avançadas sempre fazem com os nativos, e...

— Não, não faremos — Disse Zaron. Ele não tinha sido informado dos planos do Conselho para a Terra a longo prazo, mas estava quase certo de que eles não tinham nenhuma intenção nefasta para com os humanos. Qual seria o problema? De certo modo, os humanos eram filhos dos Krinars ou, pelo menos, suas criações.

Batendo com seu polegar pela parte interna do pulso de Emily, ele disse: — Se quiséssemos machucar vocês ou tomar seu planeta, poderíamos ter feito durante sua evolução. Não precisaríamos esperar até que vocês tivessem armas nucleares ou satélites; poderíamos ter vindo enquanto vocês ainda estavam na Idade da Pedra. Isso era praticamente ontem para nós. Mas não fizemos porque esse não é nosso objetivo.

Emily não parecia segura. — Então, qual o objetivo de vocês? O que vocês querem de nós? Por que vocês querem se estabelecer aqui?

— Bem, por um motivo, nosso sistema solar é mais velho do que o de vocês. — Zaron largou o pulso de Emily, notando com prazer que ela não se afastou imediatamente. — Em outros cem milhões de anos ou quase, nosso sol irá morrer, e se ainda estivermos lá quando isso acontecer, morreremos com ele. Sei que isso ainda está bem longe no futuro – provavelmente uma eternidade para uma raça tão jovem quanto a sua – mas isso é algo que temos que ter em mente. Vir aqui é uma estratégia de diversificação para nós, um modo de assegurar nossa sobrevivência além da vida útil do nosso sistema solar.

— Então, porque seu planeta é velho, vocês querem tomar o nosso?

Zaron suspirou novamente. — Tomar não, compartilhar — Disse ele pacientemente. —Tudo o que estamos falando agora são cinquenta mil dos nossos, uma gota num balde comparada com a população humana da Terra.

— Talvez, mas acho que nossos mísseis são armas de brinquedo comparados com quaisquer que sejam as armas que vocês têm. — Os olhos dela presos nos dele como um desafio silencioso. — Não são?

— Sim... mas essa é apenas um hipótese se vocês decidirem usar seus misseis contra nós — Disse Zaron. — Como te disse, não temos objetivo de machucar seu povo.

Emily se virou e deu dois passos para uma *Cyathea arborea* alta, então, se virou para encará-lo novamente. — Então, como vocês planejam fazer isso? Não vejo nossos governos deixando vocês se assentando sem uma luta. Não podem simplesmente chegar aqui e dizer: 'Ei, dê-nos algumas terras', e fazer com que isso aconteça como mágica.

— Tenho certeza de que o Conselho considerou isso e que tem um plano para essa eventualidade específica — Disse Zaron. — Não faço parte do Conselho, dessa forma...

— Qual o seu papel, então? Por que você está aqui? Você disse que é um biólogo.

— Sou, e um especialista em solo também. — Zaron tinha esperado que ela não tocasse nesse assunto, mas ele não queria mentir neste caso, também. — Meu papel é escolher os locais apropriados para nossos assentamentos - áreas com pouca população, com climas e solo apropriados.

Emily olhou para ele. — Entendo.

Ela se virou novamente, e Zaron podia sentir as barreiras que ela estava colocando entre eles. Suas costas esguias rígidas, seus ombros encolhidos com a tensão. Ela não acreditava nele, não confiava nele, e ele não a podia culpar. Seu povo *estava* invadindo o planeta. Os Krinars poderiam ter colocado a vida aqui, mas a Terra tinha sido o lar dos humanos pelo tempo que a sua espécie existia e, agora, os Krinars estavam planejando se assentar aqui. Se a situação fosse inversa, seu povo teria ficado furioso – e havia razão para achar que os humanos também ficariam.

— Emily — Andando até ela, Zaron gentilmente pegou seu braço e a virou para encará-lo. — Desculpe-me se isso a preocupa, mas não quis mentir para você.

Ela olhou para ele, suas feições ainda pálidas. — Existe alguma maneira de você falar com seu Conselho, tentar convencê-los a não fazer isso? Vocês têm um planeta perfeitamente bom pelos próximos cem milhões de anos – vocês não precisam do nosso.

— Emily... — Ele sabia que ela entendia a impossibilidade do seu pedido; seu tom era monótono, resignado. Mesmo assim, o peito dele pesou ao dizer: — Desculpe-me, não posso. Tudo já está decidido, e as naves já estão a caminho.

Os lábios dela tremeram por um momento antes de formarem uma linha reta. — Ok. Eu entendo. Agora, por favor, me solta.

Zaron olhou para baixo e notou que ainda a estava segurando, seus dedos enroscados no braço dela. Um golpe de raiva passou por ele ao notar que ela pretendia tratá-lo com inimigo, ignorando tudo que tinha acontecido entre eles. — Não — Disse ele, segurando o outro braço dela e puxando-a para mais perto. — Não vou soltá-la. Isso não muda nada, anjo. Você é minha pelas próximas duas semanas.

A boca de Emily se abriu – sem dúvida para protestar do seu uso excessivo da força – mas ele já estava abaixando sua cabeça para beijá-la.

Ela tinha um gosto suave e doce, mesmo enquanto tentava se desvencilhar, suas mãos subindo para empurrar seu bíceps. — Não — Ela conseguiu ofegar antes que Zaron recapturasse seus lábios, seu corpo se enrijecendo enquanto afundava seu beijo e sentia o calor aumentando na pele dela. Ela estava excitada, o odor da sua excitação inflamava os sentidos dele, e sua luta diminuiu a cada momento.

Ela ainda o desejava, e Zaron pretendia ganhar com aquilo.

Continuando a beijá-la, ele a abaixou para o solo, esticando-a no cobertor duro de folhas na grama. Segurando-a pelos pulsos, ele segurou os braços dela sobre a cabeça com uma mão, então, sua mão livre desceu pelo corpo dela e levantou a saia do vestido, usando seus joelhos para separar-lhe as pernas. Ela estava aberta para ele agora, seu sexo quente e escorregadio enquanto ele mergulhava nas suas dobras, e seu pau bombeando, doendo por estar dentro dela.

Retirando sua boca, Zaron levantou sua cabeça e olhou para a humana, lembrando-se da primeira vez que a tinha possuído daquele modo. Ela também o havia desejado, mas ela teve medo e ele a deixou ir.

Ele não a deixaria ir agora.

Os olhos claros de Emily estavam úmidos quando

ela o olhou, seus lábios inchados e brilhando pelos beijos dele. Cabelos louros em um emaranhado de ondas pálidas no rosto dela, e um rubor iluminava suas bochechas cremosas enquanto os dedos dele brincavam com seu clitóris. Ela já tinha passado muito do ponto de pará-lo agora, e a parte primitiva, selvagem dele, se divertia com aquilo.

Ele a queria exatamente assim: atordoada com prazer e impotente para negá-lo.

— Assim, anjo — Murmurava ele, ouvindo a rápida respiração dela enquanto empurrava dois dedos no seu canal apertado e rolava seu polegar no seu clitóris. —, solte-se. Solte-se e goze para mim.

Os olhos dela se fecharam, e um grito suave e sufocado escapou de sua garganta enquanto suas paredes internas tinham espasmos, apertando os dedos dele. Ela estava tão molhada agora que seus dedos deslizavam para dentro e para fora sem resistência, e ele a fodeu direto na hora do orgasmo, suas bolas se aproximando do seu corpo com cada estocada dos dedos dele. Se ele não tivesse passado metade da noite enterrado no corpo dela, teria perdido o controle agora, mas como esteve, Zaron podia aguentar – por pouco.

Quando ela estava deitada, exausta e ofegante sob ele, ele rasgou seu jeans, finalmente livrando seu pau dolorido. — Emily — Sussurrou roucamente, pressionando a abertura macia dela. —, olhe para mim, anjo.

As pálpebras dela se abriram, cílios longos subindo

vagarosamente, e um calor estranho crescendo no peito dele quando seus olhares se encontraram. — Isto, aqui, não tem nada a ver com o que está acontecendo lá fora — Disse ele, sua voz baixa e carregada. — Você e eu, não somos inimigos, não importa o que aconteça. Você entende? Pelas próximas duas semanas, você estará aqui comigo, e isso é tudo o que importa.

Emily não disse nada, mas seu olhar estava atormentado, e Zaron sabia que não seria fácil. Ela lutaria contra ele. Talvez não naquele momento, mas ela lutaria contra ele do mesmo jeito que seu povo lutaria contra os Krinars quando eles chegassem.

Ódio brotou em Zaron novamente, misturado com a luxúria ardente, e ele entrou profundamente dentro do corpo de Emily, penetrando-a até o fim sem diminuir a velocidade. Ela gritou – um grito de dor, ele registrou vagamente – mas ele não podia parar, levado por uma ânsia que parecia vir dos lugares mais sombrios dentro dele. Ela estava escorregadia e apertada em volta dele, seu corpo segurando-o com seu calor molhado e macio, e ele a queria mais do que jamais quis qualquer outra, tudo dentro dele centrado em apenas uma necessidade: tê-la, possuí-la, fazê-la sua.

Logo, logo, ela estava contrapondo as estocadas dele com as dela, os quadris se levantando para se afundar mais nele. Ele podia ouvir os gritos arfantes e gemidos dela, e a necessidade de tomar seu sangue, de prová-la também daquele jeito, era tão poderosa quanto a luxúria fervente nas veias dele. Ele já estava abaixando a cabeça quando o alerta de Ellet soou em algum lugar no canto da sua mente, em vez de enterrar seus dentes na pele macia de Emily, ele virou o rosto e aumentou a estocada, martelando dentro dela com cada golpe. Os gritos dela ficando mais alto, mais frenéticos, seus pulsos enrijeceram ao seu alcance, e Zaron sentiu as ondas de orgasmo dela quando gozou, seus músculos se apertando em volta dele. Ele queria se aguentar, focar no êxtase de possuí-la, mas o aperto convulsivo do corpo dela o levou às alturas. Um gemido rouco saiu dele ao empurrar fundo uma última vez, e, então, ele estava gozando, sua semente expelindo em vários longos jatos.

Arfando por ar, ele saiu de Emily e aconchegou-a junto dele, seus pensamentos espalhados enquanto a segurava pelas costas. Ela também estava respirando pesado, seu corpo magro tremendo e sua pele molhada de suor. Fechando os olhos, Zaron apertou sua pegada nela e afundou sua cabeça nos cabelos dela, sentindo seu doce perfume.

Só havia uma palavra circulando seu cérebro, apenas um pensamento que ele podia formular.

Minha.

CAPÍTULO VINTE E CINCO

Nos vários dias que se seguiram, Emily fez tanto sexo que se sentiu como se estivesse se afogando em prazer. Zaron era insaciável e tinha uma estamina que não era humana, o que significava que quando ele já estava satisfeito, ela estava exausta e quase desmaiando. Se não fosse pelos seus dispositivos de cura que estavam sempre à mão, ela estaria constantemente machucada.

— Deus, seu povo é sempre assim? — Resmungou ela quando ele a acordou escorregando para dentro dela por trás, seu pau duro invadindo-a pela terceira vez naquela noite. — Você fica cansado alguma hora?

— Não de você — Respirou ele no ouvido dela, sua mão descendo a barriga dela e encontrando o grupo de nervos no cume do seu sexo. —, não disso. Eu poderia te foder por uma eternidade.

Emily não sabia sobre a eternidade, mas ele certamente a possuía em todas as chances que tinha e, então, outras mais. Ela suspeitava que aquele sexo sem parada era o modo de Zaron distraí-la das suas revelações horríveis e, na maioria das vezes, a estratégia funcionava. Quando ela estava em seus braços, ela não conseguia pensar, quanto mais se preocupar com a invasão do seu planeta que se aproximava. Na hora que ele a deixava só, contudo, sua barriga pulava de ansiedade, e suas conversas durante as refeições eram frequentemente tensas e contraditórias.

— Vai haver uma guerra – guerra interplanetária. Você não entende? — Explodiu Emily quando Zaron tentou convencê-la durante o almoço de que ela não tinha nada com que se preocupar. — Seu povo virá, e haverá uma guerra.

— Não, não haverá. — Disse ele com uma calma absoluta. — Alguma resistência, mas não guerra.

— Não? Você acha que vamos simplesmente aceitar e...

— Emily — Ele esticou o braço pela mesa para pegar na mão dela. — Não haverá guerra porque não deixaremos chegar a esse ponto. Você estava certa: todas as suas armas são como brinquedos de criança para nós. Haveria guerra se o exército dos Estados Unidos fosse a um jardim de infância? Não. Seus soldados apenas fariam o que quisessem, e pronto. E será o mesmo no nosso caso.

Emily se afastou dele em horror. — Você ouviu o que acabou de dizer? Você acha que, de algum modo, será melhor que seu povo nos subjugue sem lutar?

— Claro que é. — Zaron deu um tapinha na mão dela antes de terminar de comer. — Nenhuma guerra é sempre melhor do que guerra.

Até o final da refeição, Emily recusou-se a falar com ele, fazendo o máximo para ignorá-lo, mas quando depois, ele a levou para passear, eles acabaram fazendo sexo novamente na floresta. Emily se odiava por aquilo, pela sua falta de capacidade de resistir ao toque dele, mas seu corpo continuava a traí-la. Na hora que Zaron a tocava, ela se derretia numa poça de desejo, e seu captor sabia daquilo e se aproveitava impetuosamente da situação.

— Você não vê quão errado isso é? — Perguntou ela ao se deitar nos seus braços naquela noite, seu corpo zunindo com sensações, mas seus pensamentos cheios de ódio por si mesma. — O que você está fazendo é apenas me arruinar.

Zaron a virou para encará-lo, seus olhos negros sem expressão na fraca luz iluminando o quarto. — Só seria errado se você não me quisesse, mas você quer. — Sua voz baixa e profunda, encobrindo-a num casulo quente e sedutor. — Você me quer tanto quanto eu te quero, anjo, então, vamos parar de fingir e fazer disso qualquer coisa além do que é.

— E o que é isso? — Sussurrou Emily, seu peito apertado. — Como *você* vê isso? Porque, do meu ponto de vista, você está me mantendo prisioneira e seu povo está quase invadindo meu planeta. E mesmo assim você... — Ela parou ante a expressão sombria no rosto dele.

— Eu o quê? — Sua mão escorregando no lado dela. — Estou te tocando? — Seus dedos apertando um dos globos das nádegas dela enquanto ele a puxava para mais perto. — Te fodendo?

Emily segurou a respiração quando a ereção dele pressionou a coxa dela, tão duro quanto se tivesse sido dias, não minutos, desde que ele havia estado dentro dela. — Sim, exatamente — Ela conseguiu dizer, empurrando os músculos do peito dele. —, não sou uma boneca sexual para você...

— Você é o que eu quero que seja. — Ele levantou sua perna e empurrou para dentro dela, forçando uma ofegada forte da garganta. Ela ainda estava sensível e inchada da vez anterior, e sentiu-o bem grande dentro dela, seu pau esticando suas paredes macias. — Minha boneca sexual, minha tudo sexual. Não me canso de você, anjo. E por enquanto, eu não preciso... porque você é minha. Não é?

Ele torceu seus quadris, tocando-lhe o ponto 'G', e o corpo de Emily se enrijeceu, apertando-se em volta dele numa ânsia de necessidade. Ela tentou se apegar à sua ira, para pensar além do seu tesão crescente, mas ele já estava beijando-a, suas mãos grandes amassando os seios dela enquanto ele impunha um ritmo forte e, pelo resto da noite, não havia mais diálogo sobre certo ou errado.

Havia apenas Zaron e o calor sombrio encobrindo ambos.

～

Na quinta de manhã, duas horas antes da sua entrevista com o fundo de investimentos estar programada para acontecer, Emily acordou e viu que estava só na confortável cama alienígena. O material inteligente tinha se moldado ao seu corpo enquanto dormia, e ela o sentiu massageando seu pescoço e ombros – uma função que Zaron tinha habilitado depois de saber que os músculos das costas de Emily estavam frequentemente rígidos com a tensão. Ela ficou parada por alguns minutos, usufruindo da massagem da cama e, então, se levantou. Apesar de dormir até mais tarde, ela se sentia cansada e sem ânimo, quase deprimida.

Na terça, Zaron a tinha permitido enviar um e-mail para Evers Capital explicando que tinha se atrasado na Costa Rica por duas semanas e pedindo para reagendar sua entrevista. Até quarta à noite, eles ainda não haviam respondido, e Emily sabia que estava acabado: ela tinha perdido sua única chance de trabalhar com um fundo de investimentos lendário – sem mencionar, conseguir uma colocação na sua área num curto período de tempo. Com todas as demissões recentes, Wall Street lotado de analistas com o conjunto de habilidades dela, todos estavam competindo nessa área que encolhia rapidamente.

Se a iminente invasão Krinar não terminasse com o mundo como ela conhecia, ela ficaria desempregada por muito mais tempo do que esperava.

O pensamento a trouxe de volta à razão. Era tolo se preocupar com uma entrevista perdida quando toda sua espécie estava frente à uma ameaça tão séria quanto os Krinars. Nos últimos poucos dias, Emily tinha tentado conhecer mais sobre o povo de Zaron, e o que tinha aprendido não era animador.

Ela já sabia que seu sequestrador era mais forte e rápido do que os humanos, mas ela atribuía parte daquilo à sua forma atlética e alta. O corpo dele era esplêndido, sua pele suavemente bronzeada cobrindo camadas de músculos enxutos e compactos. Qualquer homem da sua estatura seria mais forte do que a média, Emily não conseguia ver a total extensão das diferenças de Zaron até sua caminhada dois dias antes, quando ela o viu levantar uma árvore caída com uma mão e movê-la para fora do caminho.

Ele tinha feito aquilo casualmente, como se o tronco grosso fosse um galho fino, e Emily parou, se afastando dele incrédula. Pela sua estimativa, a árvore tinha pelo menos meio metro de diâmetro.

— Qual o problema? — Perguntou ele, mas ela apenas balançou a cabeça, muda pelo choque. Indo até a árvore, ela se abaixou e empurrou-a com toda sua força, esperando que seria de algum modo mais leve do que parecia, mas o tronco não se moveu nem mesmo uma fração de centímetro. A árvore era tão pesada que estava praticamente soldada ao chão, mesmo assim Zaron a tinha movido com um esforço que não seria maior do que Emily faria para levantar um peso de um quilo.

Seu raptor tinha observado os esforços dela com uma diversão óbvia, seus belos lábios curvados num sorriso, e Emily tinha sentido uma espetada fria de medo ao se lembrar quão rápido ele a tinha alcançado naquela ocasião no lago.

Os Krinars não tinham apenas tecnologia superior; eles eram mais poderosos em todos os sentidos.

— Como vocês evoluíram para serem tão fortes e rápidos? — Perguntara ela quando eles voltaram a andar, e ele bateu de ombros, pondo um ponto final na conversa. Ela tinha notado que apesar de Zaron parecer hesitante em mentir para ela diretamente, ele não tinha problemas em não passar informação quando atendia aos seus propósitos. Havia alguns assuntos que ele preferia evitar, e Emily suspeitava que tinha a ver com coisas que poderiam assustá-la. Sempre que tentava perguntar-lhe sobre tipos de armas que seu povo possuía ou o que eles fariam após se estabelecerem na Terra, ele levava a conversa para outro assunto ou a distraía com sexo – e parecia que o tópico da evolução dos Krinars era um que estava fora dos limites.

Era o mesmo caso quando ela notou que todas as refeições na casa de Zaron consistiam de frutas, vegetais, e outros alimentos baseados em plantas. No início, ela havia achado que tinha a ver com seu trabalho – ele amava plantas e estava sempre falando para ela detalhes interessantes da flora costa-riquenha – mas, então, ela começou a imaginar se havia outra razão para sua dieta.

— Por que você não come nenhuma carne? — Perguntou ela, atacando uma salada que a casa dele tinha preparado para o jantar deles. — É sua preferência pessoal de dieta ou uma tendência geral dos Krinars?

— O último — Dissera Zaron. — Como humanos, somos onívoros, mas preferimos plantas. Em Krina, muitas plantas são ricas em nutrientes e densas em calorias, então, nunca precisamos comer animais para sobreviver.

— Ah, entendo. — Aquilo tinha surpreendido Emily. Por alguma razão, ela tinha concluído que os Krinars tinham sido caçadores e coletores até certo ponto, igual aos humanos primitivos. E, então, ela tinha visto porque ela tinha chegado àquela conclusão.

Havia algo predatório no jeito que Zaron se movia, algo que insistia em lembrá-la de um felino caçador. Ela tinha a impressão inquietante que se fosse provocado, ele poderia atacar num instante. Seu olhar, também, era focado e claro, frequentemente seguindo seus movimentos com intensidade de um gato perseguindo uma borboleta.

— Existem muitos grandes predadores no seu planeta? — Perguntou ela. Talvez os Krinars tinham sido presas em algum ponto do início da sua história e tinham desenvolvido sua velocidade e força para sobreviver – apesar de aquilo não explicar o jeito estranho de Zaron se mover.

— Poucos — Respondeu ele sem elaborar, e Emily tinha entendido que ele colocara um ponto final na conversa novamente.

Qualquer que fosse a coisa que Zaron estivesse

escondendo tinha que ser pior do que os planos de colonização do seu povo – e aquilo fez Emily muito, muito nervosa.

Ainda, quando ela estava tomando banho, seus pensamentos voltavam para a entrevista que tinha perdido e o emprego que estava agora fora do seu alcance. Cada dia, ela ficava de olho numa oportunidade de escapar, mas Zaron a vigiava cuidadosamente durante as caminhadas, e não havia jeito de conseguir sair da sua casa inteligente. E, agora, era tarde demais: Evers Capital nunca a contrataria.

Suspirando, Emily saiu do chuveiro e deixou a tecnologia Krinar secá-la. Colocando um dos vestidos que Zaron tinha deixado para ela, voltou para o quarto, onde seu telefone afogado estava na placa flutuante perto da cama.

Sentando-se Emily pegou-o. Parecia seco, mas a tela estava negra e sem resposta. Automaticamente, ela apertou o botão do lado e segurou, olhando a tela sem esperança.

A tela acendeu.

Emily deu um pulo, seu coração martelando, e olhou para a tela sem acreditar. Os ícones familiares aparecendo com lerdeza agonizante, mas o telefone estava inquestionavelmente funcionando.

A mão de Emily tremia enquanto ela deslizava o dedo na tela para desbloquear o telefone. Ela tinha pago por um pacote *roaming* antes de embarcar para a viagem, mas só havia uma barra de recepção aparecendo

– provavelmente porque eles estavam dentro de uma caverna. Não que o número de barras importasse: a bateria estava quase acabando. Na melhor das hipóteses, ela tinha apenas alguns poucos minutos antes do telefone desligar, e ela tinha que fazê-los valerem.

Quem ela deveria chamar? Seus amigos em casa? A polícia de Costa Rica? Emily tinha programado prudentemente alguns números de emergência no seu telefone antes de sair dos EUA, e ela os estava verificando agora, sua mente a toda. Ela abandonou a ideia de chamar seus amigos imediatamente; não havia garantia que qualquer um deles responderia, e levaria muito tempo para explicar sua situação e pedir por algum tipo de ajuda. Com a polícia local, haveria a barreira da língua. Emily sabia o espanhol básico, mas não havia jeito de ela conseguir falar tudo e se fazer entendida.

A melhor opção era a embaixada americana, decidiu ela depois de um momento. Havia grande possibilidade de ela ser dispensada como louca, mas se ela conseguisse se comunicar com eles de algum jeito, seu aviso poderia fazer uma diferença real.

Segurando sua respiração, Emily apertou o botão de chamada e segurou o telefone no ouvido. Um segundo, dois, três, quatro... o silêncio parecia continuar para sempre, mas na hora que ela tinha se convencido que a ligação não completaria, ela ouviu o longo *sinal* de conexão.

— Embaixada dos Estado Unidos. — A voz

feminina era prazerosamente calma. — Como posso direcionar sua chamada?

Os joelhos de Emily ficaram fracos de alívio. — Sim, olá. Meu nome é Emily Ross, sou uma cidadã americana. — Ela falou rapidamente, não sabendo quando a bateria acabaria. — Estou sendo mantida prisioneira na região de Guanacaste. Eu preciso que você me ouça cuidadosamente. O homem me prendendo aqui me disse que existe uma ameaça para nosso país. Uma invasão acontecerá em questão de dias. O povo que está vindo se chama Krinars, e eles têm armas muito mais avançadas do que as nossas. Você tem que avisar ao Presidente. Eu sei que isso parece loucura, mas...

O zumbido quieto de um barulho de fundo no seu ouvido mudou para um silêncio, e Emily viu que tinha acabado.

Seu telefone estava completamente mudo.

Abaixando o aparelho, ela olhou para a tela escura frustrada. Tinha a operadora ouvido qualquer coisa que Emily falara, se ouviu, passaria ela a mensagem ou abandonaria como queixas de um turista bêbado? Emily tinha propositadamente evitado a palavra 'alienígena', mas o que *tinha* dito não foi muito melhor. Mesmo para os seus próprios ouvidos, ela soava como uma lunática.

As palmas de Emily estavam úmidas e suas pernas tremiam ao colocar o telefone de volta à placa flutuante e sentar-se na cama. Ela ainda estava adrenalizada, e levou vários minutos até se acalmar o bastante para pegar o *tablet* que Zaron a tinha dado. Qualquer coisa que acontecesse depois estava fora das suas mãos. Ou a operadora iria repassar sua mensagem, ou não. Emily teria que ficar feliz por saber que tinha feito o melhor que podia.

Respirando fundo, ela disse ao *tablet:* — *Independence Day*, por favor — E se recostou de volta na cama. A mobília inteligente se curvou em volta dela, intuindo que ela queria um suporte para as costas para sua experiência de cinéfila.

A escolha de entretenimento da Emily era masoquista, mas ela não ligava.

Talvez se ela visse humanos chutando o traseiro de alguns alienígenas na tela, ela poderia acreditar que a Terra tinha chance contra a coisa real.

CAPÍTULO VINTE E SEIS

Conforme os dias passavam, Zaron começou a temer a chegada das naves. Não era porque sua equipe não estava preparada – tudo estava pronto da parte deles – mas porque cada hora que passava o aproximava do dia em que ele teria que ser obrigado a deixar Emily ir.

Uma vez que os Krinars fizessem contato com os líderes humanos, ele não poderia mais usar o mandado de não revelação como justificativa para mantê-la.

Desde quando Zaron tinha falado a Emily sobre as reais intenções do seu povo, ela fazia seu máximo para mantê-lo a distância – emocionalmente, pelo menos. Não havia mais conversa sobre o passado dela, nem mais compartilhamento de experiências dolorosas. Mas pouco a pouco, Zaron conheceu mais sobre ela, e cada pedacinho que ele descobria intensificava sua fascinação pela garota humana – uma fascinação que começava a beirar a obsessão.

Ela gostava de morangos mas odiava mirtilos, gostava de filmes de ficção científica mas preferia ler livros de não-ficção. Sua mente era bastante analítica – ela se dava bem com números e planilhas – precisava de natureza e lugares abertos para se sentir completa.

— Sempre que tenho tempo livre – o que é quase nunca – eu gosto de ir ao parque — Confidenciou ela enquanto sentavam no lago, pelo menos uma vez conversando sem brigarem. —, isso me energiza, me ajuda a descansar o cérebro e sacodir todas as teias de aranha do cubículo.

Zaron entendia aquilo; sua apreciação pelo ambiente natural era a razão principal para sua escolha de especialização. Mesmo quando criança, ele era fascinado por coisas vivas, tanto plantas como animais. Contudo, algo que Emily tinha falado o aborreceu. — Por que você tem tão pouco tempo livre? — Perguntou ele franzindo a testa. — A maioria dos humanos não trabalha das nove às cinco?

— Não os humanos dos bancos de investimento — Disse ela ironicamente. — Minha raça trabalha oitenta horas por semana, e isso quando o trabalho está tranquilo. Num projeto no ano passado, eu tive que trabalhar cento e quarenta horas por semana por três meses diretos.

Zaron fez alguns cálculos matemáticos mentais. Se ela estivesse trabalhando cento e quarenta horas por semana, então, ela só tinha quatro horas por dia em que não estava trabalhando – menos da metade do sono diário requerido para os humanos. *Ele* podia trabalhar por aquele tempo porque os Krinars precisavam de significamente menos sono, mas a saúde de Emily podia ser prejudicada com aquele tipo de rotina.

— Você não deveria trabalhar tantas horas — Disse ele, incapaz de soar não crítico. — você pode ficar doente se não tiver o sono necessário.

Emily deu a ele um olhar intrigante, então, bateu de ombros. — Sim, eu acho. Eu não planejei fazer aquilo para sempre, apenas até conseguir um trabalho similar com carga horária melhor – o que seria aquele trabalho no fundo de investimentos, a propósito.

Zaron sentiu uma pontada de culpa indesejável que o lembrou que ele a tinha custado o emprego que desejava tão desesperadamente. Apenas depois de conhecer Emily melhor que ele entendeu por que a entrevista significava tanto para ela. A garota humana era ferozmente independente, e tinha alcançado um bocado nos seus vinte e quatro anos apesar de ter um início difícil na vida. Das checagens iniciais dos antecedentes dela, ele soube que ela tinha se graduado na Northwestern, uma das faculdades americanas mais ranqueadas, e conseguido um trabalho logo após num banco de investimento de primeira linha. Contudo, somente após Zaron ter lido sobre a instituição de lares adotivos há dois dias, que ele concluiu quão difícil deve ter sido o caminho de Emily sem qualquer ajuda da família.

— Quem pagou sua faculdade? — Perguntou ele, franzindo mais ainda quando lhe ocorreu a questão. — Essas instituições são caras no seu país, imagino.

Emily assentiu. — São. Tive sorte: eu praticava trilha e *cross country,* então, ganhei uma bolsa de estudos que cobria a maior parte da minha mensalidade. O resto, usava uma combinação de bolsa governamental, trabalho de meio expediente e empréstimos.

— Sua tia não te ajudou?

As sobrancelhas de Emily se levantaram. — Tia Wendy? Não. Ela faleceu de derrame quando eu tinha dezessete anos, e por vários anos antes, vivia com uma pensão por invalidez. Ela não poderia ajudar, mesmo se quisesse.

— Entendo. — Zaron lutava para manter o mesmo tom da conversa. Ele estava com raiva por ela, e não sabia o porquê. — Então, você não tem ninguém a quem recorrer.

Emily piscou. — Não é verdade. Tenho meus amigos e meu gato e meu namo... — Ela parou no meio da palavra, mas já era tarde demais.

A raiva de Zaron transformou-se em ciúme à flor da pele.

— Namorado? — Mesmo para seus próprios ouvidos, sua voz soava perigosamente baixa. — Você tem um namorado? — Zaron tinha concluído que Emily estava sem ninguém porque ela morava sozinha num pequeno apartamento e estava viajando sem companheiro, mas, agora, ele viu a insensatez daquela conclusão. Por Emily ser tão independente, ela poderia facilmente ter um homem a esperando em Nova York – um homem que não tinha mencionado até agora.

Para o alívio de Zaron, ela balançou a cabeça. — Não — Disse ela, sua voz apertada. — Não tenho um namorado. Não mais.

O ciúme de Zaron reaqueceu. Era óbvio que quem quer que fosse aquele macho, ele a tinha machucado – o que significava que ela se importava com ele.

Ela pode até estar apaixonada por ele ainda.

— Quem é ele? — A raiva queimando o peito de Zaron era irracional, ele sabia, mas não conseguia espantar a convicção de que Emily pertencia a ele, que era dele e qualquer homem que a tocasse mereceria ser despedaçado. Os machos Krinars tendiam a ser territoriais e possessivos com suas parceiras, mas Emily não era a parceira de Zaron. Ele não tinha nenhuma razão de se sentir daquele jeito tão forte sobre a garota humana que estaria com ele apenas por mais poucos dias. Ainda, nenhuma porção de pensamento razoável poderia retirar a fúria na voz de Zaron ao exigir: — Qual o nome dele?

Emily olhou para ele desconfiadamente. — O que importa? Terminamos. Nos separamos mais ou menos quatro meses atrás.

Quatro meses? Fagulhas vermelhas permearam o olhar de Zaron. Apenas quatro meses, algum humano insignificante estava tocando Emily, beijando-a... fazendo amor com ela.

— Quem é ele? Por quanto tempo vocês ficaram juntos? — Zaron conseguia ouvir o som sombrio da sua voz, e sabia que Emily também podia, porque ela se levantou e deu um passo para o lado, olhando para ele como se fosse um tipo de animal feroz.

Zaron se forçou a respirar fundo. Ele devia estar se sentindo como aquele animal, mas não queria assustar Emily. Levantando-se com movimentos vagarosos e controlados, dirigiu-se a ela e pegou sua mão, mantendo uma pegada suave. — Diga-me, anjo — Disse num tom mais calmo. —, me fale sobre seu ex-namorado. O que aconteceu entre vocês dois?

Emily parecia desconfortável. — Você... você não vai fazer nada com ele, certo?

Porra. Ela percebia as coisas. O predador ancestral dentro de Zaron já estava planejando procurar o humano macho e terminar com sua existência. Agora ele não podia... apenas pelo motivo de que iria preocupar Emily.

— Claro, não farei nada com ele — Disse Zaron com uma calma que não sentia. —, por que faria?

A pergunta era dirigida tanto para ele quanto para Emily, mas teve o efeito desejado. Ela relaxou um pouco, apesar de uma desconfiança ainda pairar no seu olhar. — Não sei — Disse ela. — você pareceu... com raiva por um momento.

Zaron respirou fundo outra vez e puxou Emily para ele, moldando suas curvas esbeltas contra o corpo dele. — Não estou — Assegurou a ela. E não estava, mais. A ânsia primitiva que aparecia nele agora era bem diferente em natureza.

Deslizando suas mãos no cabelo sedoso de Emily,

ele abaixou sua cabeça e tocou sua boca num beijo profundo e voraz.

Zaron não conseguiu suas respostas até que se passassem duas horas, quando Emily deitava cansada e saciada nos seus braços. Antes de terem ficado completamente excitados, ele a tinha levado para a pradaria gramada pouco depois das beiradas rochosas do lago, e eles descansaram lá, agora, olhando a água brilhando sob o sol uns quinze metros de distância.

— Então, me fale sobre esse seu ex-namorado misterioso — Disse Zaron, mantendo um tom leve apesar do seu desejo insistente de partir o homem em pedaços. —, como vocês se conheceram?

— Foi na faculdade — Respondeu Emily sem levantar a cabeça do ombro dele. Ela parecia relaxada e um pouco sonolenta, e Zaron sabia que tinha conseguido fazê-la esquecer do seu comportamento mais cedo. — Jason e eu fomos amigos no início; então, ele pediu para me namorar. Ambos fazíamos faculdade de economia, tínhamos o mesmo círculo de amizade, e estávamos nos inscrevendo para os mesmos tipos de emprego. Fazia muito sentido para nós ficarmos juntos, então, começamos a namorar. Era casual no início, apenas dois jovens de faculdade saindo juntos, mas terminamos conseguindo colocações em banco de investimento depois de graduarmos e nos mudando para a Cidade de Nova York. Para economizar, decidimos morar juntos, e, então, nos mudamos – até quatro meses atrás, quando ele me disse que não conseguia aguentar minhas horas e se mudou.

Ela falou calmamente, como se a separação não a perturbasse nem um pouco, mas Zaron sentiu a tensão voltando em seu corpo esbelto.

— Por que ele não conseguia aguentar suas horas? — Perguntou ele, mantendo seu tom calmo. — Ele não estava na mesma profissão que você?

— Estava, mas teve sorte. Cerca de um ano depois da nossa graduação, antes do mercado afundar, ele teve uma oferta de trabalho numa firma de investimento de capitais, e suas horas melhoraram. Então sim. — Emily olhou para Zaron. — Foi assim, toda a história. Pouquíssimo drama.

Exceto que não era, não para ela... Zaron podia dizer isso.

— Por quantos anos você ficou junto com esse Jason? — Perguntou ele, lutando contra o ciúme que ainda ameaçava consumi-lo. — Quando na faculdade vocês começaram a namorar?

Emily suspirou e sentou-se, arrumando o vestido – que estava um pouco rasgado e manchado pela grama. — Ficamos juntos por um pouco mais de quatro anos — Disse ela, retirando seus cabelos embaraçados do seu rosto. — Não foi uma vida ou coisa assim.

— Entendo. — Zaron pegou seu jeans descartado na grama. Levantando-se, vestiu-se e se abaixou para pegar Emily.

— Zaron, ponha-me no chão! Eu posso andar —

Protestou ela quando ele a colocava nos braços, mas ele ignorou suas objeções.

Ele precisava segurá-la para conseguir controlar a raiva fervente dentro dele – e manter sua promessa de não caçar o humano bastardo que tinha machucado Emily.

CAPÍTULO VINTE E SETE

Ao se aproximarem do dia de chegada dos Krinars e da prometida liberação de Emily, ela se achava com uma ansiedade crescente. Ela não tinha fome, e suas noites não tinham descanso, seu sono frequentemente interrompido por sonhos ruins. Quando ela era criança, costumava ter pesadelos sobre o acidente de carro dos seus pais, mas ela tinha suplantado aquilo – ou achava que tinha. Naqueles sonhos, ela sempre estava em pé ao lado da rodovia, olhando enquanto o carro capotava e ela sentia aquele terror na barriga por saber que estava só, que todos que amava estavam mortos.

Emily disse para si mesma que os pesadelos tinham voltado porque ela estava preocupada com a invasão, mas parte dela sabia a verdade.

Era a vindoura separação de Zaron que a fazia reviver a velha dor da perda e abandono.

— Sabe, você deve ser uma das pessoas mais fortes

que conheço — Sua amiga Amber tinha dito a Emily depois da separação com Jason. — não sei como você faz isso. Você nunca tem medo de ficar só? Age como se não tivesse problema nenhum seu namorado de quatro anos ter ido embora...

— Porque não importa — Interrompera Emily. —, eu nunca confiei nele para nada. — E era verdade. Apesar da separação ter machucado mais do que Emily deixava transparecer, ela nunca tinha se aberto para Jason totalmente. Eles tinham morado juntos e eram vistos como um bom casal por seus amigos, mas continuavam como indivíduos separados, nunca se ligando num nível emocional mais profundo. Emily costumava achar que o amava – e talvez ela amasse, num modo bem morno e superficial – mas nunca o deixou ficar verdadeiramente perto. Não porque ela era forte, contudo – era o oposto.

Ela tinha muito medo de se deixar depender de Jason, amá-lo para valer. Aquela era a real razão da sua separação, não a diferença das horas de trabalho que Jason tinha usado como desculpa. Havia sempre algo faltando na sua relação, e Emily sabia agora que tinha sido por culpa dela.

Havia ficado com tanto medo de ser abandonada que tinha mantido Jason a uma certa distância até que ele fez exatamente aquilo.

Mas Zaron tinha, de alguma forma, penetrado em sua blindagem. Emily não sabia se era a extraordinária química sexual entre eles, ou a ponta de vulnerabilidade que ela havia visto nas suas feições de autoconfiança e arrogância, mas ela se sentia mais perto de Zaron do que se sentira por qualquer outro na sua vida adulta. Seu sequestrador a amedrontava às vezes, mas ela também se sentia atraída por ele, puxada de um jeito que superou a atração normal e algo tão simples como gostar e amizade.

Quando eles estavam juntos, ela se sentia como se o mundo estivesse iluminado por uma luz quente, todos os seus sentidos soando com uma percepção elétrica. Tanto quanto Emily queria odiar Zaron após saber da invasão, ela não conseguia. Eles tinham ficado muito íntimos antes da revelação, tinham se aberto um para o outro demais para que ela o desprezasse agora. Além disso, ele salvara sua vida, e por mais que Emily não gostasse de estar presa e temesse o futuro, ela nunca se esqueceria de que só estava viva por causa dele.

— Por que você fez isso? — Perguntou ela durante uma caminhada num dia. — Por que você teve tanto trabalho para salvar a vida de um estranho? Você deveria saber que teria problemas, com o mandado e tudo mais.

As mandíbulas de Zaron enrijeceram, e sua mão se apertou em volta da dela. — Porque eu tinha que fazer — Disse ele, e antes de Emily continuar, ele a puxou e beijou-a com uma paixão selvagem que a fez esquecer de tudo além do seu próprio nome.

E esse era o problema. A maestria e habilidade sexual de Zaron com o corpo dela era tal que ela não tinha condições de resisti-lo. Sempre que tentava erguer barreiras entre eles, Zaron as jogava no chão com facilidade patética. Ela não podia desprezá-lo porque ele simplesmente a puxava para a cama e dava-lhe prazer até que ela se desmanchasse, daí, após todas as suas defesas irem por terra, ele fazia algo amável, como mandar sua casa fazer as comidas favoritas de Emily ou levá-la para uma caminhada bem longa na floresta. Suas tendências dominadoras eram balanceadas com ternura, sua sexualidade áspera com cuidado amoroso. Ele a consumia e tratava como um bibelô ao mesmo tempo, e Emily não sabia como lidar com aquilo.

Mesmo assim, se sua ligação fosse apenas baseada em sexo, seria fácil. Mas sempre que conversavam sem brigar, Emily sentia-se como se achasse sua alma gêmea intelectual. A disposição mental científica de Zaron, sua dedicação ao seu campo, até sua tendência de identificar plantas e animais comuns na nomenclatura científica para seu gênero e espécie – tudo isso fazia Emily pensar, sempre fascinando-a. Uma caminhada na floresta com Zaron era melhor do que uma hora de Discovery Channel; ele tinha um conhecimento enciclopédico de tudo que crescia, se arrastava, andava, e voava numa floresta tropical, e de vez em quando contava piadinhas sobre plantas e animais análogos em Krinar. Ele tinha cuidado em não dizer muito – aquela droga de mandado novamente – mas o que Emily aprendia era incrível.

— Um réptil voador que carrega seus ovos numa bolsa e os come quando fica com fome? Você diz que essas coisas são comuns em Krina? — Perguntava ela impressionada quando Zaron descrevia uma criatura chamada *eponu*. — Como sobrevive e se reproduz?

— Ele bota centenas de ovos — Respondeu ele, sorrindo. — só come cerca de oitenta por cento deles no período de incubação. Quando o resto eclode, eles lutam na bolsa até que poucos vencedores saem e voam para se alimentar de insetos e outras criaturas – até chegar a hora do novo eponu se reproduzir. Quando as fêmeas põem ovos, os machos voltam a caçar, e as fêmeas usam os ovos para seu sustento, dessa forma, recomeçando o ciclo.

Emily o inundou com mais perguntas naquela hora e ele respondeu a todas, aparentemente decidindo que não haveria problema ela saber sobre as criaturas estranhas de Krina. Ele também falou sobre sua infância e como sua família o tinha encorajado a se interessar pela natureza desde bem pequeno.

— Venho de uma família de cientistas — Disse ele como explicação. — Minha mãe é botânica, meu pai, físico, e três dos meus avós são biólogos como eu. Eu acho que você poderia dizer que explorar a natureza está no nosso sangue. — Disse ele despreocupadamente, como se não fosse uma coisa muito importante, e Emily teve que lutar contra uma pontada de inveja da família.

Ela daria tudo para ter seus pais por perto para encorajá-la nas suas aventuras de vida.

— O que sua família acha de você estar aqui? — Perguntou ela, tentando não soar tão invejosa quanto se sentia.

Se os pais e avós de Emily estivessem vivos, ela nunca os deixaria para ir para uma galáxia diferente.

Para sua surpresa, as feições de Zaron se enrijeceram. — Não sei — Disse ele, parando perto de uma samambaia exuberante. Seu olhar estava inescrutável, mas havia um tom áspero na sua voz. —, não tenho falado muito com eles nos últimos anos.

Ele não elaborou, mas Emily pôde ler nas entrelinhas. O distanciamento de Zaron dos que amava tinha a ver com a morte da sua esposa; ela tinha quase certeza disso. Ele deve ter achado difícil ficar perto da família após sua perda trágica. O pesar podia fazer isolar-se – Emily sabia disso mais do que qualquer um. Por muitos anos depois da morte dos seus pais, ela tinha tido problemas em fazer amigos na escola porque as outras crianças se sentiam desconfortáveis perto de órfãos. Era com se tivessem medo daquela desventura ser contagiosa, que por estar perto dela, eles estariam permitindo perda e dor nas suas próprias vidas. Mesmo alguns professores com boas intenções a faziam se sentir como uma estranha por serem solícitos de todas as formas erradas, e era totalmente possível que a família de Zaron também tivesse feito aquilo, lidando com ele como se fosse um pobre coitado para diminuir a culpa de seus sobreviventes.

Sem falar, Emily esticou o braço e apertou a mão dele, e eles ficaram em silêncio pelo resto do caminho. Zaron não havia falado de sua esposa desde então, mas Emily sabia que ele ainda sofria por ela. Ela suspeitava que fazer amor com ela com tanta frequência era em parte pelo fato de ser uma distração para ele também – um jeito de lidar com seu pesar e sua dor. Não era nada que ele falasse ou fizesse, mas, de vez em quando, ela notava uma forte agonia nas suas feições, e ela sabia que naquela hora, ele estava pensando na esposa que tinha perdido.

Felizmente, nos últimos dias, aqueles momentos estavam se tornando mais raros. De fato, na maioria das vezes, Zaron parecia focado em Emily a um nível quase que obsessivo. Quando não estavam juntos na cama, ele estava sempre perguntando sobre a vida dela, querendo saber sobre tudo desde suas comidas favoritas até seus amigos ou seus ex-namorados – apesar do último assunto o tornar estranhamente tenso, como se ele estivesse ciumento. Em geral, ele parecia possessivo por ela – muito mais possessivo do que Emily considerava razoável naquelas circunstâncias.

— Zaron, você realmente sabe que vou embora nos próximos dias, certo? — Murmurou ela enquanto eles estavam deitados na cama, certa noite, suas pernas entrelaçadas depois de outra explosão de sexo. — Não sou sua, não importa o que você me faça dizer quando estou no limiar do orgasmo. Isto – você e eu – é apenas temporário.

Ele se afastou para olhar nos olhos dela, e ela viu que sua mandíbula estava apertada. — Eu sei. — Seu tom era normal, mas ela podia ouvir a ponta letal por trás das palavras. Lembrando-a de quando tinha perguntado sobre Jason. Por um rápido momento durante a conversa, ela tinha tido o pensamento maluco que Zaron poderia machucar seu ex-namorado. Parecia ridículo depois, mas naquela hora, ela havia estado certa que sentira algo sombrio e violento no homem que a mantinha cativa – algo que a aterrorizara.

— Você *vai* me deixar ir, certo? — Perguntou Emily, fazendo o melhor para retirar a ansiedade da sua voz. — Quando seu povo chegar, eu posso ir para casa.

As feições de Zaron não mudaram, seus olhos completamente negros ao falar: — Sim, claro. — Mas, então, ele a alcançou, puxando-a para ele, e Emily esqueceu todo seu desconforto.

CAPÍTULO VINTE E OITO

Na véspera da chegada das naves, Emily acordou particularmente deprimida. Seus pesadelos naquela noite foram tão ruins que ela acordou gritando duas vezes. Zaron tinha ficado preocupado de que ela estivesse doente ou com dor, mas quando ela explicou que era apenas um sonho, ele lhe dera exatamente o que ela precisava: conforto e seus braços fortes segurando-a no escuro.

Foi naquela noite que Emily encarou a verdade.

Seu temor tinha se tornado realidade. Ela tinha se apaixonado por um homem de outro planeta, um membro de uma espécie da qual ela ainda sabia muito pouco.

A constatação mexeu até a parte mais íntima de Emily. Ela não podia amar Zaron; simplesmente não podia. Ele a estava prendendo contra sua vontade, e seu povo estava planejando invadir o planeta dela. Que tipo de pessoa pervertida se apaixonaria nessas circunstâncias? Além do mais, ele não era humano. Ele podia parecer humano, mas era tão diferente de Emily como ela era diferente de um gato. Mesmo as extensões das suas vidas não eram compatíveis. Em alguns anos, Emily começaria a envelhecer, mas ele continuaria o mesmo. E, então, onde estariam?

Não, para. Recomponha-se. Era ridículo para Emily pensar a longo prazo. Amanhã ela iria embora, e seria assim. Fora sua estranha possessão, agora Zaron provavelmente já tinha tido sua cota de sexo com ela, e ele mudaria para outro alguém, talvez uma mulher da sua própria raça... alguém que pudesse substituir sua companheira perdida.

Alguém que não fosse Emily.

O peito de Emily apertou-se de dor, seus olhos umedecidos com lágrimas. *Você não o ama,* dizia para si mesma. O que ela sentia era uma paixão, um resultado da sua proximidade forçada. Eles tinham passado tanto tempo juntos nas últimas duas semanas que era natural para ela ficar apegada. Além do mais, mesmo se ela fosse tão louca para querer ficar, não havia futuro para eles, sem chance de ficarem juntos de modo permanente.

Não. Determinada a não ceder aos seus sentimentos ilógicos, Emily se levantou e foi para o chuveiro.

Quando ela voltasse para sua vida normal, seu apego por Zaron diminuiria com o tempo.

Ela tinha certeza daquilo.

CAPÍTULO VINTE E NOVE

— Então, onde está ela, sua garota humana? — Perguntou Ellet olhando em volta da sala de estar de Zaron. Ela estava na Costa Rica esta semana, e tinha aceitado o convite de Zaron para uma visita. — Você ainda a tem, certo?

— Tenho. Ela está tomando banho agora — Disse Zaron, sentando numa placa flutuante longa — Ela acabou de acordar, então, você terá que esperar um pouco para conhecê-la.

— Humm, você a está deixando dormir até mais tarde. Bom. — Ellet foi sentar-se perto dele. Como ele, ela estava vestida com roupas humanas - short, uma camiseta justa, e botas de caminhada - mas para os olhos de Zaron, ela parecia inegavelmente Krinar, com toda a beleza sombria e esbelta da sua espécie. Dando-lhe um sorriso largo, ela disse: — Eu estava um pouco preocupada que você a pudesse desgastar. Os humanos precisam de muito mais repouso do que nós, você sabe.

Zaron franziu. Ellet tinha acabado de externar suas preocupações. Emily parecia muito cansada ultimamente – sem mencionar as noites maldormidas. Teria sido pelas imposições que ele fazia sobre o corpo humano dela? — Tenho tomado cuidado — Disse, mas mesmo ele conseguia ouvir a dúvida na sua voz.

— Tenho certeza que tem — Disse Ellet consoladoramente. —, só que é fácil para os nossos homens serem levados e esquecerem o quão frágeis as mulheres humanas podem ser. — Ela deu uma pausa, então, perguntou delicadamente: — Você fez aquilo outra vez?

— Tomar o sangue dela? Não. — Zaron levantou seu joelho para esconder a reação automática do seu corpo ao assunto. — Prometi a ela que não faria.

— Não faria o quê? — Perguntou Emily, entrando na sala.

Praguejando silenciosamente, Zaron se levantou e virou-se para olhar para a parede do quarto de Emily – uma parede que tinha se dissolvido sem fazer som um momento atrás, permitindo à Emily entrar. Pelo hábito, ele estava falando com Ellet em inglês, e ela estava respondendo automaticamente. O quanto Emily tinha ouvido? As feições da humana estavam pálidas, suas mãos agarradas à saia do seu vestido, mas poderia ser por causa de sua surpresa ao ver Ellet.

— Emily, esta é minha colega de trabalho, Ellet — Disse ele com um sorriso que não enganava nem um pouco os seus pensamentos. — Ellet, esta é Emily, minha hóspede.

— Olá, Emily. — Ellet levantou-se graciosamente e foi na direção de Emily, esticando sua mão num cumprimento humano. — Muito prazer em conhecê-la.

Emily hesitou por um milésimo de segundo, então, apertou a mão de Ellet. Zaron notou que o aperto da humana era firme, os músculos e tendões delicados do seu antebraço se flexionando ao apertar a mão de Ellet. — Olá — Disse ela, seus lábios se curvando num sorriso largo – o sorriso que ela costumava dar a Zaron no início. Era o sorriso artificial de Emily, agora ele conseguia ver, o que ela usava para esconder seu nervosismo. — Prazer em conhecê-la também.

— Ellet é especialista em biologia humana — Explicou Zaron, observando enquanto Emily dava um passo atrás. —, sua espécie é o trabalho da vida dela.

— Por isso você veio para a Terra — Perguntou Emily. — Para nos estudar?

— Sim, e ajudar no processo de assentamento. — Ellet olhou rapidamente para ele. — Zaron te falou sobre isso, presumo?

— Sim, falou. — Emily deu aquele sorriso excessivamente largo novamente. — Ele me disse tudo.

— Oh, ufa! — Ellet passou a mão por cima da cabeça num gesto exagerado de alívio. — E eu estava com medo de ter que andar pisando em ovos perto de você. Essa é a expressão correta na sua língua, certo?

O sorriso de Emily ficou um pouco mais genuíno. Ellet a estava encantando, pensou Zaron animado.

— Certo — Disse ela para Ellet. — Apesar de eu ter

certeza de que você sabe disso, pois, seu inglês é absolutamente perfeito.

Ellet sorriu. — Ora, obrigada. Que meiga você é. Não admiro que Zaron a ache irresistível.

As bochechas claras de Emily ficaram rosadas. — Há quanto tempo você e Zaron se conhecem? — Perguntou ela, claramente disposta a mudar de assunto.

— Oh, não por muito tempo. — Disse Ellet tranquilamente. — Doze ou treze anos, certo, Zaron?

Zaron assentiu. — Nos encontramos no que vocês humanos chamam de congresso de biologia – uma reunião de especialistas no campo de estudos de espécies. Agora, Emily, você ainda não tomou seu café. Ellet, gostaria de comer algo também?

— Claro — Disse a Krinar com um largo sorriso —, faz bastante tempo que não como comida caseira.

Zaron fez a casa preparar uma grande variedade de pratos, e os três sentaram-se para tomar o café. Quase que imediatamente, Emily começou a inundar Ellet com perguntas, querendo saber sobre tudo do papel de Ellet no projeto do assentamento à vida em Krina. Zaron se empenhava o máximo para desviar o foco da conversa para assuntos mais seguros, mas Emily continuava insistindo e Ellet parecia alheia aos sinais sutis de Zaron.

— Oh, sim, as mulheres em Krina têm todos os

mesmos direitos que os homens — Disse ela à Emily quando a garota humana perguntou sobre as relações de gênero. —, quero dizer, os homens tendem a ser altamente possessivos e protetores com suas mulheres, mas não tem nada nos impedindo de escolhermos os trabalhos que quisermos ou mesmo de participarmos nas lutas na Arena se tivermos inclinação...

— Lutas na Arena? — Perguntou Emily, notando o pequeno detalhe na conversa que Zaron tinha esperado que não notasse.

— É apenas uma tradição antiga — Cortou Zaron antes de Ellet responder. — Um tipo de esporte, como uma mistura de artes marciais daqui.

Ellet olhou para ele com suas sobrancelhas levantadas, mas não o contradisse. Os desafios mortais das Arenas tinham mais em comum com as lutas dos gladiadores de Roma do que com os esportes humanos atuais, mas Zaron não queria que Emily soubesse daquilo. Para explicar a antiga instituição da Arena, ele teria que entrar na história violenta dos Krinars e suas origens predatórias. Se Emily soubesse que seu povo já tinha caçado primatas mais fracos pelo seu sangue e que sua raça tinha sido originalmente apontada como substituta daqueles primatas, ela ficaria ainda mais preocupada com a invasão.

— E sobre os humanos? — Foi a próxima pergunta de Emily. — Tem algum morando em Krina? Quero dizer, vocês têm vindo de vez em quando aqui, então... — Ela deixou a frase em suspense.

— Oh, certamente — Disse Ellet, pegando um

pedaço de *Ipomoea batatas* assada – batata doce. — Temos vários humanos morando lá no nosso planeta.

Ela não elaborou muito, e Zaron sentiu que sua colega tinha visto que não devia ser bom que Emily soubesse demais. Amanhã de manhã, ele a teria que deixar ir, estando livre para compartilhar seu conhecimento com os outros. Eles tinham que se certificar de não falar qualquer coisa que o Conselho não quisesse que a mídia humana soubesse.

— Então, o que meu povo faz no seu planeta? — Insistiu Emily. — Eles estão lá porque vocês os estão estudando, ou são considerados algo como imigrantes? Em geral, que tipos de direitos eles têm?

— Não existem muitos humanos em Krina atualmente, então, não tem nenhuma lei formal nesse respeito — Disse Zaron antes que Ellet pudesse responder. — Talvez isso mude agora que estaremos mais em contato.

A verdade era que os humanos não tinham nenhum direito em Krina. Pelos milênios que o seu povo tinha estado visitando a Terra, centenas de humanos tinham sido levados para Krina, e Zaron suspeitava que nem todos eles tinham ido de livre e espontânea vontade. A maioria dos Krinars da antiguidade não via nada de errado naquilo; eles estavam por perto quando a raça de Emily vivia em cavernas, então, para muitos deles, os humanos estavam apenas poucos estágios acima dos animais. Mas os Krinars mais jovens, os da geração de Zaron e Ellet, tinham visões um pouco diferentes, e Zaron não era exceção. Para ele, os humanos não eram tão diferentes dos Krinars – pelo menos, não nos requisitos que importavam.

— Fale-me sobre você — Disse Ellet para Emily. A especialista em biologia humana também parecia ansiosa para mudar de assunto. — Por que você veio para Costa Rica, e como se machucou tão seriamente?

Emily sorriu educadamente e explicou que estava de férias e saiu para uma caminhada na floresta sem considerar as chuvas recentes. — Foi estupidez minha, sabe — Disse ela com uma careta irônica. — Eu não deveria ter tentado atravessar aquela ponte – pelo menos quando vi que estava molhada.

Ela continuou explicando como se segurou pelas unhas, e as entranhas de Zaron se apertaram ao se lembrar do corpo destroçado de Emily deitado naquelas rochas. Se ele não tivesse ouvido seu grito, se ele não houvesse chegado lá a tempo... A agonia que o atingiu ante aquele pensamento era tão aguda quanto quando soube da morte de Larita. Por um momento, ele não podia respirar, não podia pensar além do fato de que quase perdeu Emily – a perdeu antes de ter tido a chance de conhecê-la. Mais alguns minutos, e a vida dela teria findado, sua mente sagaz extinguindo-se na capa esmagada do seu corpo.

— Certíssimo que você não deveria ter atravessado aquela ponte. — A palavras escaparam dele, diretas e duras, alarmando e silenciando as duas mulheres. — Que diabos você estava pensando, andando sozinha daquele jeito? Você poderia ter sido picada ou mordida; tem todo tipo de bicho venenoso aqui – sem falar que você seria presa fácil para qualquer criminoso bastardo que cruzasse seu caminho. Como planejava se proteger? Você poderia ter sido estuprada, roubada... morta. Você não tem instinto de sobrevivência, senso comum? — Enquanto falava, Zaron ficou em pé, suas mãos agarrando os lados da mesa. — Que tipo de idiota sai sozinha para uma viagem assim? Que porra você estava pensando, Emily?

A humana estava olhando para ele como se ele tivesse enlouquecido, assim como Ellet. Zaron não as podia culpar; ele podia ouvir a ira quase incontrolável na sua voz, e sabia que estava agindo como um louco. Mas não conseguia evitar. Desde quando Emily tinha se tornado importante, ele tinha propositadamente evitado pensar no acidente – e era precisamente por causa disso.

Ele não conseguia lidar com a ideia de que aquela humana que tinha preenchido o vazio sombrio e doloroso dentro dele quase morrera.

Por um momento, não havia nada além de silêncio tenso. Então, Ellet disse: — Acho que devo me adiantar. Tenho bastante trabalho para fazer hoje, e...

— Não, por favor, você não tem que partir. — Emily levantou-se rapidamente, seu sorriso largo falso nos lábios. — Tenho certeza que você e Zaron têm assuntos de trabalho para discutir, e acabei de me lembrar de algo que tenho desejado fazer. Foi um prazer conhecê-la, Ellet. Agora, se me dão licença...

Virando-se, ela desapareceu na sala de estar, seus passos leves ao atravessar a sala. Então, havia silêncio novamente, e Zaron sabia que Emily tinha voltado para seu quarto, forçando-se a sair de uma situação desconfortável tão rápido quanto pudesse.

— Bem, ok, então — Disse Ellet, seus olhos brilhando com diversão. — Acho que devo ir também...

— Não, desculpe-me. — A ira ainda pulsava tóxica nas suas veias, mas Zaron se forçou sentar e relaxar seus músculos rígidos — Você não tem que ir. Você ainda nem terminou de comer. Prometo que vou me comportar.

— Tem certeza? — Perguntou Ellet secamente. — Você não quer gritar com sua hóspede humana mais um pouco?

— Não. — Zaron inspirou fortemente e expirou lentamente. — Por favor, sente-se. Vamos terminar de comer, vou me desculpar com Emily mais tarde.

— Ok, se você tem certeza. Não gostaria de ficar no meio de uma briga de casal.

— Não é uma briga de casal. — Zaron falou quase que rispidamente, mas conseguiu amaciar seu tom no último momento. — O acidente de Emily me trouxe memórias desconfortáveis, só isso.

— Oh, entendo. — Os olhos de Ellet se arregalaram em compreensão, todos os traços de divertimento desaparecendo das suas feições. — Claro, Zaron. Lamento. Foi distração da minha parte. Depois da sua companheira e tudo...

— O quê? — Zaron franziu. — Não, isso não tem nada a ver com Larita. É só que... — Ele parou, não sabendo como explicar os estranhos sentimentos embaralhados dentro dele. — Pensando melhor, talvez *seja* por causa de Larita — Disse ele, agarrando-se à desculpa convenientemente apresentada. — Desculpe-me por ter arruinado sua visita.

— Oh, não, estou bem — Disse Ellet, terminando de comer os vegetais assados no seu prato. — Você não precisa se preocupar — Disse ela com a boca cheia. — Agora, por favor, me fale do seu plano para amanhã. Quando apresentaremos as localidades finalizadas para o Conselho?

Passaram o resto da refeição falando sobre trabalho, e na hora que Ellet se levantou para sair novamente, Zaron estava se sentindo bem mais calmo. — Desculpe-me sobre aquilo — Desculpou-se novamente com Ellet, levando-a para fora da casa. — Espero não ter feito as coisas parecerem muito estranhas.

Ellet parou sob uma *Pachira quinata*, uma árvore pochote, acerca de dez metros da sua caverna e deu a ele um sorriso reconfortante. — Claro, você não fez. Absolutamente não. Mas, Zaron... — Ela hesitou.

— O quê?

— Você já pensou em fazer desta garota sua *caerle*?

A expressão de Zaron deve ter refletido o choque que o congelou no lugar, então, Ellet rapidamente pressionou. — Sei que não é da minha conta, mas parece que essa Emily deve significar algo para você. Se ela não se tornar sua caerle, ela *vai* morrer. Talvez não amanhã ou semana que vem, mas em algumas décadas. Você já pensou nisso?

Zaron não tinha pensado – porque aquele caminho

prescindia de tentações sombrias e promessas quebradas. Ele tinha estado tão focado no presente, e usufruía de cada momento que vinha vivendo com Emily, que tinha espantado todos os pensamentos do futuro e do vazio frio e doloroso que o esperava depois da sua partida amanhã. Ele sobreviveria àquilo, disse para si mesmo. O fato de um humano tê-lo feito se sentir tão vivo foi um bom sinal. Significava que ele estava se curando, que o pesar que o consumia por oito anos estava finalmente diminuindo. Ele não se tinha deixado pensar além daquilo, mas aqui estava Ellet, trazendo os medos e sonhos que ele estava tentando manter afastado.

Num tom o máximo calmo que ele podia manter, Zaron disse: — Não posso torná-la minha caerle. Eu prometi que isso seria apenas temporário, Ellet. Eu simplesmente não a posso manter...

— Você pode. — O olhar castanho esverdeado de Ellet inequívoco. — Você pode fazer qualquer coisa que quiser, e sabe disso.

Zaron sentiu aquelas palavras como uma ferida aberta nos seus pulmões. Ela estava certa. Quem o impediria se ele decidisse ficar com Emily por mais tempo? O Conselho não daria a mínima ao destino de uma humana, e a lei humana não tinha nenhuma autoridade sobre ele. Ele poderia mantê-la na sua casa – e na sua cama – por quanto tempo desejasse.

— Não — Disse Zaron roucamente. Aquilo era uma negação dos seus próprios desejos confusos tanto quanto das palavras de Ellet. — Eu não posso fazer isso com ela. Não quando prometi que a deixaria ir.

Ellet pensou silenciosamente por um momento; então, seus lábios abriram-se num sorriso. — Sabia que você era um dos bons. Essa sua garota é mais sortuda do que sabe. — Ela se virou, como que para continuar andando, então, se virou para encará-lo novamente. — Zaron... — Sua voz macia. — Já considerou simplesmente pedi-la para ficar?

Zaron olhou para ela. — Você quer dizer, permanentemente? Como uma caerle?

Ellet assentiu.

— Não — Disse Zaron vagarosamente. —, realmente não. — Ele queria aquilo? Estaria pronto para um passo tão grande? Uma coisa era manter Emily com ele por umas semanas extras ou meses – talvez mesmo alguns anos – mas ter uma caerle era um compromisso para a vida toda. Mais do que isso, significaria reconhecer para si mesmo o quanto Emily veio a significar para ele – e deixar-se ficar vulnerável novamente. Mais vulnerável do que com Larita, porque Emily era humana, com todas as fraquezas e fragilidades da sua espécie. E se Zaron a tomasse como caerle e então a perdesse, como tinha perdido sua esposa? Um corpo humano era frágil, tão quebrável...

Ele devia ter ficado parado em pensamentos porque Ellet disse gentilmente: — Tudo bem. Isso é obviamente contigo. Tenho certeza de que sabe o que está fazendo.

— Sim. — Zaron abanou a paralisia não

característica. — Vou pensar nisso. Obrigado por vir. Foi bom te ver.

— O prazer foi meu. — Ellet deu a ele um sorriso caloroso. — Até logo, Zaron, e boa sorte.

Ela se virou e desapareceu entre as árvores, e Zaron retornou para sua casa, sua mente cheia com possibilidades e seu peito doendo com emoções que não conseguia admitir.

CAPÍTULO TRINTA

Emily estava deitada na sua cama, seus olhos ardendo enquanto fitava o teto. Poderia ser verdade o que ela tinha ouvido? O povo de Zaron realmente bebe sangue?

Vampiros extraterrestres. Parecia ridículo, como saído dos filmes de ficção científica dos anos cinquenta. Se qualquer pessoa tivesse mencionado isso para Emily um mês atrás, ela teria morrido de rir. Mas os Krinars eram reais, e suas qualidades – imortalidade biológica, velocidade sobre-humana, e força extrema – eram coisas que haviam sido imputadas às criaturas da noite por séculos. Poderia ser? Poderiam os Krinars terem sido a fonte de todas aquelas lendas?

Emily precisou de cada gota da sua força de vontade para não se trair, para sorrir e apertar a mão de Ellet como se tudo estivesse normal. Para agir apenas como se estivesse curiosa sobre os humanos vivendo em Krina em vez de ficar pensando nos horrores de uma possibilidade de fazendas de sangue no planeta de Zaron.

Ellet perguntara se Zaron tinha feito aquilo novamente – 'aquilo' sendo Zaron tomando o sangue de Emily. Isso significava que seu captor tinha feito aquilo pelo menos uma vez antes. Seria quando ela tinha perdido a memória? Ela não queria apressar-se a conclusões, mas as coisas se encaixavam. Quando do acontecido, ele lhe tinha dito que sua confusão mental era um resultado 'natural' da cópula deles, que ele não a havia drogado de nenhuma forma, mesmo assim, ele prometera que não aconteceria novamente – que significava que algo além do sexo regular tinha acontecido entre eles. Aquela promessa foi provavelmente ao que ele estivesse se referindo quando falou com Ellet.

Levantando-se, Emily entrou no banheiro e jogou água no rosto. Ela gostaria que fosse fria, mas a tecnologia inteligente Krinar não era inteligente o bastante para ler sua mente. A pia insistia em dar-lhe água de temperatura confortável, mesmo se conforto não fosse o que Emily estivesse procurando. Ela precisava clarear a mente e expulsar as emoções conflitantes no seu peito.

Ela precisava pensar sobre o que faria.

Voltando ao quarto, Emily sentou-se na cama, olhando a parede em que Zaron passaria ao chegar. Até onde podia concluir, ela tinha duas opções: podia conversar com Zaron sobre suas suspeitas, ou ficar quieta e continuar a fingir que não tinha ouvido nada.

Cada opção tinha seus próprios prós e contras, mas a primeira trazia um risco maior. Se Emily não estivesse concluindo errado – o povo de Zaron realmente bebia sangue, e ele estava tentando esconder isso dela – ele podia deixá-la ir como prometido. De fato, Emily lembrou-se com uma sensação deprimente, quando tentou perguntar a Zaron sobre a perda da sua memória, ele disse explicitamente que não poderia dizer a ela o que queria saber sem violar o mandado. Aquela devia ser a razão de ele não querer falar: os Krinars deviam saber que os humanos não ficariam confortáveis com vampiros vindo para seu planeta.

A vindoura invasão era equivalente a uma alcateia alojando-se num galinheiro.

— Emily? — A parede dissolveu-se na frente dela e Zaron a atravessou, uma carranca estampada nas suas belas e desumanas feições — Você está bem?

O pulsar de Emily aumentou ao ficar rapidamente em pé. — O quê? — Ele sabia? Ele sabia que ela tinha escutado?

— Desculpe-me sobre hoje mais cedo. — Movendo-se com sua graça costumeira, Zaron atravessou o quarto e se juntou a ela na cama, naquele momento, não havia dúvida na mente de Emily.

Seus passos eram de um predador, elegante e mortífero.

— Não tive intenção de ficar com raiva de você daquele jeito — Continuou ele, e Emily concluiu que tinha esquecido do seu comportamento estranho, todos os seus pensamentos ocupados pela sua revelação inadvertida.

Colando um sorriso no rosto, ela conseguiu falar: — Tudo bem. Não foi nada de mais.

Suas mãos estavam suadas, seu coração martelando freneticamente no seu peito, e ela imaginava se Zaron conseguia ouvi-lo... se ele conseguia farejar seu medo. Emily tinha quase certeza que os Krinars não precisavam matar os humanos para beber o sangue deles – pelo menos Zaron não precisou matá-la daquela vez – mas apenas a ideia de ele tratá-la como sua presa daquele jeito era o bastante para dar nós no seu estômago.

Um vampiro. O homem com o qual ela tinha dividido a cama nas últimas duas semanas era um vampiro.

Emily deveria ficar aterrorizada, com repulsa, mas ela olhou para ele, tudo o que sentia era o calor sombrio familiar, aquele zumbido, a percepção que fazia sua pele arrepiar e sua respiração chegar à garganta. Ela estava com medo de que ele soubesse que ela tinha escutado, aterrorizada com a possibilidade de que ele poderia prendê-la para que não violasse o mandado, mas não estava com medo *dele*. Sabia que Zaron realmente não a machucaria – ela sentia aquilo com cada fibra do seu ser – e quando viu a resposta calorosa nos olhos negros dele, a ansiedade borbulhando nas suas veias se transformou em outra coisa... algo igualmente perturbador.

Ela lambeu os lábios, sua boca de repente seca e os

olhos dele seguiram o movimento, suas mandíbulas tensionadas e seu peito poderoso inflando-se numa inalada profunda.

— Emily... — O nome dela era uma exalação áspera nos seus lábios e ele chegou mais perto, acuando-a na beirada da cama. — Anjo, preciso muito de você.

— Zaron, eu... — Ela não sabia o que queria dizer, mas não fazia diferença porque ele já estava nela, tomando sua boca num beijo profundo e solícito. As mãos dele pegaram seus pulsos, esticando-lhe os braços acima da sua cabeça enquanto a espremia contra a cama, e Emily sentiu o calor interior inflamar-se numa chama gigantesca. Ele era com frequência daquele jeito com ela – feroz, dominante – mas mesmo naquelas horas, ele reinava sobre sua força descomunal, com cuidado para não machucá-la. Isso a excitava, essa selvageria controlada dele, e o sexo dela, molhado, seus mamilos se apertando pela rigidez, pontos dolorosos. Gemendo dentro de sua boca, ela se arqueou contra seu corpo poderoso, desesperada por saciar a dor pulsante entre suas pernas, e sentir a dura protuberância no jeans dele.

Vampiro. A palavra sussurrou pela mente dela, trazendo um calafrio inquietante, mas não era o bastante para suprimir o fogo liquefazendo suas entranhas. Ela queria Zaron, precisava dele de um jeito que a fez esquecer de tudo além do prazer de seu toque sombrio. Nada importava naquele momento além dele, esse estranho que tinha salvado sua vida e roubado sua liberdade, que se tinha tornado tão essencial nas últimas duas semanas. O jeito que ele a fazia sentir-se era tanto aterrorizante quanto excitante, como se ela estivesse escalando um penhasco com apenas uma corda de segurança.

Mantendo os pulsos de Emily seguros numa das suas grandes mãos, Zaron deslizou a outra por seu corpo, entrando na saia para tocar o local macio e pulsante entre as coxas dela. Seus olhos eram completamente negros quando levantou a cabeça, com o olhar fixo, e seus dedos hábeis separaram as dobras dela, buscando o grupo de nervos pulsando ali. Emily ofegou, seu âmago apertando-se quando ele apertou seu clitóris, levemente no início, depois, com pressão áspera e cruel. E o tempo todo seu corpo fortemente musculoso a mantinha presa à cama, fazendo-a sentir pequena e indefesa, fraca pela necessidade.

— Zaron. — Ela não tinha certeza se sussurrava seu nome ou o expirava, mas as narinas dele se abriram, seu olhar se aguçando com intensidade predatória. Havia algo nos seus olhos que ela nunca tinha visto antes, algo que a amedrontava apesar do tesão ardente no corpo dela.

— Emily, anjo... — A voz dele era sombria, sussurro rouco enquanto a mantinha segura, seus dedos ainda brincando com o clitóris dela. Era desejo no seu olhar, concluiu ela, e algo mais, algo que ela não conseguia decifrar. — Não vá amanhã — Ele sussurrou, olhando para ela. —, quero que você fique.

As palavras dele bateram nela como uma marretada. Emily congelou, incapaz de respirar, incapaz de fazer qualquer coisa além de fitá-lo num choque mudo. O que quis Zaron dizer com aquilo? Ele sabia? Com o pânico borbulhando, a bruma da excitação foi varrida, deixando apenas medo no seu lugar.

— Mas você prometeu — Ela conseguiu sussurrar nos seus lábios entorpecidos. —, você prometeu que me deixaria ir.

A emoção estranha no olhar de Zaron enfraqueceu, substituído por um olhar frio e duro, e a boca dele apertou-se numa linha perigosa. Era como ver um homem se transformar numa escultura de granito – uma escultura que radiava ódio.

— Certo — Disse ele asperamente. —, que seja assim. Você parte amanhã. Mas até lá, você é minha, e lhe mostrarei exatamente o que isso significa.

CAPÍTULO TRINTA E UM

ZARON SABIA QUE ERA ERRADO SENTIR TANTA RAIVA ANTE à recusa da Emily, mas ele não conseguia evitar a fúria vulcânica que queimava seu corpo enquanto olhava para ela, vendo o medo nos olhos azul esverdeados dela. Aquilo aumentava a dor da rejeição dela, intensificando-a até que ele se sentisse sangrando por mil cortes profundos.

Ele também poderia tê-la oferecido veneno em vez do seu coração.

Num dia diferente, sob circunstâncias diferentes, ele poderia ter sido mais racional sobre o assunto, poderia ter feito concessões pelo fato de que eles se conheciam por duas semanas. Mas as naves chegariam amanhã, e a ideia de que Zaron a estava quase perdendo, que ela estava indo embora e deixando-o no agonizante vazio dos últimos oito anos, era como ácido pingando numa ferida aberta. Tudo que podia pensar era que Emily não o queria, não sentia aquele profundo desejo que bagunçava suas entranhas e o fazia almejar algo que pensava que nunca mais desejaria.

Tê-la à mercê dele, com a mão enterrada entre suas coxas cremosas, apenas piorou a situação. Ele podia sentir a umidade escorregadia entre as dobras dela, o calor líquido que sinalizava o desejo dela, e aquilo aumentou sua fúria. O corpo de Emily o queria, dava boas-vindas ao prazer que ele lhe proporcionava, mas o coração e mente dela estavam fechados para ele. Aquilo não fazia sentido, Zaron se sentia usado, traído de alguma forma – um sentimento aumentado pela luxúria bombeando violentamente nas suas veias.

Se tudo que Emily queria dele era sexo, era exatamente aquilo que ela teria.

Levantando o dorso, Zaron usou sua pegada nos pulsos de Emily para puxá-la para ele, então, a virou de bruço e liberou-lhe os pulsos. Ela ofegou, suas palmas se abrindo no colchão como se quisesse levantar, mas ele já estava rasgando seu vestido e colocando um travesseiro sob os quadris dela para levantar sua bunda macia e escultural. Estava obcecado, aquele cu, assim como com cada parte do corpo de Emily, apesar disso, ele ainda não o tinha tomado, da mesma forma que não tinha feito as mil e uma coisas sujas que desejava tanto fazer com ela. Ele tinha ido devagar, não querendo sobrecarregar a humana, e aquilo havia sido um erro.

Ela iria embora amanhã, e Zaron não tinha nem começado a satisfazer sua fome por ela.

Abaixando-se sobre ela, ele desceu a cabeça até ficar perto do ouvido de Emily. O cabelo louro macio dela fez cócegas em seu rosto, e o doce odor dela era tão inebriante que seu pau quase abriu um buraco no jeans. — Vou te foder — Disse ele com uma voz tão áspera e pesada que quase não reconheceu sua própria voz. — Hoje você me dará tudo, anjo.

Ela fez um barulho suave, estrangulado – concordando? Protestando? – mas quando Zaron ficou entre suas pernas, ela estava escaldante e molhada, pronta para ele. Ele enfiou dois dedos nela, penetrando sua carne sedosa, e suas bolas apertaram ante o gemido ofegante dela, o jeito que seu corpo apertava os dedos dele, sugando-os mais fundo. Ela estava tremendo sob ele agora, sua pele nua, quente e úmida de suor, e Zaron sabia que ela estava perto de gozar, e logo depois, ela seria dele.

Minha. A palavra chegou na mente dele, trazendo com aquilo intensos desejos sombrios. A fome física era apenas parte daquilo; o resto estava misturado com perda e dor e algo tão claro e incandescente que compensava por toda a dor que traria. Zaron não queria nomear aquele algo, nem na sua mente, mas ele sentia aquilo como uma coisa viva dentro dele, murmurando e pulsando com cada martelada do seu coração.

Não. Pare. Isso era apenas foda, disse Zaron a si mesmo. Era apenas porque ele tinha se restringido demais; por isso ele não podia imaginar deixar Emily ir embora, porque ele se sentia tão vazio ao pensar nos dias vindouros. Precisava tirá-la do seu sistema, fazer o que fosse necessário para livrar-se desse desejo deturpado e estranho.

Vagarosamente bombeando seus dedos para dentro e para fora do calor molhado dela, Zaron usou a outra mão para abrir o zíper do seu jeans. Seu pau pulou livre, tão duro e inchado que se curvou no seu abdômen. Retirando os dedos, Zaron os esfregou no seu pau para cobri-los com o líquido dela. O cheiro de Emily, quente e docemente feminino, estava nas suas narinas, e era tudo que podia fazer para alinhar seu pau pulsante contra a abertura dela e enterrar vagarosamente em vez de bombear rápido até o final. Naquela posição, com suas pernas fechadas, ela estava mais apertada em volta dele, e ele sabia que poderia machucá-la se não fosse cuidadoso. Mas, então, ela gemeu, arqueando suas costas para recebê-lo mais profundamente, e ele não conseguiu se controlar. Com um rosnado baixo e rouco, Zaron deslizou suas mãos sob a barriga dela para encontrar seu clitóris e, apertando-o, empurrou tudo até o fim.

Emily gritou, suas mãos agarradas aos lençóis, e ele a sentiu estremecer sob ele, seus músculos internos agarrando o pau dele. — Zaron... — O nome dele era uma prece ofegante nos lábios dela. — Oh meu Deus, Zaron...

Ele sabia o exato momento que aquilo aconteceu com ela, e apertou os dentes para também evitar gozar. Pegando os cabelos de Emily, ele enrolou os cachos louros no seu punho, forçando-a a arquear para trás. Então, se segurando no alto com um cotovelo, empurrou os dedos da outra mão – os dedos que tinham acabado e estar dentro dela – na boca de Emily. Os lábios e língua eram maravilhosos na pele dele, sua boca tão escorregadia e quente quanto as paredes da sua buceta, e ele empurrou seus dedos mais fundo, cobrindo-se totalmente com sua saliva antes de abaixar a mão dele para o cu dela.

— Você já fez isso antes? — Perguntou ele pesadamente, usando sua pegada nos cabelos dela para empurrar o rosto dela contra o colchão. Seus dedos escorregadios com a saliva deslizaram entre as bandas curvas do cu dela, encontrando o anel apertado ali dentro, e ele sentiu o choque tenso dela ao tocar a entrada apertada. — Alguém já te fodeu aqui?

— Não. — Arfou ela quando ele aplicou um pouco de pressão, forçando a ponta do seu dedo dentro dela. — Eu... eu nunca...

— Bom. Então isso é meu e meu somente. — A satisfação que Zaron sentiu ao pensar era além de primitivo. Seu pau duro e grosso dentro da buceta dela até que ele estava bem perto de explodir, mas com uma gigantesca força de vontade, ele segurou a pressão que aumentava. Um comando murmurado em Krinar à sua casa, e um lubrificante cobriu sua mão, facilitando a entrada dos seus dedos no cu apertado dela.

— Relaxa — Sussurrou ele quando Emily gemeu e tensionou suas bandas, lutando contra o intruso. Sua buceta apertada no seu pau, massageando-o involuntariamente, e Zaron gemeu quando seu dedo tocou seu pau na parede fina interna separando os orifícios dela. — Você vai se acostumar com isso rapidamente.

Ela estava ofegante no colchão, sua pele brilhando de suor, mas ele sentiu o calor molhado dentro dela aumentar, encobrindo seu pau com mais umidade. Depois de alguns segundos, a pior parte da tensão diminuiu, os músculos dela relaxando um pouco, e Zaron abaixou-se e beijou a orelha dela, cantarolando: — É isso, anjo. Agora vai... — Suas palavras calmas acompanhadas pelo seu segundo dedo apertando a abertura dela. Ela ficou tensa novamente, mas ele conseguiu entrar com a ponta do seu segundo dedo, e o resto deslizou facilmente, auxiliado pelo lubrificante.

— Ok? — Murmurou ele, sentindo-a tremer, e pareceu uma eternidade até a cabeça dela assentir.

— Boa menina. — Zaron beijou a orelha dela novamente e colocou-se numa posição sentada. Lutando para controlar-se, ele começou a mover-se, se empurrando contra ela simultaneamente com seu pau e dedos. Emily gemeu, o som erótico doloroso quase fazendo-o explodir. Ele precisou de toda sua força para continuar vagarosamente, para manter seus movimentos lentos e controlados, não a machucando. Enquanto continuava se movendo, contudo, parte do enrijecimento dela diminuiu, e os gemidos dela ficaram mais altos, sua buceta apertando-o com calor sedoso e escorregadio.

Gemendo, Zaron pegou os quadris dela com sua mão livre e começou a entrar mais forte, seus dedos dentro dela movendo com o ritmo do seu pau. Ele se sentia como um vulcão à beira da erupção, e sabia que não duraria mais do que alguns segundos – e, então, ele não teve que esperar.

Com um grito fino, Emily chegou ao ápice, seus músculos internos apertando-o como um torno macio e molhado. Ele sentiu os espasmos se quebrando dentro do corpo dela, ouviu os suspiros ofegantes, então, ele estava lá, o orgasmo enviando raios de êxtase às suas terminações nervosas. Sua visão ficou branca com a onda massiva de prazer que rolava nele, espantando-o pela intensidade, e sua semente esguichou, seu pau esporrando dentro dela incontrolavelmente.

Respirando pesadamente, Zaron saiu de Emily e puxou os dedos do cu dela. Então, se levantou, pegou-a no colo, e levou-a para o chuveiro. Ela parecia tonta, quase não sendo capaz de manter-se quando ele a colocou de pé no box, pegou-a novamente, segurando-a contra seu peito enquanto a tecnologia inteligente limpava os dois.

Ele daria alguns minutos para Emily se recuperar, então, era hora do segundo round.

EMBRULHADA NOS BRAÇOS DE ZARON, EMILY SE SENTIA sobrecarregada e desgastada. Seu corpo palpitava em lugares que nunca tinha sentido e seus músculos pareciam ser feitos de algodão. A mistura penetrante de êxtase e dor que acabara de experimentar era demais para ela processar combinado com todo o resto.

Ele a deixaria ir amanhã.

Emily deveria estar aliviada, mas em vez disso, uma pressão pesada se instalou no seu peito, comprimindo suas costelas e apertando seu estômago. Teria Zaron pedido a ela para ficar em vez de ameaçado detê-la? Seria aquele o motivo de ele ter parecido tão irado quando ela o lembrou da sua promessa? Por alguns momentos, ela tinha estado com medo que ele poderia puni-la com sexo, mas ele havia sido gentil – bem, tão gentil quanto um homem que fizesse penetração dupla poderia ser. Sua entrada traseira ainda queimando por causa dos dedos dele, mas algo sobre aquele preenchimento estranho e anormal, aquele sentimento de ter sido completa e totalmente tomada, tinha feito seu orgasmo infinitamente mais intenso.

Quando ambos estavam limpos e secos, Zaron levou-a de volta ao quarto. Emily esperava que ele a deixasse ali e saísse, mas ele a colocou na cama e a cobriu com seu corpo. Segurando-se nos cotovelos, ele emoldurou o rosto dela com suas grandes palmas, e antes de ela ter a chance de dizer qualquer coisa, ele a beijou.

Sua respiração era doce e levemente mentolada pela limpeza, mas não havia nada doce no beijo dele. Era cru e apaixonado, tão faminto como se ele não tivesse acabado de se esvaziar dentro dela. Instantaneamente, Emily sentiu a onda de calor profundo no seu núcleo e o pulsar da excitação nas suas veias. Com o corpo musculoso de Zaron sobre ela, estava encapsulada numa bolha de sensualidade sombria, e não havia nada fora desse beijo: nenhuma invasão, nenhum medo, nenhum amanhã. Tudo parecia ter sumido, deixando apenas o homem devorando sua boca e a necessidade desesperada esquentando seu sangue.

As próximas horas foram um borrão de sexo, da boca dele e dedos e pau tudo no corpo dela. Ele a fodeu como se aquela fosse a última vez que faria sexo, ela gozou vez após vez, gritando o nome dele. E quando Emily pensou que não conseguiria ter mais, ele colocou lubrificante por todo seu pau, abaixou metade do corpo dela colocando as pernas dela sobre seus ombros, e entrou no cu dela, centímetro por centímetro. Aquilo doeu e queimou – seu pau era bem maior do que seus dedos – mas ela estava tão tonta por tanto sexo para sequer ensaiar qualquer protesto. Tudo que podia fazer era ficar deitada indefesa, tentando respirar através da plenitude, mas depois que o pior da dor picante tinha passado, o prazer sombrio retornou, ajudado pelos dedos hábeis acariciando suas dobras inchadas.

— Goze para mim — Sussurrou ele, beliscando seu clitóris enquanto enfiava mais fundo no seu cu, e Emily fez exatamente aquilo, seu corpo exausto tremendo com êxtase de novo e de novo.

Ela não estava certa se dormiu naquela hora, se desligou, mas quando voltou a si, estava limpa, e Zaron estava sentado na borda da cama segurando uma bandeja com frutas e nozes assadas.

— Coma — Ordenou ele, segurando um morango

na sua boca, e Emily obedientemente mordeu-o, ainda muito cansada e sobrecarregada para fazer qualquer outra coisa. Seus músculos doíam em lugares que ela não sabia que os tinha, e seu sexo estava tão sensível que o menor esfregão no seu clitóris doía. Mesmo assim, quando Zaron terminou de alimentá-la e chegou-se nela novamente, ela respondeu, seu corpo condicionado pelo prazer entorpecedor que o toque dele sempre trazia.

Eles fizeram amor novamente, por puro lazer, e quando Emily estava deitada nos braços de Zaron, destroçada e exaurida, ela sentiu uma dor entorpecida no seu peito. Ainda era início da tarde, mas a próxima manhã aproximava-se como uma nuvem sombria, o simples pensamento enchendo-a de temor. Depois do que tinha aprendido sobre o povo de Zaron, ela estava aterrorizada pela invasão que se aproximava, mas estava mais temerosa ainda de como se sentiria por estar separada de Zaron... por saber que nunca mais ficaria nos seus abraços novamente.

E se ela realmente ficasse? O pensamento era um sussurro insidioso na sua cabeça, sombrio e tentador. Ele tinha dito que queria que ela ficasse. Ele realmente quis dizer aquilo, se quis, por quanto tempo? Com certeza ele se cansaria dela eventualmente – se não agora, então, quando seu corpo humano começasse a mostrar traços de envelhecimento. E havia o problema de beber o sangue e o fato de que seu povo iria tomar a Terra com intenções misteriosas – e possivelmente – sinistras.

Síndrome de Estocolmo. Emily sabia o que era, tinha até feito um trabalho na sua aula de psicologia na faculdade. Zaron não era abusivo, mas a tinha prendido na sua casa contra sua livre vontade. Havia toda a chance de que a dinâmica do captor-cativa tivesse alterado seu pensamento, acrescentando atração física até que se alterasse para vício doentio. Desde que Emily acordou na casa de Zaron, ela tinha que depender dele para tudo: comida, água, caminhada... até mesmo prazer e conforto. Agora, ele era um deus no seu mundo, um governante com poder absoluto. Ele a controlava completamente. Como poderia ela tomar uma decisão sã, racional nesse estado de consciência? Como podia confiar nela mesma de desistir de tudo para estar com um extraterrestre em que a espécie poderia prejudicar a sua própria?

Ela não podia. Era simples assim.

A dor a penetrava, tão afiada quanto uma faca, mas Emily sabia que tinha que ser forte. Era o único caminho. Ainda, ela não conseguiu evitar a pontada nos seus olhos quando levantou a cabeça do ombro de Zaron vendo seu olhar brilhante.

— Eu quero que você faça aquilo — Disse ela, sua voz tremendo pelo esforço de segurar as lágrimas. —, aquela coisa que você fez na segunda vez que fizemos sexo. Que você prometeu que não faria. Quero que você me foda e me faça esquecer.

O corpo de Zaron parecia ter se petrificado, seus olhos como poças negras no seu rosto perfeitamente esculpido. — Tem certeza? — Sua voz era baixa e profunda. — Tem certeza disso, anjo?

Emily assentiu, com medo, mas resoluta. Ela estava além da dor e exausta, mas não conseguiria aguentar aquela agonia até de manhã. E algumas partes dela queriam experimentar aquilo novamente, aquela felicidade sombria, aquela total perda de identidade. Ela queria que Zaron bebesse seu sangue, assim, poderia ver como era e esquecer seus temores ao mesmo tempo.

— Faça isso — Disse ela, e viu as mandíbulas dele se apertarem. Ele se moveu, sem perceber, Emily se viu de costas novamente, com o grande corpo de Zaron prendendo-a contra o colchão. Suas mãos deslizando no cabelo dela enquanto ele abaixava a cabeça, seus lábios esfregando no pescoço dela, e, então, ela sentiu: a dor incisiva e cortante.

Era sua mordida, concluiu, e não conseguiu mais pensar, todos os seus sentidos inundados pelo êxtase explodindo pelas suas veias.

CAPÍTULO TRINTA E DOIS

ZARON OLHAVA ENQUANTO EMILY SE AGITAVA, ROLANDO para expor seus seios cheios, e a porção superior da sua barriga esbelta. Sua pele pálida era sem falhas e lisa, seus mamilos rosas macios em seu repouso. Ela era bela, aquela sua humana, e ele a desejava com uma ferocidade que roubava sua respiração. A última noite não tinha sido de ajuda; se alguma coisa, só piorou. O gosto dela ainda estava na sua língua, doce e vital, e saber que ele nunca a teria novamente era tão agonizante quanto uma ferroada de *Chironex fleckeri*.

Ela não queria ficar. Ele tinha que aceitar aquilo, não importa o quanto sua voz interna sussurrasse que poderia mantê-la, que ninguém jamais impediria. Ele poderia fazê-la sua caerle e, eventualmente, ela até aceitaria aquilo, talvez até gostando com o tempo.

Não. Zaron suprimiu aquela voz. Ele tinha prometido a Emily a liberdade, e tinha que cumprir sua promessa. Ele não conseguiria viver se ela viesse a odiá-lo; não importa o quanto ele precisasse dela, ele não a queria se ela não quisesse ou com ressentimentos.

Levantando a mão, ele tocou gentilmente a linha macia da mandíbula dela. — Acorda, anjo. É hora de partir se você quer pegar o voo.

Os olhos de Emily se abriram, e ela piscou, olhando para ele. — O quê?

— Você tem que se vestir e comer, para podermos ir — Disse Zaron. Apesar de pretender manter as coisas com tranquilidade, as palavras saíram sucintas e ásperas. — Você não quer que seu avião saia sem você.

— Meu avião? — Sentando-se, Emily puxou o cobertor sobre seu peito e deu um olhar confuso para Zaron. — O que você está falando?

— Te comprei passagens de avião para substituir aquelas que expiraram sem uso — Disse Zaron. — Agora preciso te levar ao aeroporto.

— Oh. Obrigada. Muito atencioso da sua parte. — Ela pulou da cama, suas curvas esbeltas fazendo a boca dele aguar ao atravessar o quarto nua. — Volto já.

Ela entrou no banheiro, e logo depois Zaron ouviu o chuveiro. A tentação de juntar-se a ela era forte, mas ele resistiu ao ímpeto. Se ele tocasse Emily novamente, haveria uma probabilidade alta de que ela não voasse hoje.

Quando ela saiu do chuveiro, ainda nua, ele deu a ela uma pilha de roupas e viu quando suas sobrancelhas se levantaram. — São minhas — Disse ela, olhando para ele sem acreditar. —, onde você pegou minhas roupas?

— Peguei junto com suas outras coisas no hotel que você estava hospedada — Disse Zaron, se esforçando o máximo para manter seu olhar acima do pescoço dela. — Sabia que você precisaria do seu passaporte e das outras coisas. — Ele tinha ido lá no dia seguinte que ela acordou, quando decidira ficar com ela até a chegada das naves.

— Então, estava com isso o tempo todo? — Os olhos dela se estreitaram. — Por que escondeu de mim?

— Você não precisava de nenhuma dessas coisas — Disse ele, ignorando o jeito que os lábios dela se estreitaram quando ele respondeu. —, te dei roupas e sapatos melhores e mais confortáveis.

Na verdade, Zaron não sabia por que não tinha dado os pertences de Emily para ela. Ela não tinha trazido muito nesta viagem - apenas uma mochila com os essenciais - e não tinha pensado muito naquilo. Ele simplesmente havia pego a mochila no hotel e posto em algum lugar. As roupas que tinha feito para ela eram realmente superiores às primitivas dos humanos, e tinha dado prazer a ele vê-la andando com as roupas que tinha criado.

Os movimentos de Emily eram rígidos e bruscos enquanto se vestia, mas não disse nada - que era sábio da parte dela, pensou Zaron. Dado a ira latente no peito dele, não custaria muito levá-lo à uma briga.

Quando Emily estava vestida, ele deu a ela uma vitamina de frutas que a casa tinha preparado, e disse:

— Vamos.

Pegando a mochila dela no caminho, ele a levou para fora de casa.

~

Os pensamentos dela eram um turbilhão, Emily seguiu Zaron para fora, tomando sua vitamina sem provar. Suas roupas normais – short, camiseta e tênis Nike – pareciam estranhamente duros e desconfortáveis, como se pertencessem a outra pessoa. Seu corpo, contudo, estava bem, sem traços da maratona sexual da véspera. Zaron deve tê-la curada enquanto dormia.

A noite anterior até o resto do dia eram uma névoa na mente de Emily, uma mistura de imagens e sensações muito pouco lembradas. Tudo que podia se lembrar era o prazer que parecia muito intenso para ser puramente sexual. Aquilo a lembrava do tempo que acidentalmente provou de uma droga designer na faculdade. Era como se tudo tivesse sido intensificado, o êxtase de uma agudez surreal. Seria aquilo resultado da mordida, ou havia ele usado algum tipo de droga como um afrodisíaco? Ela queria perguntar, mas não ousava trair seu conhecimento sobre essa característica dos Krinars – não quando estava tão perto da liberdade.

— Como chegarei ao aeroporto? — Perguntou, ao

invés disso, enquanto Zaron andava na direção do lago. O sol já estava alto no céu – Emily devia ter dormido até mais tarde – e o ar estava pesado e úmido. — Não podemos andar até lá, podemos?

— Não, claro que não. — A resposta dele foi sucinta. — Tenho um veículo escondido aqui perto.

— Oh. — Ele tinha um carro na selva? — Onde?

— Você verá.

Eles continuaram andando em silêncio. Quando Emily terminou sua vitamina, o pote dissolveu na sua mão, deixando-a pasmada. Ela queria perguntar sobre aquilo, mas quando olhou para Zaron, sua expressão fechada, mudou de ideia. Seu captor – em breve *ex-captor* – não estava de bom humor.

Não demorou muito, a camiseta de Emily estava colando nas suas costas. A umidade era tanta que era até difícil de respirar. Iria chover naquela tarde, ela podia sentir, e ficou imaginando se aquilo atrasaria o voo. Ou talvez a invasão dos alienígenas atrasaria, pensou ela, e não podia deixar de rir ante o ridículo daquilo tudo.

— Qual a graça? — Zaron deu um olhar penetrante nela.

— As naves de vocês já chegaram e fizeram contato? — Ela perguntou em vez de explicar.

Zaron balançou a cabeça. — Vai acontecer em algumas horas.

— Você já vai me deixar ir? — Emily não conseguiu falar sem um tom de sarcasmo na sua voz. — E se eu falar antes de eles chegarem?

As mandíbulas de Zaron se flexionaram, mas ele não disse nada, e Emily expirou de alívio quando ele apenas continuou a andar. Por que ela tinha acabado de provocá-lo? Ela sabia que ele já estava por um triz. Estaria alguma parte confusa dela realmente esperando que ele ficasse irado e a forçasse a ficar?

Espantando o pensamento, Emily seguiu Zaron pela floresta densa. Não demorou muito, ele virou-se para o oeste e foi em direção a um caminho estreito e sujo que serpenteava por árvores e arbustos emaranhados. Eles andaram assim por cerca de um quilômetro e meio até entrarem numa clareira.

Lá, parcialmente escondida sob a copa de uma árvore, estava uma *pickup truck* monstro.

— Iremos nisso até o resto do caminho — E Emily assistiu de boca aberta enquanto ele abria o carro, jogando a mochila dela dentro, e sentou-se no banco do motorista.

— Você dirige isso? — Perguntou ela pasmada, e ele olhou para ela confuso.

— Claro que dirijo. De que outra maneira andaria neste planeta? Ainda não temos permissão de usar nossas cápsulas voadoras.

— Certo. — Emily entrou na pickup - literalmente escalando, pois o degrau estava na altura da sua coxa – e apertou o cinto de segurança. — Eu simplesmente nunca imaginei você em algo como isto. — Ela não tinha imaginado seu sequestrador nem mesmo dirigindo, mas se tivesse, seria em algo esbelto e futurístico, como um Tesla.

— Lamento desapontá-la. — As feições de Zaron eram inescrutáveis enquanto ligava o carro. — Preciso de algo resistente para este terreno.

— Entendi — Disse Emily quando o veículo começou a andar através de uma parede aparentemente impenetrável de mato alto e arbustos baixos. Ela ficou grata pelo cinto quando eles entraram numa vala e saíram dela. — Entendi o que quer dizer.

Ela esperava que continuassem assim por um tempo, mas em minutos, eles chegaram num caminho de poeira e, então, alguns buracos esporádicos, o resto da viagem foi suave. Zaron não falou, e nem Emily. Os ombros dele estavam tensos enquanto dirigia, seus tendões brancos no volante. Emily sentia que apenas uma palavra ou gesto dela seria tudo que precisava para ele dar a volta. Ela podia sentir isso na tensão elétrica que estalava entre eles e no silêncio que era tão pesado quanto o ar lá fora.

Mordendo a língua para se resguardar de falar qualquer coisa, Emily olhou para fora, olhando sem ver pela janela. Ela não podia se deixar fraquejar agora. Tinha uma vida em casa que não girava em torno de um belo extraterrestre, uma vida que havia trabalhado duro para construir. Ela, obviamente, não estava pensando com clareza; além disso, ela não se deixaria levar por essa loucura.

Parecia que a viagem estava levando um século, mas quando Emily olhou para o relógio do painel, viu que só se tinham passado duas horas desde que entraram na caminhonete.

— Estamos indo para o aeroporto Liberia? — Perguntou ela ao entrarem nos limites da cidade, e Zaron assentiu.

— É o mais perto com voos internacionais. Comprei um voo direto para o aeroporto John F. Kennedy.

— Obrigada. — Emily não sabia o que dizer mais. Para alguém que não queria que ela fosse, Zaron estava sendo incrivelmente gentil. — Eu realmente aprecio isso.

Ele não respondeu, e alguns minutos mais tarde, eles estavam estacionando na área de embarque. Zaron estacionou ao lado da calçada e saiu, dando a volta para abrir a porta para Emily. Ela estava quase pulando, mas ele a pegou e trouxe para baixo, sua pegada na cintura dela incrivelmente forte, ainda assim, suave.

— Humm, obrigada — Murmurou Emily quando ele a soltou e deu um passo para trás. Seu toque a estremeceu, o calor das suas palmas penetrando na fina camada da sua camisa, e o coração dela martelou contra suas costelas quando Zaron entrou na caminhonete e pegou sua mochila, dando-a para ela.

— Seu passaporte está no compartimento externo, assim como sua carteira — Disse ele, sua expressão ainda fechada. — O cartão de embarque está dentro do passaporte.

Emily assentiu. Ela queria agradecê-lo novamente, mas havia um nó na sua garganta, e ela sabia que se tentasse falar, começaria a chorar. Pelo canto dos olhos, ela notou as pessoas em volta deles olhando para eles ou, mais especificamente, para Zaron. Mulheres de todas as idades pareciam fascinadas pelo homem alto e sombrio que poderia ter saído direto das suas fantasias. Será que alguma delas sentiu as reais diferenças dele, pensou Emily sem interesse, ou estavam demasiadamente cegas pela sua beleza masculina superlativa?

Os olhos de Zaron estavam fixos no rosto dela, e por um momento, ela pensou que ele iria pedi-la para ficar. Desta vez, Emily não sabia se seria capaz de recusar. Agora que sua partida não era mais hipotética, ela quase não conseguia respirar pela dor martirizante. O ar pesado e úmido parecia pressioná-la de todos os lados, fazendo-a sentir como se estivesse presa num pequeno armário. Ela ainda nem tinha entrado no avião, e já estava com saudades do seu carcereiro, sentindo falta dele da pior maneira possível.

Mas ele não a pediu para ficar. — Adeus, Emily — Disse ele, e antes que ela pudesse arrumar seus pensamentos, entrou na caminhonete e saiu.

EMILY NÃO SABIA COMO TINHA IDO PELA ÁREA DE segurança e entrado no avião. As lágrimas desciam pelo seu rosto deixando-a cega, e sua garganta parecia fechada, a sensação de perda a esmagava e consumia. Ela continuava se lembrando de todas as razões por que esta era a decisão certa, mas aquilo não importava.

Ela não conseguia colocar lógica na sua dor.

— Está tudo bem, *señorita*? — Um guarda preocupado a perguntou na fila de documentação, e ela resmungou algo sobre separação de um namorado. O homem tinha dado um sorriso simpático e sinalizou-a para passar, e Emily continuou a trancos e barrancos, e, de alguma forma, entrou no avião onde agora estava sentada, ouvindo os anúncios do piloto antes da decolagem.

Sua passagem era na classe executiva com assento na janela – outra preocupação pensada por Zaron. Sob circunstâncias normais, Emily teria ficado muito feliz com a mudança, mas ela estava muito preocupada para apreciar a excelente refeição ou bebida grátis. Não importava o quanto tentasse, ela não conseguia parar as lágrimas de descerem, e o voo de cinco horas parecia esticar até a eternidade. A única coisa que conseguiu fazer foi plugar seu telefone morto, para que, com sorte, funcionasse quando chegasse em casa.

Finalmente, eles aterrissaram no JFK.

Sua primeira pista de que havia algo errado eram as multidões frenéticas dentro do terminal. O sempre cheio aeroporto de Nova York estava transbordando, com passageiros com olhares frustrados ocupando cada assento disponível nos portões e fazendo filas pelas paredes. Cada balcão de serviço ao cliente tinha uma fila de várias centenas de pessoas, os empregados nas empresas aéreas atrás dos balcões pareciam esgotados e sobrecarregados.

— O que está acontecendo? — Perguntou Emily a

um homem com olhar relativamente calmo que estava em pé perto de um quiosque de sanduíches.

— Você não ouviu? — Disse ele. — A Agência Federal de Aviação acabou de cancelar todos os voos. Eles não disseram o porquê, mas o Presidente irá fazer uma coletiva esta noite.

CAPÍTULO TRINTA E TRÊS

A FILA DE ESPERA PARA O TÁXI ERA DE QUASE DUAS horas, então, Emily pegou um trem que a levou para a estação de metrô, daí, outro trem da linha 'E' para a cidade. A multidão no metrô murmurava especulações em pânico; ninguém sabia do que se tratava o pronunciamento que seria feito, mas quase todos achavam que tinha a ver com uma ameaça terrorista de grande porte. Por qual outro motivo iria a FAA impedir que os aviões levantassem voo?

Emily sabia a resposta, mas manteve sua boca fechada e tentou ignorar as conversas que estavam por toda a parte. Os nova-iorquinos eram pessoas solitárias, condicionadas a não interagir com estranhos, mas o medo provocado por acontecimentos incomuns parecia quebrar aquelas barreiras. Todo mundo estava conversando entre si, externando suas ideias se era o Estado Islâmico ou a Al-Qaeda ou outra coisa completamente diferente.

Quando Emily desceu na parada da Times Square, sua cabeça doía, e ela se sentia mal pela combinação da diferença do fuso horário e fome. Ela estava muito nervosa para comer no avião, e aquela vitamina da manhã tinha sido há muitas horas. Não que comer ajudaria a diminuir a ansiedade que estava abrindo um buraco no seu estômago.

A invasão estava acontecendo. Era real. Até o momento que desceu do avião, uma parte de Emily tinha esperado que algo impedisse os Krinars de continuarem com seu plano, que eles mudariam de ideia por alguma razão. Mas é claro que não mudaram. Eles tinham feito contato, e o governo dos Estados Unidos tinha impedido todos os aviões de decolar.

E não era apenas o governo Americano, observou ela, vendo as manchetes passando nos painéis gigantes na Times Square. Os voos estavam paralisados por toda Europa e Ásia. Emily imaginou que aquilo era para que as viagens civis não pudessem interferir com as manobras militares, se fossem necessárias.

Batendo de ombros, Emily passou pelas pessoas na Times Square e se apressou para o apartamento de Amber, que era acerca de cinco quarteirões do seu próprio apartamento em Midtown West. Graças a ela ter se lembrado de carregar seu telefone no avião, ela tinha duas barras de sinal, mas sempre que tentava chamar Amber, não tinha resposta. Ela suspeitava que era porque o sistema estava sobrecarregado; todo mundo estava tentando ligar para alguém para especular sobre a ameaça misteriosa que tinha paralisado todo o tráfego aéreo. Com sorte, Amber estaria em casa; era bem depois das oito da noite no domingo, e Amber teria normalmente que acordar cedo nas segundas-feiras para seu serviço de café da manhã em meio expediente.

O apartamento de um quarto da Amber era na 10ª Avenida, no quarto andar de um prédio sem elevadores que não tinha sido restaurado desde a década de oitenta. O prédio tinha aparência e cheiro horríveis, mas o aluguel era baixo para os padrões de Manhattan, pelo menos – e Amber podia pagar com seu salário de caixa e escritora *freelance*.

Sentindo-se totalmente exausta, Emily subiu os quatro lances de escada e tocou a campainha.

— Emily! Graças a Deus! — Amber quase pulou em Emily, envolvendo-a em um abraço de esmagar os ossos quando a porta se abriu. — Eu estava tão preocupada contigo!

— Eu estou bem — Disse Emily sorrindo para sua amiga – que, como sempre, estava com um vestido largo manchado de tinta e tinha tinta no seu cabelo ruivo espesso. Amber também era aspirante a artista, e gastava todo o seu tempo livre trabalhando nas suas pinturas. —, lamento tanto ter-me atrasado além da conta. Não tive a intenção de deixar George com você por tanto tempo. Como ele está?

— Seu gato está bem – um completo docinho, de fato — Disse Amber, levando Emily para dentro do apartamento. —, não foi trabalho algum tomar conta dele. Mas me diz, o que aconteceu? Você deveria ter retornado há duas semanas; então, recebi aquele seu e-mail misterioso e, depois disso, nada mais.

— Sim, sobre isso... — Emily colocou sua mochila no chão. — Podemos ver o noticiário primeiro? Acho que será melhor explicar depois que o presidente fizer seu discurso.

— O quê? — Amber franziu confusa para ela. — Que discurso?

— Você ainda não soube, hein? — Não era incomum Amber evitar o telefone e computador quando estava imersa na inspiração artística.

— Estive pintando a semana toda — Disse Amber, confirmando o pensamento de Emily. — Por quê? Aconteceu alguma coisa?

— Você pode confirmar isso. Vem, vamos ligar a TV.

Tão logo eles entraram na sala, uma bola de pelos cinza cruzou o piso rapidamente, miando alto. Rindo, Emily se abaixou e pegou seu gato, que começou a ronronar na hora que chegou nos braços de Emily.

— George realmente sentiu sua falta — Disse Amber, pegando o controle remoto e ligando sua TV. —, ele quase não comeu nos dois primeiros dias, só ficava olhando para fora da janela e... oh, merda!

O canal de notícias estava mostrando passageiros esperando em todos os aeroportos do mundo, com pessoas deitadas, sentadas, e em pé em todas as partes dos terminais. As filas de táxi do lado de fora pareciam se estender por quilômetros, e os engarrafamentos dentro e em volta dos grandes aeroportos eram horrendos.

— Sim, está assim mesmo no JFK também. Eu consegui chegar pouco depois que proibiram os aviões de levantar voo — Disse Emily. Sentando-se no sofá, ela apertou George com mais força contra seu peito, confortando-se com seu corpo quente e peludo.

O âncora estava falando sobre a situação e especulando o conteúdo da conferência de imprensa que o Presidente iria dar. O que espantava a todos era que não seria apenas o presidente que estava programado para falar às nove. Todos os líderes mundiais iriam falar com seus cidadãos ao mesmo tempo.

— O que está acontecendo? — As manchas no rosto pálido da Amber ficaram mais aparentes ante o claro alívio ao se virar para encarar Emily. — Você sabe algo sobre isso?

— Só olha — Disse Emily enquanto as câmeras se viravam para a Casa Branca, onde o Presidente dos Estados Unidos caminhava para a sala de imprensa. Parando em frente ao palanque, ele olhou direto para as câmeras, e Emily notou linhas de tensão nas suas feições normalmente estoicas.

— Boa noite — Disse ele, e Emily teve que admirar sua compostura. Apesar de tudo, sua voz era calma e motivadora. — Tenho certeza que vocês estão imaginando o que está por trás dos eventos extraordinários de hoje, então, irei direto ao ponto. Hoje mais cedo, a NASA detectou um objeto diferente na órbita da Terra. Pouco depois, nós – junto com a maioria das outras nações desenvolvidas – fomos contatados por espécies humanoides extraterrestres que se autodenominam Krinars. Supostamente, eles semearam a Terra bilhões de anos atrás enviando-nos DNA de Krina, seu planeta natal. Depois, eles guiaram nossa evolução com o objetivo de desenvolverem uma espécie que fosse similar a deles de muitos modos. *Nós* somos essa espécie, e eles acham que é o momento certo para fazer contato conosco. Seu embaixador me assegurou que, apesar de pretenderem construir alguns poucos assentamentos no nosso planeta, eles estão interessados numa coexistência pacífica, não em guerra.

Ele parou para respirar, e a sala explodiu com perguntas, os repórteres tentando perguntar um antes do outro.

— Como você sabe que isso é real e não uma armação? — Gritou uma mulher.

— Como eles se parecem? Onde é o planeta deles? — Gritou um homem alto e calvo.

— O objeto na nossa órbita é a nave deles? Como se aproximaram sem serem vistos?

— Como chegaram aqui? Eles conseguem viajar mais rápido do que a luz?

— Que tipo de tecnologia eles têm? Que tipo de armas?

— O que realmente eles querem? Como você sabe que as intenções deles são pacíficas?

— Por que eles querem construir assentamentos aqui? Estão tentando nos colonizar?

Aquilo continuou por um sólido minuto até que o Presidente levantou a mão, a palma voltada para fora.

— Silêncio, por favor — Falou ele com sua voz costumeiramente calma – a voz que o tinha servido tão bem durante a eleição e subsequente presidência. Instantaneamente, os repórteres ficaram quietos, a barulheira frenética na sala reduzida a alguns murmúrios.

— Agora — Disse o Presidente —, farei o máximo para responder algumas das suas perguntas. A NASA confirmou que o objeto na nossa órbita é realmente uma das suas naves. Existem várias outras naves perto do nosso sistema solar. Até este ponto, temos certeza que *não* é uma farsa. Seu embaixador nos disse que seu planeta é em outra galáxia. Com isso em mente, os Krinars devem ter os meios de viajar mais rápido do que a velocidade da luz. Sua tecnologia parece ser muito mais avançada do que a nossa, e presumimos que suas armas devam ser também. Contudo, como não temos nenhuma razão de acreditar que suas intenções sejam hostis, isso não deveria ser motivo de preocupação. Sobre sua aparência externa, é humana. A imagem do embaixador Krinar será distribuída para os órgãos de notícias imediatamente após esta conferência. Isso é tudo que sabemos até o momento; à medida que soubermos mais, vamos divulgar a informação. Por enquanto, solicitamos que todos fiquem calmos e continuem suas vidas tão normal quanto possível. Este é um momento marcante na nossa história. Vamos nos assegurar que seja um que ao olharmos para trás tenhamos orgulho. Obrigado a todos, e boa noite.

A sala explodiu novamente, mas o Presidente já estava saindo, cercado pelos seus assessores. Tão logo ele deixou a sala, a imagem de TV dividiu-se em oito para mostrar conferências de imprensa similares por todo o globo, e o âncora – que parecia tão chocado quanto os espectadores, sem sombra de dúvidas – começou a resumir o discurso do Presidente.

Emily soltou o fôlego que estava prendendo e abaixou George que ainda estava ronronando em seu colo. Ela ficou estranhamente aliviada. Até aquele momento, parte dela tinha temido que Zaron tivesse apenas tentado acalmá-la com promessas de assentamentos pacíficos. Mas ele tinha falado a verdade – ou, pelo menos, a mesma verdade que o Krinar havia comunicado aos líderes das nações desenvolvidas. As reais intenções dos visitantes ainda seriam determinadas, especialmente à luz das suas tendências secretas de beber sangue, mas Emily se sentiu melhor apesar de tudo.

Perto dela, Amber estava assistindo o noticiário com uma expressão de incredulidade pasma.

— Alienígenas? — Ela virou-se para olhar para Emily. — Eles estão brincando conosco, certo? É um tipo de pegadinha de Halloween bem antes da hora?

— Acho que não — Disse Emily. Amber era sua melhor amiga – elas eram inseparáveis desde o primeiro ano de faculdade – mas por alguma razão, Emily estava relutante em conversar com ela sobre Zaron. Ela queria pensar que era porque estava morta de cansaço pela viagem, mas no fundo, sabia a verdade.

Ela não queria conversar com sua melhor amiga sobre sua prisão porque se sentia vulnerável e em pedaços, acabada pela ideia de que nunca mais veria Zaron novamente. Repetir toda a história seria como retirar os pontos de um machucado ainda sangrando, e Emily não sabia se aguentaria aquilo – não naquele momento, pelo menos.

— Ah, qual é. Alienígenas? — Amber ficou de pé e começou a andar. — Porra de alienígenas? Não tem como, simplesmente não. Tem que ser uma brincadeira – ou talvez eles tenham se enganado. Na verdade, são Norte Coreanos ou Chineses testando algum tipo de arma nova. Ou talvez aqueles grupos de *hacktivistas*. Talvez eles entraram nos computadores da NASA e os estão fazendo pensar que estão vendo alienígenas. Ou talvez... — Ela continuou sem parar, vindo com alternativas cada vez mais criativas enquanto Emily acariciava George e ouvia, muito cansada para fazer qualquer outra coisa.

Finalmente, depois do que parecia meia hora, Amber viu que Emily não compartilhava do choque e descrença dela.

— Você não parece surpresa com isso — Disse ela, as sobrancelhas castanho-avermelhadas se juntando ao parar em frente a Emily. — Por quê? Você ouviu algo quando estava vindo?

— Eu... — Tanto quanto Emily não queria falar sobre sua viagem, ela também não queria mentir. — Mais ou menos. — Esquivou-se, acariciando o pelo macio de George.

— Mais ou menos? O que você quer dizer?

Emily suspirou. Ela deveria saber que Amber simplesmente não deixaria aquilo escapar. Com seu olhar frequentemente sonhador e seu senso de estilo boêmio, a amiga de Emily poderia parecer uma artista distraída, mas era tão observadora como qualquer detetive. Nunca se ganharia nada por subestimar Amber – especialmente pelo fato de que ela conhecia Emily tão bem.

— Podemos conversar sobre isso amanhã? — Perguntou Emily, apesar de saber a inutilidade do seu pedido. — Estou muito cansada pela viagem e...

— O quê? Não, claro que não! Você desaparece na Costa Rica por duas semanas; então volta, e tem uma invasão alienígena estranha que você parece não estar surpresa? — Amber sentou-se e cruzou os braços. — Fala. Agora. Você não tem trabalho, então, pode dormir até mais tarde amanhã.

— Ok, tá bom. — Valeu a pena tentar. Respirando fundo, Emily iniciou sua história, começando com a queda na selva. Amber escutou boquiaberta pelo choque, seu olhar castanho esverdeado ligado no rosto de Emily em fascinação horrorizada. Quando Emily chegou na parte em que ela encontrou Zaron pela primeira vez, a TV começou a mostrar imagens que tinham acabado de ser liberadas do embaixador Krinar

– um homem alto, cabelos negros, tão belo quanto seu sequestrador. Segundo os oficiais do governo, ele se chamava Arus.

A atenção de Amber mudou para a TV. — Puta merda — Falou ela rapidamente, olhando para as fotos na tela. — Seu Zaron se parece com esse Arus?

Emily assentiu. — Bastante. — As feições de Zaron eram um pouco mais magras, seus lábios mais cheios e sensuais do que o do embaixador, mas a simetria sem falha da sua estrutura óssea era a mesma. — Eu também conheci uma mulher Krinar, e ela tinha uma cor escura similar.

— Você conheceu *dois* alienígenas? — Amber se esqueceu sobre as manchetes, todo seu interesse em Emily novamente. — Oh meu Deus, fale mais!

Esfregando atrás das orelhas de George, Emily continuou com sua história. Ela disse a Amber como Zaron a deteve por dezessete dias e quão inteligente toda sua tecnologia parecia ser. Descreveu a aparência física dele e sua força incrível, detalhou algumas das duas conversas sobre Krina, e até tocou na trágica perda da parceira de Zaron. A única coisa que não podia deixar-se falar era quão íntima tinha ficado do seu sequestrador durante aqueles dezessete dias, mas como aconteceu, ela não precisou.

— Vocês foderam, não? — Disse Amber quando Emily parou para respirar. Sua voz normal. — Você fez sexo com aquele alienígena.

Emily sentiu o calou subir ao seu pescoço. Para cobrir seu desconforto, ela levantou George para seus seios e o abraçou mais perto. — Por que você diz isso? — Perguntou ela, esperando que não parecesse tão ruborizada quanto se sentia.

Amber virou a cabeça para um lado. — Porque não sou uma idiota, só isso. O jeito que você fala dele, o jeito que você praticamente *reluz* quando o descreve... nunca te vi assim, nem mesmo quando você estava namorando Jason. Você é uma bela garota, e se os Krinars são realmente como humanos, segundo sua descrição, não precisa de muito esforço para se imaginar que duas pessoas atraentes – bem, uma humana e a outra não tão humana – possam se conectar quando forçadas a morarem muito próximas.

Emily não disse nada, então, Amber pegou George do colo dela para seu próprio colo. — Você sabe que não irei falar nada, então me diz. Você dormiu com esse Zaron?

George soltou um miado infeliz e pulou do colo da Amber. Distraída, Emily se abaixou para pegar seu gato, mas ele saiu para a cozinha, cauda levantada, aparentemente insatisfeito com todos os humanos.

— Emily... — O tom de Amber tinha uma nota de aviso.

— Tudo bem, tudo bem. — Uma Amber determinada era difícil de resistir sob circunstâncias normais, mas como Emily estava exausta e triste, era impossível. — Sim, dormimos juntos, e antes que pergunte, sim, ele tem todo o equipamento de um macho humano. Feliz agora? — Apesar da tentativa de manter sua compostura, a voz de Emily soava sensível, como se estivesse quase chorando.

— Emily, querida, não é por isso que puxei esse assunto. — Amber estava franzindo agora. — Quero dizer, sim, estou obviamente curiosa, mas te perguntei porque estou preocupada contigo. Ninguém sabe nada sobre esses visitantes, e esse homem... – esse *alienígena* que te manteve prisioneira – te curou com sua tecnologia, e você iniciou um relacionamento sexual com ele. Você entende o quão doido e perigoso isso é, certo? No mínimo, você deveria fazer um check-up com um médico, ou...

— Não. — Emily se levantou, horrorizada. — Isso é a última coisa que preciso. Eles iriam querer me estudar, e... não. Simplesmente não.

— Mas...

— Não. De jeito nenhum. Amber... — Emily olhou pare ela de forma amigável e implorando. — Você não pode falar com ninguém o que acabei de te falar, certo? Eu não quero que as pessoas saibam o que aconteceu comigo.

— Bem, obviamente, não irei correr para a mídia. — Amber ficou de pé. Ela era cinco centímetros mais baixa que Emily e tinha uma estrutura mais magra, mas sua personalidade imponente sempre a fazia parecer maior. — O que você acha que sou, uma completa idiota?

— Não, claro que não. — Emily passou uma mão cansada pelo cabelo. — Mas não quero que *ninguém* saiba, nem mesmo seus pais ou irmã. Você pode fazer isso por mim? — Quando Amber hesitou, ela acrescentou: — Por favor. É realmente importante.

— Ok. — Amber expirou alto. — Não falarei com ninguém. Mas você pode, por favor, me prometer algo? — Seus olhos verdes-castanhos sérios. — Vá ao médico, apenas para um check-up normal. Você não precisa dizer nada se não quiser, mas pelo menos desse modo, você saberá se está bem – fisicamente, quero dizer.

— Amber... — Emily suspirou. — Se ele quisesse me machucar, não teria me curado. Estou perfeitamente bem – e com mais saúde do que nunca, realmente.

— Ele pode não ter te machucado de propósito, mas se você contraiu algo que te poderia fazer doente mais tarde, ou te fazer infectar os outros? — Disse Amber, e Emily viu que sua amiga estava propositadamente mantendo uma distância a mais entre elas. — Os Europeus quase exterminaram os americanos nativos com suas doenças. Mesmo se os Krinars não planejam nos matar, seus germes poderiam. Nosso sistema imunológico não é equipado para uma gripe extraterrestre, na verdade.

Emily olhou para ela, espantada pelo pensamento. Então, seu cérebro começou a trabalhar, e ela balançou a cabeça. — Não — Disse ela. —, essa preocupação é válida, mas não acho que o povo de Zaron viria aqui se houvesse algum perigo de nos infectar. Eles têm visitado a Terra e andado no meio da gente há milhares de anos. Se fôssemos pegar algo deles, teria acontecido antes. Acho que sua tecnologia médica é tal que podem prevenir disso acontecer.

— Ok, pode ser verdade — Aceitou Amber, parecendo parcialmente aliviada. —, mas ainda estou preocupada contigo, Emily. Você está realmente bem? Quero dizer, depois daquela queda e tudo...

— Sim, claro. — Emily deu um sorriso forçado. — Só estou cansada da viagem. Acho que é melhor pegar George e ir para casa. Está ficando tarde, e tenho que passar no armazém para ter algo para amanhã de manhã.

— Tem certeza? Porque você é bem-vinda para ficar aqui. Tenho aquele sofá-ca...

— O quê? — Emily riu. — Não, obrigada. Posso andar cinco quarteirões para minha própria casa. Não estou *tão* cansada.

— Ok — Disse Amber. —, mas me chama quando você chegar em casa, certo?

— Chamo... se conseguir chegar. — Emily entrou na cozinha, com Amber a seguindo; ela viu George na janela, sua cauda abanando enquanto olhava a rua abaixo. Emily pegou o gato e o levou de volta à sala para colocá-lo na caixa de transporte. Então, pegou sua mochila e se encaminhou para a porta.

— Emily, espera — Disse Amber quando Emily estava quase saindo do apartamento.

Emily se virou para olhá-la. — O quê?

— Você acha... — A voz dela ficando fraca. — Você acha que é verdade o que eles falaram sobre suas intenções? Eles são um povo pacífico?

Emily ficou parada. Quando descreveu Zaron para sua amiga, propositadamente omitiu seus traços predatórios e o possível vampirismo dos Krinars. Não havia necessidade de amedrontar Amber quando tudo que tinha eram suspeitas. Além do mais, mesmo se os Krinars bebessem sangue humano, isso não significava que tinham vindo para destruir a humanidade – ou, pelo menos, era o que Emily esperava.

— Acho que o que falaram no noticiário é verdade — Disse ela depois de um momento. —, pelo menos bate com o que Zaron me disse. Se estão mentindo, são consistentes com isso, mas não sei por que eles iriam querer nos enganar. Não sei muito sobre suas armas, mas julgando por tudo que vi na casa de Zaron, não acho que temos muitas chances se decidirem nos destruir. E se decidirem, não entendo por que perderiam tempo com essa charada de embaixador. — A não ser se isso fosse para nos manter calmos enquanto assentavam suas fazendas de sangue – mas Emily guardou aquela possibilidade para si.

— Certo, faz sentido — Disse Amber, apesar de ficar pálida novamente. — Mas você acha, só para garantir, que deveríamos sair da cidade? Talvez irmos para a casa dos meus pais em Connecticut? Nos filmes, eles sempre pegam as cidades grandes primeiro, e estamos aqui, bem no centro de Manhattan.

Emily mordeu o lábio. Como podia animar Amber se ela própria estava se sentindo insegura? — Olha, se você está preocupada — disse ela —, deveria realmente ir. Tenho certeza que seus pais adorariam te ver.

Amber franziu. — E você?

— Estou bem — Disse Emily. — Acabei de chegar, e

realmente não quero ir a lugar nenhum novamente. O trânsito deve estar maluco. Além do mais, se o plano dos Krinars for acabar com Manhattan, temos problemas maiores.

— Certo, a escolha é sua — Disse Amber. — Vou tentar ligar para meus pais e ver como estão. Avise-me se mudar de ideia e quiser vir comigo.

— Avisarei — Disse Emily. — vai dar tudo certo, mesmo assim. Como o Presidente disse, só precisamos ficar calmos, e tudo ficará bem.

Segurando forte na caixa do George, ela abriu a porta e saiu.

Nada estava bem, no entanto – algo que Emily concluiu tão logo saiu do apartamento de Amber. O pânico nas ruas era tangível, os pedestres e ciclistas se apressando enquanto os carros estavam uns colados nos outros. Os motoristas buzinando e xingando, e uns poucos policiais com aparência nervosa estavam apitando numa tentativa fútil de liberar o congestionamento. O barulho normal da cidade tinha sido aumentado por dez, e a cabeça de Emily latejava em agonia enquanto passava pelas calçadas apinhadas.

— Só mais um quarteirão — Disse ela a George, cujos miados de desgosto se juntavam à cacofonia. — Estamos quase em casa.

Finalmente, ela chegou no seu prédio. Como o de Amber, era velho e degradado, sem elevador. Apesar de

Emily poder custear um estúdio num dos arranha-céus modernos, ela estava focando em economizar e investir na aposentadoria – um objetivo que parecia risível no momento.

Pelo menos seu apartamento era no segundo andar, não no quarto.

— Aqui vamos nós, Georgie — Cantarolou ela quando entrou no apartamento. Largando sua mochila abriu a caixa para que o gato pulasse. — Lar, doce lar.

Cauda abanando, George saiu para inspecionar seu território, e Emily jogou-se na sua confortável poltrona que era no seu apartamento o equivalente a um sofá. Ela se sentia tão desgastada que mal podia pensar, mas sabia que tinha que comprar comida para a manhã do dia seguinte. Forçando-se a se levantar, ela pegou as chaves e carteira da mochila, colocou-os no bolso de trás da sua bermuda, e desceu para o pequeno armazém no próximo quarteirão.

O dono já estava fechando quando ela chegou.

— Espere, por favor — Implorou Emily, segurando a maçaneta da porta na hora que ele começava a descer a porta de ferro. — Por favor, eu só preciso comprar algumas poucas coisas. Vai ser rápido, prometo.

O homem de cabelos grisalhos hesitou por um momento, então, subiu a porta de ferro e destrancou a porta de vidro. — Está bem, mas se apresse — Disse ele asperamente, abrindo a porta. — Tenho que chegar em casa no Queens, e está tudo louco lá fora.

— Sem problema, obrigada! — Emily já estava se apressando nos corredores com a cesta, colocando tudo que precisava, mais comida extra para George. Levou menos de cinco minutos para pegar tudo, mas na hora que despejou as compras no balcão, o dono já estava com cara de impaciente.

— Disse para se apressar — Resmungou ele enquanto calculava suas compras.

Espantando seu cansaço, Emily deu a ele seu mais largo sorriso. — Muito obrigada. Eu estou realmente grata. Tenha uma boa ida para casa!

Pegando suas compras, ela se apressou para fora da loja, mas antes que caminhasse meio quarteirão, algo pesado bateu nela, derrubando-a e espalhando suas sacolas por todo lado. Ela caiu de quatro, o asfalto duro ralando as palmas das mãos ao deslizar para frente, no próximo momento, ela sentiu algo sendo puxado do seu bolso traseiro.

— Ei! — Gritou ela, ficando de pé e se virando, mas o garoto já estava fugindo, a carteira segura na mão dele.

— Parem ele! — Emily começou a correr atrás do ladrão, mas ele já tinha desaparecido na multidão e ninguém estava prestando atenção nela, nem mesmo os guardas apitando para o tráfego.

Tremendo, Emily parou e retornou para pegar suas compras. Os pedestres apressados já tinham pisado em parte dos alimentos, então, ela tentou pegar o máximo que pôde, recolocando as compras nas sacolas com mãos trêmulas. Por sorte, ela não tinha comprado nada em recipiente de vidro, a maioria dos produtos sobreviveu. A própria Emily, contudo, sentiu-se como se fosse colapsar a qualquer momento. Suas palmas arranhadas estavam ardendo e sangrando, e seu coração estava martelando na garganta, o excesso de adrenalina combinando com a dor de cabeça fazendo-a sentir-se mal fisicamente.

Ela não soube como conseguiu chegar ao apartamento, mas de alguma forma se viu na porta, chaves na mão. Ela imaginou vagamente como elas conseguiram ficar no seu bolso, mas estavam ali, aquilo era tudo que importava.

Entrando no apartamento, Emily trancou a porta, lavou suas mãos sangrando, guardou as compras e colocou a comida na tigela de George. Ela se aguentou até entrar no chuveiro, mas na hora que sentiu a água quente na sua pele, todos os resquícios de força a abandonaram.

Deslizando para o piso, Emily abraçou seus joelhos e chorou.

CAPÍTULO TRINTA E QUATRO

— Boa noite, amigos. Nosso show esta noite comemora o aniversário da sétima semana do Dia K e, surpreendentemente, ainda não fomos evaporados — O *talk show* de TV noturno falava enquanto Emily olhava indiferente para a tela. — Para aqueles que estão vivendo nas cavernas, há sete semanas, neste dia, os Krinars – ou Ks, como são coloquialmente chamados – chegaram e viraram nosso mundo de cabeça para baixo. Para celebrar esta ocasião importante, teremos um convidado especial hoje, Dr. Edmonds, que está aqui para nos falar das mais recentes teorias sobre a biologia dos visitantes.

— Obrigado, James — Disse o convidado, sentando-se ereto enquanto a câmera virava para ele. — Estou feliz por estar aqui, e feliz por ver que muitos de vocês ficaram na cidade e vieram ao estúdio hoje. Vocês são todos muito corajosos, ou muito estúpidos.

A audiência riu e bateu palmas em resposta.

— Agora — Continuou Edmonds —, como todos sabem, suspeita-se que os Krinars tenham uma longevidade significativa, como também maior velocidade e força. James, se não se importa de colocar aquele vídeo...

A imagem mudou para mostrar uma gravação bem borrada feita por um *smartfone* de uma batalha pontuada por flashes de tiros e explosões. Se a gravação não estivesse em câmera lenta, seria impossível entender o que estava acontecendo, mas Emily, como todos na audiência, já sabia do que o vídeo se tratava.

A gravação era de um beco escuro em Riad onde um bando de trinta e três Sauditas, armados com granadas e rifles de assalto automáticos, tinham atacado uma pequena delegação de Krinars cerca de duas semanas antes. Eles conseguiram atingir seis Ks desarmados, e foi naquele momento que as coisas ficaram sinistras. Os ferimentos não impediram os visitantes de despedaçarem os Sauditas – em alguns casos literalmente. A grande velocidade com que eles se moviam e suas forças incríveis – um K tinha arremessado dois homens a dois metros no ar, um com cada mão – havia chocado a população humana, assim como a pura selvageria da batalha.

Como Emily tinha sentido durante sua estada com Zaron, os Ks tinham uma predileção terrível por violência.

O vídeo a fez passar mal na primeira vez que assistiu, e ela não era a única. O êxodo das grandes cidades – a migração inversa que tinha começado no

Dia K – tinha aumentado nas últimas duas semanas, com engarrafamentos ameaçando novamente interromper toda a viagem. Por alguma razão, as pessoas achavam que ficariam mais seguras nas pequenas cidades nas áreas rurais, e eles fugiam das cidades apesar da ONU ter anunciado o Tratado de Coexistência no mês passado.

— Oh, por favor — Amber bufara quando Emily havia falado com ela pelo Skype depois do anúncio. Ela tinha deixado a cidade no dia seguinte da volta de Emily e estava com seus pais em Connecticut. — Todos sabem que o tratado é uma farsa. A ONU apenas colocou o rabo entre as pernas e aceitou, de braços abertos. Você ouviu o que estão falando sobre as armas nucleares, certo?

— Sim, claro — Emily tinha falado. A internet estava cheia de rumores que a China tinha tentado lançar um foguete carregando uma arma nuclear em uma das naves Krinar, e os alienígenas retalharam vaporizando todo o arsenal nuclear da Terra. Ninguém sabia se aquilo era realmente verdade – os oficiais dos governos estavam negando tudo – mas a cada dois dias, algumas fontes anônimas apareciam com novos detalhes, e a história voltava à tona.

Teorias conspiratórias estão para quem quiser ver.

— Então sim, eles não têm nenhuma arma sobrando agora, e simplesmente desistem — Continuara Amber enojada. —, covardes.

— Bem, o que mais podem fazer? Partir para a guerra contra os Ks? — Emily tinha perguntado, mas

Amber não estava disposta a dar ouvidos à razão. Era mais fácil pensar nos líderes dos governos como covardes a aceitar a temível verdade de que os Krinars eram tão tecnologicamente superiores que qualquer resistência militar seria fútil.

Não que as pessoas não tentassem resistir individualmente. A batalha sangrenta com os sauditas era um dos muitos confrontos que estavam ocorrendo por todo o mundo conforme as pessoas entravam em contato com os invasores. Ninguém estava feliz que os alienígenas estivessem planejando construir suas colônias na Terra para algum propósito desconhecido, e muitos grupos eram totalmente hostis. Batalhas com os invasores continuavam acontecendo em várias partes do globo, e em cada uma, os humanos aprendiam exatamente quão perigosos e violentos os Krinars eram. Apesar das intenções dos visitantes serem supostamente pacíficas, o número de mortes atribuído aos Krinars chegava às centenas, e não havia sinal de que a violência diminuiria num curto período de tempo.

A situação foi ainda mais exacerbada com o pânico apocalíptico varrendo a população com histórias diferentes, algumas verdadeiras, algumas falsas, circulando na net. O rumor mais recente – que Emily suspeitava que poderia realmente ser verdade – era que os Krinars estavam planejando fechar todas as fazendas industriais de grande porte e forçar que os produtores de carne e laticínios mudassem para o cultivo de frutas e vegetais. Como resultado do rumor, muitos começaram a acumular produtos animais, e os preços das aves, carne e leite dispararam, levando a mais acúmulo e até aumentando o número de saques.

E o que era o pior problema de todos: a falta de capacidade dos governos de controlar e policiar os cidadãos em pânico. O roubo de Emily no Dia K tinha sido apenas o início de uma onda de crimes sem precedentes que varria cidades e áreas por todo o globo. Nova York, que tinha perdido mais da metade de sua população, estava tão perigosa agora que Emily não se aventurava mais sair do apartamento após escurecer. Contudo, não era nada comparado a lugares como Moscou, Pequim e Johanesburgo. Ainda era possível se comprar alguns legumes e verduras em Manhattan, e a maioria do comércio local, incluindo bancos e empresas de médio porte, continuava funcionando, mas naquelas outras cidades o caos reinava. Alguns especialistas tinham nomeado as semanas que se seguiram à chegada dos Ks como 'O Grande Pânico', e o nome pegou.

Não foi o fim do mundo como alguns haviam predito, mas em alguns lugares, estava perto de ser.

Enquanto a vasta maioria da população estava obcecada com os invasores, Emily assistia os noticiários com um desinteresse que beirava a depressão. Ela sabia que devia se importar, e às vezes considerava ir às autoridades com o conhecimento extra que tinha, mas na maior parte dos dias, ela sentia-se demasiadamente sem ânimo para fazer qualquer coisa além de sair da cama, cuidar de George, preencher algumas solicitações de emprego. Não que alguém estivesse realmente contratando neste atual clima. Bolsa de valores, carteira de títulos, e outras aplicações haviam quebrado imediatamente depois do Dia K, e cada nova história sobre os invasores fazia o mercado oscilar freneticamente, que iam bem além dos piores dias da Grande Depressão. Trilhões de dólares em fundos de investimentos perderam-se nas vendas motivadas por medo, e Emily pessoalmente sabia de pelo menos dez fundos de investimentos que colapsaram nas últimas semanas, incapazes de resistir às grandes perdas. Não havia lugar de refúgio, nem mesmo nos títulos governamentais ranqueados como 'AAA' – tipicamente os investimentos mais seguros de todos. Quando não se sabia se os Estados Unidos existiriam no próximo mês, não importava se algo estava lastreado pela garantia de crédito do governo dos EUA.

A própria carteira de investimento de Emily, já dizimada pela recessão, agora estava dolorosamente pequena, e suas economias estavam diminuindo num ritmo alarmante. Ou, pelo menos, era num ritmo que alarmaria a velha Emily, aquela que não se sentia tão vazia por dentro. A Emily que tinha voltado da Costa Rica não podia juntar energia para se importar por nada daquilo – o simples fato de *existir* já consumia tudo que tinha.

Sua falta de Zaron era como uma ferida que se negava a sarar. Não importa o que fizesse, ela estava ciente de que sentia falta dele – seu sorriso, seu riso, seu toque... mesmo a intensidade predatória que a tinha amedrontado em alguns momentos. As histórias de horrores nos noticiários deveriam tê-la feito odiá-lo – odiar todos os Krinars – mas tudo que podia pensar era do jeito que ele a tinha segurado à noite e como ela tinha se sentido mais perto dele do que de qualquer homem que conhecera.

Ela havia tentado sair uma vez. Duas das suas amigas de trabalho vieram para a cidade, e as três foram em alguns bares no final de semana antes da onda de crimes ficar muito forte. Emily tinha rido e flertado com os homens que se aproximavam dela, mas todos a tinham deixado fria, e ela foi para casa sozinha, sentindo-se até mais vazia do que antes.

Se ela pudesse entrar numa máquina do tempo e retornar ao momento que em Zaron a tinha pedido para ficar, Emily tomaria uma decisão diferente. Talvez seus sentimentos por Zaron fossem resultado do seu aprisionamento, mas aquilo não os faziam menos reais. Sua partida não fora uma ação racional; Emily chegava agora a essa conclusão. Todos os seus pensamentos racionais haviam sido uma tentativa de justificar algo irracional, para suprimir e ignorar os medos que carregava consigo desde a morte dos seus pais.

Ela ficara com tanto medo de que Zaron a abandonasse que o afastou dela – do mesmo jeito que fizera com Jason.

Lamentando, Emily desligou a TV e levantou-se para caminhar pelo seu pequeno apartamento. Apesar de ter saído para fazer compras há apenas algumas horas, ela estava começando a sentir-se presa e claustrofóbica. Ela queria ir dar uma corrida, fazer algo que espantasse a depressão que estava roubando sua vida, mas era muito perigoso sair aquela hora da noite. Para piorar as coisas, pensar em sair a lembrava do quanto apreciava a natureza exuberante da Costa Rica durante suas caminhadas com Zaron pela selva.

Quanto eles apreciavam aquilo *juntos*.

Uma dor mais aguda perfurou seu peito ante as memórias, e lágrimas dolorosas brotaram nos seus olhos. Para combater a ânsia do choro, Emily pegou seu tapete de yoga e começou a fazer abdominais. Não era o mesmo que correr lá fora, mas era melhor do que nada – e era certamente melhor do que outro ataque de choro no chuveiro. Ela podia superar aquilo; ela *superaria* aquilo.

Ela era uma sobrevivente, e estava determinada.

Foi na vigésima sétima abdominal que Emily teve uma ideia. Ela não tinha nenhum jeito de contatar Zaron – ele não a tinha deixado um e-mail ou número de telefone ou qualquer coisa que os Krinars usassem – mas sabia a localização aproximada da casa dele. Poderia ela fazer aquilo? Poderia ela engolir seu orgulho e implorá-lo para aceitá-la de volta? Sim, havia um risco de que ele não a quisesse, de que tivesse achado outro alguém durante esse tempo, e sim, eles teriam apenas alguns anos juntos antes que Emily começasse a envelhecer, mas não eram alguns anos melhor do que nada?

Não seria melhor conhecer a felicidade, mesmo se

apenas por um pequeno período de tempo, do que passar pela vida sentindo apenas essa solidão?

De repente energizada, Emily pulou do tapete e correu para seu computador. As viagens de avião civis estavam liberadas novamente, e apesar dos preços das passagens terem subido muito pelo fato da grande demanda, nada impedia Emily de usar suas economias restantes para comprar uma passagem de ida para Costa Rica.

Para o inferno com seu medo e orgulho. Ela iria pular naquela máquina do tempo e tentar desfazer seu erro.

Ela estava colocando sua informação de pagamento no site da United Airlines quando a campainha tocou. Confusa, Emily foi para a porta e olhou pelo visor, e seu coração subiu à garganta.

Dois homens de terno estavam parados do outro lado da sua porta. Um tinha estatura normal e era magro, o outro, era quase tão forte quanto ela e alto.

— Sim? — Emily perguntou sem colocar a mão na maçaneta. Suas mãos estavam suando, seu estômago apertado com uma premonição doentia. — Como posso ajudá-los?

— Srta. Ross, sou agente Wolfe, e este é o agente Janson — Disse o homem magro, segurando um distintivo com aparência de oficial. —, somos do Departamento de Segurança Interna. Se não se importar, gostaríamos de conversar contigo sobre uma ligação que fez para a Embaixada dos Estados Unidos na Costa Rica vários dias antes do Dia K.

CAPÍTULO TRINTA E CINCO

As plantas *shari* estavam se adaptando bem ao solo da Costa Rica. As raízes eram grossas e saudáveis, e a varredura mostrava que em alguns meses elas iriam florescer e dar frutos. Em geral, parecia que Zaron tinha escolhido bem a localização do Centro. O clima era agradável, e o solo, acolhedor. Como Zaron tinha esperado, quando da sua chegada, o Conselho tinha decidido usar esse Centro como sua principal base de operações. Eles a nomearam Lenkarda, significando um 'começo triunfante'. Eles também elogiaram Zaron e sua equipe, mas tudo que ele sentia era um tipo de indiferença – a mesma dormência monótona que o envolvia desde que Emily foi embora.

Deixando a área de cultivo do Centro de desenvolvimento, ele voltou para sua casa. Mesmo movendo-se na sua velocidade natural, levou mais de uma hora para chegar em casa a pé, mas Zaron não se importava. Ele podia se mudar para mais perto de

Lenkarda, mas gostava do isolamento. Estar perto dos outros Krinars era desconfortável, quase que doloroso naqueles dias. Nas raras ocasiões em que a dormência que o prendia diminuía, ele se sentia ferido por dentro, como uma árvore cuja casca protetora foi arrancada, e interagir com as pessoas parecia que piorava.

Perder Emily foi tão devastador quanto ele temeu que seria.

Ao chegar em casa, Zaron tomou um banho e entrou no quarto de Emily. Seu aroma ainda permanecia lá, nos lençóis que ele tinha proibido a sua casa de trocar. Ele se deitou e inspirou, fechando os olhos para fingir que ela ainda estava com ele, que se esticasse a mão, poderia tocá-la... abraçá-la.

Mas claro que não podia. Não porque ela estava bem longe – três mil quilômetros não significavam nada para os Krinars – mas porque ele a tinha prometido.

— Você pode trazê-la de volta, você sabe — Ellet dissera na semana passada, balançando a tentação na frente dele novamente. — Simplesmente vá para Nova York e traga-a de volta. Quem sabe? Talvez ela fique feliz em vê-lo. Você sabe como está a situação naquelas cidades humanas. Você quer realmente que ela viva lá?

Zaron ficou com raiva da sua amiga, mandando que ela se metesse com a própria vida, mas o mesmo pensamento havia ocorrido a ele mais de uma vez – todas as noites, na verdade. Ele sentia tanta falta de Emily que às vezes pensava que ficaria louco de saudades. Em alguns aspectos, era até pior do que quando Larita morreu. Na ocasião, ele não tinha escolha além de aceitar que sua companheira tinha partido, que a tinha perdido para sempre, mas com Emily, saber que ele poderia tê-la de volta o incomodava, o fazia esquecer de todos os seus princípios e promessas que tinha feito.

Ele poderia tê-la – tudo que tinha que fazer era ir contra os desejos dela e privá-la de sua liberdade.

Espantando o pensamento, Zaron fechou os olhos e tentou dormir. Para sua indignação, o sono não veio. Ele se remexeu e se virou por uma hora inteira até desistir. Levantando-se, ele tocou seu computador de pulso e disse: — Mostre-a para mim.

A imagem tridimensional do apartamento de Emily apareceu à sua frente. No dia após ela ter partido, Zaron tinha acessado a câmera no seu laptop, dizendo para si mesmo que, dadas as reações de pânico ante a chegada dos Krinars, ele precisava certificar-se de que Emily chegaria em casa em segurança. Era sua responsabilidade para com ela; além do mais, ele tinha sido a razão de ela não chegar em Nova York mais cedo.

Para seu alívio, ela estava no seu apartamento naquela noite, assistindo TV com um felino cinza enrolado no seu colo. Era seu gato George, concluíra Zaron, gananciosamente desfrutando da imagem. Depois de alguns minutos, ele se forçou a desligar a gravação, falando para si mesmo que a tinha que deixar em paz, mas no dia seguinte, acessou a imagem novamente e assistiu Emily comendo um sanduíche enquanto lia um livro. No dia seguinte, ela tinha estado fora, e ele ficou desesperado, com medo de que algo tivesse acontecido com ela, mas ela retornou depois de uma hora, e ele relaxou novamente. Já basta, disse a si mesmo então, mas o computador continuava a seduzi-lo para voltar, e a cada poucos dias, ele fraquejava e ficava olhando-a dormir, comer, brincar com seu gato, ou procurando emprego na internet humana. Era uma invasão terrível da privacidade dela, ele sabia, mas não conseguia se fazer parar.

Olhá-la naquelas gravações era a única coisa que trazia alguma felicidade para Zaron naqueles dias.

Então, agora, ele avidamente estudava a imagem à sua frente, procurando sinais de que Emily estivesse em casa. Às vezes ela estava no banheiro, e ele não a via imediatamente, mas ela sempre voltava ao cômodo principal depois de alguns minutos. Todo o apartamento de Emily era aquele cômodo, então, se ela estivesse em casa, Zaron a veria em breve.

Mas ele não a viu. Apenas seu gato estava lá, sentado no piso e lambendo as patas, e depois, esfregando no seu rosto peludo. Zaron teve que admitir que as artimanhas do animal eram fascinantes, e num dia diferente, apreciaria o show, mas a ausência de Emily o estava deixando desconfortável. Já era tarde, e ela tinha parado de sair à noite nas últimas semanas – provavelmente por causa da crescente onda de crime na sua cidade. Então, onde poderia estar? O que estaria ela fazendo?

Ele esperou por uma hora e meia, seu desconforto

aumentando a cada segundo, mas ela ainda não havia voltado para casa.

Zaron olhou a hora. Era bem depois da meia-noite em Nova York. Não havia razão para Emily sair do seu apartamento tão tarde. Ela tinha que saber que era perigoso para uma jovem mulher perambular pela cidade sozinha nesses dias.

A não ser... a não ser que ela não estivesse só.

Tudo dentro de Zaron tremeu ao pensar, a ira como uma explosão incendiária nas suas veias. Ele sabia que Emily acharia um companheiro eventualmente – ela era por demais inteligente e bonita – mas havia um mundo de diferença entre saber algo e confrontar aquilo. Emily, *sua* Emily, devia estar com outro homem neste exato momento, e Zaron não conseguia aguentar aquilo. Ele a imaginou dormindo nos braços de algum humano macho, e seus punhos se fecharam com vontade de matar o homem, despedaçá-lo com suas próprias mãos. Não importava o fato de Zaron tê-la deixado ir, o instinto territorial ancestral dentro dele insistia que ela era dele – e ela *sempre* seria dele.

Sua raiva era tão grande que ele quase não estava ciente de ter dado a ordem para seu computador. Apenas quando os textos e e-mails de Emily apareceram na imagem tridimensional à sua frente que Zaron viu o quão insano ele estava agindo. Mesmo assim, ele não conseguia se fazer parar. Ele leu todas as conversas recentes, procurando por pistas de onde ela pudesse estar e com quem, mas para seu desapontamento, não havia nada lá – nenhum encontro marcado, nem mesmo um sinal de flerte.

O ciúme de Zaron mudou para preocupação.

— Pesquise seu telefone celular — Disse ele rapidamente, seu computador obedeceu, conectando-se aos satélites humanos para triangular o sinal de GPS.

Mas não havia sinal – pelo menos, nenhum que seu computador pudesse detectar.

Franzindo, Zaron tentou novamente. E novamente. Nada.

Era como se o telefone de Emily tivesse sumido.

— Acesse seu laptop — Ordenou Zaron ao seu computador. —, procure seu histórico de pesquisas.

E lá estava, no buscador da Emily, que Zaron viu: uma solicitação de passagem de avião só de ida para Costa Rica parcialmente terminada.

Seu pulso parou por um momento, então, ele voltou à vida, seu coração martelando no peito.

Emily estava voltando.

Ela estava voltando.

Por um segundo, a euforia quase o cegou, mas, então, Zaron deu-se conta de que Emily não tinha terminado o pedido.

Ela saíra antes de comprar a passagem, e ele não estava nem perto de imaginar onde ela estava, e o que tinha acontecido com ela.

CAPÍTULO TRINTA E SEIS

— Já falei tudo que sei — Disse Emily, incapaz de conter sua frustração. Eles já a estavam interrogando por horas, e ela conseguia sentir as paredes se fecharem à sua volta. Ela tentava controlar sua claustrofobia respirando fundo, mas nada funcionava. Para piorar as coisas, ela estava tão cansada que precisou de toda sua força apenas para ficar sentada reta na cadeira de metal. Que horas seriam agora? Duas da manhã? Três? Não havia relógio na parede e eles tinham levado seu celular. Ela sempre achou que os funcionários do governo trabalhassem das nove às cinco, mas aquele certamente não era o caso da Segurança Nacional – ou, pelo menos, com esse departamento em particular.

Emily tinha fortes suspeitas de que os agentes que vieram a ela não eram simples patrulheiros de fronteira.

— Você não nos disse quase nada, Srtª Ross — Disse o agente Wolfe, seu rosto fino sem expressão. — Você caiu, foi salva por um Krinar que te deteve por duas semanas e meia, e voltou para casa no Dia K. Você honestamente espera que acreditemos que essa é toda a história?

— Essa *é* toda a história — Disse Emily desgastada. — Sim, eu sabia que a invasão estava chegando – é por isso que liguei para a embaixada – mas é só isso. Não sei mais nada sobre seus planos. Não tive mais contato com Zaron. Depois que ele me libertou, voltei para casa. Não sei nada sobre suas armas, e já falei para vocês o que vi da tecnologia deles – o que não foi muito, pois, tudo estava dentro de uma casa.

— Mesmo assim, esse Zaron te trouxe dos portões da morte com tecnologia médica que ele tinha dentro daquela casa — Disse o agente Jason, seu queixo duplo tremendo com cada palavra. — Curou sua coluna quebrada, você disse?

— Sim. — Emily se arrependeu de ter falado com eles sobre aquilo, mas quando eles começaram a interrogá-la, ela havia estado muito intimidada para formular uma mentira plausível. Tão logo ela abriu a porta, eles a levaram escada abaixo, colocaram-na num carro preto, e a trouxeram para este armazém abandonado no Queens – ou melhor, a instalação que ficava no porão no tal armazém. Emily quase não teve tempo de pegar sua carteira, chaves e o celular – itens que confiscaram antes de colocá-la nesta sala e questioná-la como se ela fosse uma terrorista.

Pelo menos ela teve a presença de espírito de não dizer nada sobre a natureza sexual da sua relação com

Zaron e suas suspeitas dos Krinars como sendo espécies vampíricas. A última omissão era porque ela ainda não tinha certeza de estar certa, e porque ela temia o que aconteceria se aqueles tipos de rumores começassem a circular. Será que os pânicos nas ruas e os ataques de guerrilhas aos Krinars piorariam? Poderia começar uma guerra real?

Ela não aguentaria se fosse responsável por mais violência. Essa invasão 'pacífica' já estava por demais sangrenta.

— Srtª Ross... — O agente Wolfe abaixou-se. — Você não está ajudando seu caso ao ser evasiva. É óbvio que você sabe mais do que está nos falando. Você passou duas semanas e meia com um *deles*. Você precisa nos falar tudo que viu e ouviu – cada detalhe, não importa o quão pequeno. Você pode não achar que seja significante, mas nos ajudará a formar um quadro mais completo do inimigo.

— O inimigo? Achei que estivéssemos em paz — Disse Emily, muito cansada para esconder o sarcasmo. — Não é disso que o Tratado de Coexistência fala?

Janson cruzou os braços, descansando-os no gigantesco monte da sua barriga. — Não seja ingênua, Srtª Ross. Os Krinars não são nossos amigos, nem nunca serão enquanto o que sabemos deles é perto do nada. Por que estão aqui? O que querem de nós? Não sabemos, e não saberemos até eles decidirem nos falar. Mas você pode saber de alguma coisa, e se sabe, é seu dever como cidadã americana – como cidadã *humana* – nos falar.

— Não sei nada mais além do que já disse a vocês — Disse Emily pela décima quinta vez. As paredes pareciam se aproximar a cada segundo, e ela estava achando difícil respirar. Se eles não a deixassem sair desta sala em breve, ela enlouqueceria. — Vocês têm toda a história.

— Não — Disse Wolfe. —, não temos. Mas se você prefere não nos falar, tudo bem. Continuaremos com isso amanhã. Enquanto isso, veremos se não conseguiremos respostas de algum outro modo. — Ele se levantou e virou-se para o outro agente. — Jason, por favor, leve a Srtª Ross para os exames. Veremos se essas curas alienígenas deixaram algum vestígio.

— Espere, não. Vocês não podem fazer isso — Disse Emily se afastando quando Jason se levantou e foi na direção dela. Seu coração estava martelando tão rápido que ela achou que iria desmaiar. — Não estou autorizando isso. Eu quero um advogado.

Mas Janson simplesmente circulou seus dedos grossos em volta do braço dela e a pôs de pé. — Vamos — Disse ele, a palma da mão dele úmida e pegajosa na pele dela. —, é hora de aprendermos mais sobre sua provação.

CAPÍTULO TRINTA E SETE

— Você quer que eu ache uma humana? — Korum franziu a testa, seus olhos dourados incomuns se estreitaram. O Conselheiro parecia igualmente intrigado e aborrecido com o pedido de Zaron. — Por quê?

— Porque ela é minha e a quero de volta — Disse Zaron. Não havia tempo para brincadeira e fingir que seu pedido era qualquer coisa além de um pedido pessoal. Ele não conseguia tirar da cabeça de que algo estava terrivelmente errado. Cada segundo que ele não conseguia localizar Emily parecia uma hora, o temor dentro dele crescendo incontrolavelmente. — Eu a salvei quando se machucou, e ela ficou comigo por um tempo — Explicou ele. —Contudo, cometi o erro de deixá-la voltar para Nova York, e alguma coisa está acontecendo com ela. Não consigo achá-la em lugar nenhum.

O franzir de Korum aumentou. — Então, como você espera que eu a ache?

— Pelos nanócitos no corpo dela — Disse Zaron. A ideia tinha ocorrido a ele cedo naquela manhã, e na mesma hora ele solicitou uma reunião em pessoa com o Conselheiro. — Soube que sua empresa projetou o aparelho *jansha* que usei para curá-la. Não tenho o código para ativar o modo de busca nos nanócitos, mas sei que existe esse recurso. Não existe?

— Sim — Confirmou Korum. —, todos os nanócitos têm uma assinatura única que podem ser detectados. Mas preciso ver o *jansha* para descobrir qual nanócito específico foi usado nela.

— Está aqui. — Zaron esticou o braço e abriu a mão para mostrar o pequeno aparelho tubular de cura. — Imaginei que precisaria dele.

— Tudo bem — Disse Korum, pegando o aparelho de Zaron. —, vou ver isso para você. Deve de levar alguns dias, então...

— Não — Disse Zaron subitamente, seus músculos tensos com uma onda de fúria. —, não tenho alguns dias.

— Perdão? — O olhar de Korum endureceu.

— É importante — Disse Zaron, forçando-se a moderar seu tom. Ele não podia se dar ao luxo de antagonizar com a única pessoa que o poderia ajudar. — *Ela é* importante.

— Mais importante do que minhas obrigações como Conselheiro e os projetos em que estou trabalhando? — As narinas de Korum se abriram. —

Entendo que você quer sua humana de estimação de volta, mas...

— Ela é minha caerle. — Zaron encarou o olhar frio de Korum, recusando-se a ceder. O Conselheiro notoriamente implacável não era alguém a ser confrontado, mas não havia nada que Zaron não fizesse para ter Emily de volta.

Ele desafiaria Korum para a Arena se fosse necessário.

— Sua caerle? — Parte da ira fria saindo da voz de Korum. — Como a Delia de Arus?

— Sim. — Zaron não via a necessidade de explicar que Emily ainda não era sua caerle. Ela se tornaria tão logo ele a achasse; decidira ele na noite anterior. Ela tinha resolvido retornar para ele – era isso que a compra parcialmente preenchida se tratava – mas mesmo se ela ainda tivesse algumas reservas sobre pertencer a ele, Zaron as suplantaria.

Uma vez que tivesse Emily, nunca mais a deixaria ir.

— Entendo. — Um toque de divertimento apareceu no olhar de Korum. — Eu não sabia que você e Arus tinham tanto em comum. Nunca entenderei o gosto por caerle, mas se você quer um humano, acho que é sua escolha.

Zaron fez seu melhor para esconder seu alívio. — Então, você vai me ajudar? Hoje?

— Sim, vou — Disse Korum. —, volte em duas horas. Terei sua localização então.

As duas horas se arrastaram com passos de tartaruga. Zaron foi para o lago e nadou cinquenta voltas, depois, correu trinta quilômetros. Apesar de não ter dormido à noite, ele se sentia eletrizado, seu corpo agitando-se com grande energia.

Se ele cruzasse com quaisquer lutadores de guerrilha, eles estariam em apuros.

Mas Zaron não cruzou com nenhum, e exatamente duas horas depois da conversa, ele estava de volta ao salão de reuniões do Conselho em Lenkarda.

Korum estava esperando por ele em frente a uma imagem flutuante tridimensional.

— Ela está lá — Disse ele sem preliminares, apontando para um armazém caindo aos pedaços numa rua cheia de lixo. — É um prédio numa área industrial semiabandonada do Queens, um dos bairros de Nova York. Fiz umas pesquisas para você. Descobri que é propriedade do governo dos EUA. Eles usam várias empresas fantasmas para esconder esse fato, o que me faz pensar que não é um dos seus locais oficiais.

— Um prédio do governo? — Zaron franziu a testa ante a imagem. — Por que ela estaria lá?

— Eu não sei — Disse Korum. — Talvez ela tenha decidido falar com eles sobre você, falar-lhes o que soube durante o tempo que esteve contigo. Por quanto tempo você ficou com ela?

— Cerca de duas semanas e meia. Mas ela só viu nossa tecnologia de casa, mais básica, então, eu duvido que possa falar-lhes qualquer coisa útil.

— Você não deveria tê-la mostrado nem isso —

Disse Korum, e a imagem desapareceu. — o mandado de não divulgação não está mais valendo, mas ainda estamos sob o mandado de não interferência. Não podemos dar ou mostrar-lhes qualquer coisa que alteraria o curso do desenvolvimento natural tecnológico deles. Em geral, é um problema que o governo a tenha. Os nanócitos estão inativos, mas ainda estão no corpo dela, e essa não é uma tecnologia que compartilharemos com os humanos num curto período de tempo.

— Não se preocupe. Não será um problema por muito tempo — Disse Zaron. —, vou trazê-la de volta.

— Ele duvidava que os humanos tivessem tecnologia avançada o suficiente para fazer qualquer coisa com os nanócitos, mas não argumentou.

Ele tinha a localização de Emily e aquilo era tudo que importava.

Korum olhou para ele duramente. — Você sabe que não pode simplesmente chegar lá e arrastá-la para fora. Eles devem ter mecanismos de segurança instalados encobertos. Se for realmente um tipo de instalação governamental, você pode causar um grande incidente interplanetário se entrar e se machucar.

— Então, o que você sugere? — Perguntou Zaron, segurando a impaciência. Agora que ele sabia onde Emily estava, ele não podia esperar para pegá-la.

— Arus pode enviar uma solicitação pelos canais diplomáticos próprios — Disse Korum. —, provavelmente levará algum tempo, mas...

— Não. — A rejeição de Zaron foi instintiva, um

sentimento interno vindo da sua necessidade de ter Emily de volta naquele exato instante, mas quando ele viu a expressão de Korum, ele sabia que tinha que dar uma explicação razoável. — Se a solicitarmos, eles acharão que ela é importante — Disse ele. — Eles podem negar que a tenham ou atrasar o seu retorno para mim para que possam questioná-la. Seria bem mais fácil se eu fosse lá sozinho e a buscasse. Se eu entrar como um ladrão humano, eles nunca saberão que os Krinars estariam envolvidos, então...

— Não. — Era a vez de Korum interromper. — Esse não é o jeito de lidar com isso. Se essa sua Emily falou tudo para eles, eles podem estar nos esperando ir resgatá-la. Você não pode entrar desarmado e despreparado. Se você realmente não pode esperar, vou te ajudar. Tenho alguns projetos que estou ansioso para testar.

O Conselheiro explicou o plano, seus olhos dourados brilhando enquanto falava, Zaron sentiu o nó de tensão no seu peito afrouxar.

De um jeito ou de outro, ele iria ter Emily de volta.

Era hora de seu anjo voltar para casa.

CAPÍTULO TRINTA E OITO

Com seu coração batendo num ritmo errático, Emily olhou para a enfermeira de cabelos brancos que estava se preparando para colocar uma agulha no braço de Emily. A velha senhora tinha um tipo de rosto que lembrava Emily da atriz Betty White, mas até aquele momento, ela tinha ignorado todos os pedidos de Emily para chamar um advogado.

A rodada inicial de testes tinha consistido em eles colherem vários frascos de sangue de Emily, raios-X de todas as partes do seu corpo, tomografia, e uma ressonância magnética. Depois, deixaram-na inconsciente por algumas horas numa cama dura dentro de um pequeno quarto cinza, e ela tinha acordado sentindo-se sufocada. Ela precisava de ar fresco, e precisava tanto que estava sentindo como se fosse morrer, mas em vez de deixarem-na sair, eles deram um sedativo para mantê-la calma. Ela flutuou numa bruma drogada por um tempo, sonhando que

Zaron estava vindo para salvá-la, mas a droga começou a perder o efeito e a claustrofobia retornou, junto com os enjoos do sedativo e uma sensação de reviravolta no seu estômago vazio. Emily tinha vomitado o café e donuts que a haviam dado meia hora antes, e a fome aumentou a dor de cabeça latejando nas suas têmporas.

— Não faça isso, por favor — Implorou Emily novamente quando a com aparência de Betty White se aproximou dela com a seringa. Sua língua estava grossa e difícil de se mover na boca seca. — Por favor. Sou uma cidadã dos Estados Unidos. Não fiz nada de errado.

A enfermeira a ignorou, suas feições gentis tornaram-se estoicas. Emily tentou retirar seu braço da seringa, mas uma algema acolchoada no seu pulso o prendia no lugar. Dois enfermeiros a tinham algemado a uma cadeira de metal depois que ela tentou resistir à segunda rodada de testes, e as contenções haviam piorado sua claustrofobia, fazendo sua pulsação bater doentiamente rápido. Ela estava amarrada tão fortemente como num manicômio, incapaz de se levantar ou sair. Emily nunca fora fã de agulhas, indo ao ponto de evitar ser vacinada contra gripe, mas não havia como evitar isso.

Ela era uma prisioneira e não havia saída.

A enfermeira segurou o braço de Emily e o manteve parado, e a agulha entrou na pele dela, perfurando a veia dentro do seu cotovelo.

— Pare — Gemeu Emily, a bile subindo ao seu

pescoço enquanto seu sangue fluía para o frasco preso à seringa. — Vou vomitar.

Segurando a seringa no lugar com uma mão, a enfermeira pegou uma bandeja de plástico que estava perto. — Aqui — Disse ela, colocando a bandeja sob o queixo de Emily. —, você pode vomitar aqui se precisar.

Emily estava tremendo, sua pele coberta com suor frio, mas ela conseguiu não vomitar. Vendo que a bandeja não era necessária, a enfermeira recolocou-a no lugar. Retirando a agulha do braço de Emily, ela colocou uma bola de algodão no ferimento e cobriu com band-aid.

— Tudo terminado contigo — Disse ela. —, encoste-se e relaxe. Os agentes Wolfe e Janson estarão aqui para vê-la em breve.

Ela saiu da sala sem abrir as algemas de Emily, e dois minutos mais tarde, Wolfe e Janson entraram na sala. Nenhum dos agentes deu a mínima ao ver Emily presa à cadeira e ela viu que para eles ela não era uma pessoa.

Ela era uma inimiga, e eles iriam fazer qualquer coisa para que ela cooperasse.

— Por favor, tire estas algemas — Disse ela. Ela precisou de toda sua força para manter a voz normal. Ela estava tonta, e parecia que todo o oxigênio estava saindo da sala. —, não vou atacá-los.

Wolfe deu a ela um sorriso raso. — Tenho certeza que não irá, mas os enfermeiros poderão ter que fazer mais alguns testes, então, é mais eficiente se a mantivermos presa por enquanto. Tenho certeza que entende.

— Não, não entendo — Disse Emily, incapaz de conter a raiva e desespero. — Não cometi nenhum crime, mas se tivesse, existe processo devido neste país. Se vocês forem me prender deste jeito, eu exijo ver um advogado e...

— Srtª Ross, por favor. — Janson sentou-se na cadeira em frete a ela, sua papada carnuda balançando com o movimento. — Você é uma mulher inteligente. Tenho certeza que sabe que o Ato Patriota nos dá todo o respaldo de ação quando se trata de segurança nacional. Você também deve saber que os Krinars são a maior ameaça que já enfrentamos. Como você está se recusando a cooperar conosco...

— Eu estou cooperando com vocês!

— ... não temos escolhas a não ser mantê-la aqui — Continuou Jason como se Emily não tivesse falado. — Os testes preliminares mostram que você foi realmente curada por uma tecnologia que excede em muito qualquer coisa que conhecemos. Seus registros dentários, por exemplo... — Ele continuou listando tudo que tinha sido descoberto até aquele momento, mas Emily não estava mais ouvindo.

Um som de murmúrio – algo parecido com um zumbido distante de uma colmeia – tinha chamado a atenção dela.

De repente, as luzes piscaram e se apagaram, e o zumbido aumentou.

— Porra — Disse Wolfe, pegando seu celular e usando como lanterna — Jason, você está bem?

Mas Janson não estava prestando atenção nele. Ele tinha ficado em silêncio e estava segurando seu celular acima da cabeça, jogando a luz direto para o teto.

— O que é aquilo? — Perguntou Wolfe, levantando a cabeça, e Emily seguiu seu olhar.

Parecia que o teto estava brilhando – não, como se estivesse *derretendo*.

Wolfe ficou em pé, pegando sua arma, mas já era tarde demais.

Uma grande parte do teto desintegrou, a camada espessa de concreto se evaporando como se fosse feito de fumaça. A luz do sol entrou na abertura, cegando Emily por um momento, mas, então, ela viu.

A figura de um homem alto e de ombros largos em pé na beira da abertura.

O brilho da luz do sol vindo de cima cobria seu rosto com sombras, mas não havia erro no jeito de gato em que se movia.

Atônita, Emily olhou para Zaron, uma euforia intensa passando por ela.

Seu sequestrador alienígena tinha vindo por ela.

Ele a queria de volta.

— Pare onde está! — Gritou Janson, levantando sua arma, mas Zaron já estava pulando dentro da sala.

O ensurdecedor bang, bang, bang das armas encheu o ar, e Emily parou de respirar, seu coração congelado pelo terror. Ela sabia que os Krinars eram rápidos e fortes, mas aquilo não significava que eles não pudessem ser machucados ou mortos. Se algo acontecesse com Zaron... Antes que o pavor pudesse sufocá-la, ela viu que ele tinha caído em pé, desarmado.

Os segundos que se seguiram foram apenas um borrão. Zaron movia-se como um tornado mortal. No que parecia um piscar de olhos, ambos os agentes estavam no chão, gritando de dor, e Emily assistiu paralisada pelo choque enquanto Zaron segurava Janson pelo pescoço, levantando-o com uma das mãos como se o homem de cento e trinta quilos não pesasse nada. O braço direito de Janson estava pendurado num ângulo estranho, mas sua mão esquerda segurava os dedos de Zaron num terror frenético, seus pés balançando no ar em desespero.

Zaron estava literalmente estrangulando o agente.

— Pare! — Gritou Emily, horrorizada. — Zaron, por favor, pare!

O amante dela congelou, e ela viu um tremor passar pelo seu corpo poderoso. Seu rosto estava virado, então, tudo que ela pôde ver foram as feições apertadas da mandíbula dele, mas ela conseguia sentir sua ira quase incontida. Violência ressoando no ar, sombria e tóxica, e Emily sabia que se não fizesse algo, Zaron mataria os dois homens.

Como os Ks naqueles vídeos, ele os despedaçaria.

— Zaron, por favor. — Engolindo seu pânico, Emily acalmou sua voz, fazendo uma súplica gentil. — Solte-o.

Os esforços de Janson já estavam se enfraquecendo, suas pernas chutando com menos força, e por um momento, Emily achou que Zaron não a ouviria. Mas, então, seus dedos afrouxaram-se e o agente caiu no chão, sonoramente ofegante. Wolfe caído perto dele, ambos os braços torcidos num ângulo incomum.

Náusea consumiu Emily novamente, mas se esforçou a olhar para Zaron enquanto ele pulava o corpo de um Janson apavorado e ia na direção dela, seu olhar negro queimando com algo sombrio e aterrorizante.

— Eles te machucaram. — Sua voz era pesada com o ódio enquanto parava diante dela, e ela viu que ele estava olhando para as marcas de agulha e os hematomas nos braços dela. — Esses bastardos te machucaram. — Ele todo tremendo de fúria, suas mãos grandes instáveis conforme ele desatava-a e a colocava de pé.

— Eles apenas tiraram um pouco de sangue — Disse Emily atordoada, mas Zaron já estava se abaixando para pegá-la nos braços. Apesar da sua ira, sua pegada era gentil, sua força sobre-humana restrita ao segurá-la junto ao seu peito.

Envolvida pelo calor e cheiro familiar dele, Emily começou a tremer. Envolvendo seus braços no pescoço dele, ela enterrou seu rosto no peito dele, tentando segurar as lágrimas que queimavam seus olhos. Ela se sentia tanto eufórica quanto arrasada, a grande alegria de ver Zaron contra o horror do que ele tinha feito.

Depois de quase dois meses de saudade agonizante, ela estava com o homem que amava – um predador extraterrestre por um triz de matar dois seres humanos.

— Segure-se — Disse Zaron, e Emily sentiu seus músculos agrupando-se. Instintivamente, ela apertou sua pegada no pescoço dele, e, então, eles estavam voando – ou o que parecia por um segundo. Antes de processar o que estava acontecendo, eles estavam no primeiro andar da instalação, em pé na parte do teto que não tinha dissolvido.

Zaron tinha pulado do porão enquanto a segurava, concluiu Emily atordoada. Em qualquer outro dia, ela teria se maravilhado com aquele feito sobre-humano de atletismo, mas aquilo não era o que prendia sua atenção naquele momento.

Por toda volta dela havia corpos – corpos humanos. Altos e baixos, gordos e magros, armados e desarmados, eles estavam deitados no chão em poses estranhas, seus rostos relaxados iluminados pela luz do sol entrando pelo telhado que não existia mais.

— Eles estão... — Emily não conseguia nem pronunciar a palavra. Tremendo, ela puxou o peito de Zaron para olhar para ele. — Zaron, eles estão...

— Eles estão adormecidos — Disse Zaron, apertando sua pegada nela. — os derrubei para evitar mortes.

Emily baixou sua cabeça no ombro dele e inspirou tremendo, alívio varrendo-a como um maremoto. Ela não sabia se conseguiria viver consigo mesma se o Krinar que amava se transformasse num assassino em massa.

— Para onde você está me levando? — Perguntou ela enquanto ele pulava alguns corpos, carregando-a nos seus braços.

— Você verá — Disse Zaron, e ela sentiu seus músculos se agruparem para outro pulo sobre-humano.

Eles aterrissaram na porção restante do telhado, Emily sentiu a brisa quente do verão na sua pele. Seus pulmões se expandiram, inalando ar, e a tensão claustrofóbica apertando sua caixa torácica se desfez, levando as dúvidas restantes dela com ele.

Finalmente, ela estava de volta com Zaron.

Ele tinha vindo por ela.

— Como você me achou? — Perguntou ela, recuando para encontrar seu olhar, e seu pulsar aumentou ao olhar nos olhos dele.

Zaron estava olhando para ela com possessão irrestrita, com apetite tão intenso que fez as suas entranhas virarem mingau.

— Os nanócitos que usei para te curar — Disse ele, e Emily precisou de um segundo para concluir que ele estava respondendo à pergunta dela. —, consegui rastreá-los.

— Oh — Desconforto passando por ela, mas antes de poder fazer mais perguntas a Zaron, ele se virou para o lado esquerdo, segurando-a, e ela viu algo estranho.

Na parte restante do telhado do armazém estava uma cápsula esférica feita de um tipo estranho de material cor de marfim. Tinha apenas algumas dezenas de centímetros de diâmetro e não tinha janelas ou portas visíveis.

— Aquilo é...

— Nosso jeito de chegar em casa, sim — Disse Zaron, andando em direção a ela. Ao se aproximar, a parede da cápsula desintegrou-se, criando uma entrada para eles.

Entrando Zaron baixou cuidadosamente Emily na placa flutuante – uma das duas que estavam dentro da cápsula. Instantaneamente, a placa ajustou-se ao corpo dela, moldando-se às suas costas e curva das suas nádegas. O conforto era incrível, e pela primeira vez, Emily concluiu o quanto ela sentia falta da tecnologia intuitiva dos Krinars.

— Vamos voar para algum lugar? — Perguntou ela, olhando em volta. As paredes da cápsula eram transparentes pelo lado de dentro, dando a ela a ilusão de que estava sentada numa bolha de vidro. Aquilo a deveria amedrontar, mas em vez disso, a fez sentir-se leve e livre. Ela não se sentiu confinada naquelas paredes transparentes, apesar de ser tão prisioneira agora como tinha sido no porão lá embaixo. Zaron não iria deixá-la ir novamente – ela sabia disso com a certeza que transcende a razão – mas saber daquilo não a amedrontava.

Ela nunca mais queria estar sem ele novamente.

— Estamos voltando para Costa Rica — Disse Zaron, sentando-se na outra placa. — Tem um novo assentamento Krinar lá chamado Lenkarda. Não é longe da minha casa – que é sua casa agora também.

— E meu gato? — Havia milhões de outras perguntas que Emily provavelmente deveria perguntar primeiro, mas a preocupação com George foi a mais importante na sua mente.

— Vamos passar lá para pegá-lo — Disse Zaron sem indício de surpresa ou hesitação, e ela soube que ele devia estar preparado para aquilo.

Sua intuição havia sido correta: ele não a estava deixando ir.

— E meu apartamento? — Perguntou Emily, a pergunta lógica finalmente chegando a ela. A adrenalina do seu resgate estava se dissipando, e ela estava começando a sentir-se sobrecarregada novamente. — E minhas coisas? Viverei com o que se...

— Emily. — Zaron virou-se na placa para encará-la. Segurando a mão dela nas suas palmas enormes, ele disse calmamente: — Você não precisa se preocupar com nada, anjo. Cuidarei de tudo.

Emily olhou para ele, sua cabeça rodando. Ninguém tinha tomado conta de nada para ela desde a morte dos seus pais. — Mas...

— Shhh — Murmurou ele, levantando sua mão para tocar a bochecha dela, e ela viu que a possessão no olhar dele tinha um traço de ternura, a avidez temperada com algo leve e quente. — Você não tem que ter medo, anjo. Você não está mais só.

Ela inalou, seus olhos pinicando com lágrimas repentinas. — Zaron...

— Conversaremos mais em casa — Disse ele, e ela

assentiu, por demais sobrepujada com emoção para argumentar.

Com um empurrão leve e sem som, a cápsula decolou, subindo no ar. Emily segurou a respiração enquanto eles zuniam pelo céu de Nova York, cobrindo a distância de Queens para Manhattan em menos de um minuto. Com uma aceleração tão rápida, deveria ter dado um tranco nela, mas ela não sentiu nenhum desconforto pela velocidade. A viagem era tão suave e fácil como se eles estivessem voando a dez quilômetros por hora.

Eles aterrissaram no teto do apartamento dela, e Zaron saiu da cápsula tão logo a abertura da parede apareceu. — Fique aqui. Volto já — Disse ele, e antes que Emily pudesse objetar, ele desapareceu atrás da chaminé.

Emily saiu da cápsula e começou a segui-lo, mas antes de poder dar mais do que doze passos, Zaron já estava de volta, carregando George com os olhos arregalados nos seus braços. Ao vê-la, o gato deu um miado, e Emily pegou-o de Zaron, rindo quando o gato batia nela com a pata para expressar sua indignação por ter sido pego por um homem estranho.

— E sua caixa de areia? — Perguntou ela, olhando para Zaron, quando George deitou nos braços dela e começou a ronronar. — E sua comida e brinquedos e...

— Providenciarei tudo que seu animal precisa — Disse Zaron, colocando sua mão na parte de baixo das costas dela guiando-a de volta à cápsula. — Devemos ir agora. Acho que suas autoridades aéreas nos localizaram.

Certamente, Emily podia ouvir o ruído distante de helicópteros e barulhos de sirenes. Teriam os agentes na instalação no Queens avisado do ataque? Seria aquilo considerado uma violação do tratado? Emily queria perguntar, mas Zaron já estava levando-a para dentro da cápsula e fechando a entrada. Ela quase não teve tempo de sentar-se na prancha com George seguro no seu colo quando a cápsula levantou voo, rapidamente subindo bem acima da cidade.

As nuvens abaixo se transformaram num borrão, e George miou, forçando sua pata em Emily em desespero. Ela o acariciou levemente, sabendo o quão espantoso tudo aquilo deveria parecer para um gato que nunca saiu de Manhattan. Mesmo para ela, voar numa bolha de vidro a esta velocidade insana era totalmente surreal.

— Quanto tempo até chegarmos lá? — Perguntou ela, e os lábios de Zaron curvaram-se pelo entretenimento.

— Chegamos — Disse ele, e ela viu que a cápsula já estava descendo nas copas verdes das árvores da floresta tropical, tendo coberto a distância de Nova York para Costa Rica em poucos minutos.

Eles aterrissaram numa clareira perto duma pequena montanha dentro da qual estava a casa de Zaron. Para Emily, parecia estranho chegar em casa. Ela tinha passado menos de três semanas lá, mas o ar fresco e úmido da vegetação luxuriante chamou a atenção dela, fazendo-a sentir-se viva e completa num jeito em que as ruas apinhadas de Nova York nunca conseguiram.

Saindo da cápsula, ela segurou George no seu peito e seguiu Zaron para dentro da caverna escondida que ele havia transformado em sua casa.

Dentro, tudo estava como ela tinha deixado, desde a mobília flutuante até as paredes limpas cor de marfim. A abertura da parede fechou-se atrás de Zaron, selando-os dentro da casa, e Emily abaixou-se para colocar George no chão. O gato pareceu confuso por um momento, mas, então, seu instinto sem medo começou a agir, e ele saiu para explorar sua nova casa.

Levantando-se, Emily olhou para Zaron, seu pulso acelerando em excitação. O olhar de Zaron estava encoberto enquanto a observava, suas belas feições tensas e duras.

Era isso. Eles não tinham nenhum lugar para fugir, nenhum outro lugar que precisassem de ir.

Eram apenas eles dois e a tensão fervente no ar, a atração mútua tão grande que Emily podia sentir como uma corrente elétrica na sua pele.

— Zaron... — Ela não soube se foi até ele, ou se ele moveu-se primeiro, mas não importava, porque de alguma forma ela estava nos braços dele, a boca dele devorando a dela com uma avidez brutal enquanto suas mãos percorriam o corpo dela. O gosto dele, seu odor, seu toque – era tudo que ela sempre sonhou naquelas sete semanas passadas e mais, a realidade mais forte e intensa que suas lembranças. A língua dele presa entre os lábios dela, cobrindo a boca de Emily com paixão irrestrita, e ela sentiu a ereção dele quando a levantou contra ele, abrindo as coxas dela para esfregar sua pélvis contra o sexo pulsante dele. O jeans dele e a calça yoga dela estavam entre eles, mas eles poderiam estar nus também. Emily sentiu-se em chamas, cada esfregar da cintura dele enviando dardos de prazer borbulhante pelo corpo dela. Os mamilos eretos dela doíam no sutiã, e seus clitóris estavam inchados e sensíveis, a calcinha dela molhada e pulsando pelo desejo.

Gemendo na boca de Zaron, Emily agarrou punhados de seu cabelo espesso e sedoso e tentou chegar mais perto, precisando mais dele. À distância, ela registrou alguns sons de rasgos; então, ambas as camisas estavam no piso, e os seios nus dela estavam pressionados contra o peito dele, o alívio do contato pele a pele quase orgasmático. Eles ainda vestiam as calças no entanto, e Emily não conseguia aguentar aquilo. Qualquer barreira entre eles era demasiada. Como se percebesse aquilo, Zaron a colocou no chão, deixando-a deslizar pelo seu musculoso corpo, e logo depois, ela estava com suas calças de yoga e calcinha nos calcanhares.

Ela chutou os sapatos e pisou nas calças, e Zaron virou-a e a colocou de quatro no piso. Ela ouviu o deslizar do zíper dele e, então, ele estava atrás dela e sobre ela, um braço musculoso passando sobre os quadris para mantê-la parada enquanto a outra mão segurava os cabelos. A pegada dele era forte e possessiva, sua respiração áspera e pesada no pescoço dela, e seus músculos pressionados com desconforto instintivo quando ela sentiu a cabeça lisa e grande do pau dele espetando as dobras dela. Ele era bem maior do que ela, bem mais forte. Mesmo se fosse humano, ela estaria indefesa no seu abraço.

— Você é minha — Roçou ele na orelha dela, fazendo-a tremer. — Essa buceta rosada é minha. Você é toda minha. Vou fodê-la até que esqueça o que é não me ter dentro de você, anjo... até que nunca, jamais queira ir embora novamente.

Sua promessa gráfica tanto assustou quanto emocionou Emily, mas antes que ela pudesse responder, ele entrou nela, seu pau grosso enfiando num impulso forte. O ar soprou dos pulmões dela, sua pele delicada interna tremendo em choque pela entrada dele. Ela estava molhada, mas, mesmo assim, sentiu-se esticada e sobrepujada, seu corpo não estava mais acostumado ao tamanho dele. E o calor dentro dela permaneceu, o prazer combatendo o desconforto da invasão crua dele.

— Zaron, por favor... — Ela não sabia o que estava implorando, mas ele parecia saber, porque seu braço sob os quadris dela foi trocado e seus dedos pousaram no sexo dela, abrindo suas dobras escorregadias para encontrar o clitóris dolorido. Sem erro, ele localizou a parte mais sensível, e o desconforto de Emily sumiu, sua respiração se acelerou e sua espinha arqueou quando ele começou a empurrar num ritmo constante, cada estocada poderosa do seu pau empurrando seu clitóris contra aqueles dedos espertos.

— Minha — Respirou ele, seus dentes raspando na pele sensível do pescoço dela, e a tensão dentro de Emily se tornou num rolo incrivelmente apertado, o calor transformando-se em proporções incendiárias. Por um momento, ela não conseguia respirar, não conseguia ver, e, então, o orgasmo explodiu nela, o prazer sombrio e incandescente, esmagando com sua intensidade. Aquilo parecia continuar para sempre, o contínuo movimento do pau de Zaron intensificando e prolongando a sensação. O suor escorrendo pelas costas de Emily, e os dedos dela curvados quando Zaron continuou a fodê-la com o clímax, e exatamente quando o êxtase agonizante começou a diminuir, os dedos dele apertaram seu clitóris pulsante e a enviou direto para sua segunda liberação.

As ondas de prazer eram tão sobrepujantes que Emily foi pega de surpresa quando Zaron enfiou fundo com seu gemido selvagem, e ela sentiu seu pau engrossar e gozar dentro dela. Os movimentos ritmados dele enviando choques secundários pelo seu corpo, e ela gemeu, seus músculos internos apertando quando a semente dele a encheu com vários jatos quentes.

Exausta, ela tentou afundar no chão, mas Zaron não a deixou. Pegando-a, ele a carregou para o chuveiro e lavou todas as partes do seu corpo, seu toque prazerosamente macio na carne sensível dela.

~

LIMPA E USANDO UM VESTIDO COR DE ROSA QUE ZARON tinha lhe dado, Emily só tinha energia o bastante para ficar sentada ereta à mesa flutuante da cozinha enquanto Zaron ordenava sua casa para preparar a refeição para ela. Levou apenas dois minutos para a comida chegar, e ela caiu dentro daquilo na hora que chegou, tão esfomeada como se não comesse há semanas.

— Como você sabia que eu estava faminta? — Perguntou ela depois de devorar quase toda a salada e um tigela grande de um tipo de ensopado delicioso. Era uma pergunta trivial, mas ela não conseguia fazer perguntas mais importantes, como por que Zaron tinha vindo até ela e o que ele desejava. A comida a tinha energizado, mas seu corpo ainda lutava com a possessão dele, e suas bochechas esquentaram quando George pulou no colo dela e cheirou-lhe a virilha e deu um miado alto. Emily achou que o gato conseguia farejar Zaron nela, e não tinha certeza se gostava daquilo.

— Seu estômago estava roncando mais cedo — Respondeu Zaron, olhando as artimanhas de George da mesa. Como ela, ele estava vestindo roupas leves – jeans e um camiseta branca – e parecia espantosamente sexy sentado ali, seus olhos fixos nela com intensidade possessiva. — Eles não te deram nenhuma comida, deram?

— Deram-me alguma hoje de manhã, mas eu vomitei — Admitiu Emily. — As drogas que me deram me enjoaram.

As mandíbulas de Zaron se apertaram. — Você não deveria ter me impedido de matá-los.

A pulsação de Emily aumentou e ela se abaixou para colocar George no chão. — Zaron... — Ela se ajeitou para encará-lo. — O que exatamente é seu povo?

— O que você quer dizer? — Franziu ele.

— Vocês são... — Ela quase não conseguia falar aquilo. — Vocês são algum tipo de vampiros?

— O que a faz perguntar isso?

— Eu ouvi você e Ellet conversando — Disse Emily, empurrando seu prato. — e, então... — Ela mordeu o lábio. — Bem, estou quase certa de que o que você fez comigo na noite anterior de eu sair não foi sexo normal.

— Você sabia e, ainda assim, quis que eu fizesse aquilo?

— O que exatamente é 'aquilo'? — Emily perguntou frustrada. — Estou certa sobre o negócio de beber sangue?

Zaron cruzou os braços e se recostou. — Sim... e não. — Seus olhos brilhando como gemas negras. — O sangue humano contém uma hemoglobina que tempos atrás precisávamos para sobreviver, mas alteramos nossa matriz genética de maneira que não precisamos mais dela – biologicamente, pelo menos. Uma fome psicológica por ela permanece, contudo, e na ausência da necessidade biológica, ficamos tipo, viciados com ela – um prazer que é quase de natureza sexual.

A boca de Emily ficou seca. — Você... você fica 'doidão' com meu sangue?

— Sim... mas apenas se beber durante o sexo. Então, não se preocupe, anjo. Não te morderei aleatoriamente – apesar de que se fizer, tenho certeza de que você achará prazeroso. Nossa saliva tem um efeito de droga nas nossas prezas, que é o motivo de você ter gostado quando tomei seu sangue nas duas vezes.

Nossas prezas. Um calafrio desceu até a espinha de Emily, e ela teve que se esforçar para não recuar. Uma coisa era ter suspeitas, mas ver Zaron confirmar aquilo de forma tão natural...

— Eu não entendo — Disse ela, sua cabeça à mil. — Como pode o sangue humano conter uma hemoglobina que sua espécie precisa? Teríamos que ter evoluído lado a lado com vocês, mas você disse que os Krinars são muito mais antigos que nossa espécie. A não ser... — Ela inalou fortemente. — A não ser que vocês tivessem uma espécie comparável aos humanos no seu planeta, e vocês manipularam nosso DNA para que fôssemos como eles?

— Muito bom — Disse Zaron aprovando. — Você daria uma excelente bióloga. Sim, está totalmente certa. Em Krina, havia uma espécie parecida com um primata chamado Ionar que meus ancestrais costumavam caçar. Seu sangue continha a hemoglobina que precisávamos. Infelizmente, elas eram criaturas fracas e frágeis, com taxas de natalidade baixas e vida curta, e quando uma praga quase os dizimou, concluímos que precisávamos de uma alternativa. Como se viu, paramos de precisar deles; no tempo que os primatas da Terra haviam evoluído o bastante para ter a hemoglobina, já tínhamos desenvolvido um sangue sintético substituto e também alterado nossos genes para nos livrarmos da dependência dele.

— Então, por que vocês continuaram a manipular nossa evolução? — Perguntou Emily, confusa. — Vocês fizeram isso, certo? Porque de que outra forma poderiam os humanos se parecerem tanto com vocês?

Zaron assentiu. — Sim, você está certa. Uma vez que não precisávamos mais do sangue de vocês, o propósito dos nossos experimentos mudou. Nossos cientistas decidiram ver se podiam criar uma espécie parecida com os Krinars por fazer alterações ao longo da evolução de uma das espécies de primatas na Terra.

— A espécie que se tornou o *Homo sapiens* da atualidade?

— Sim, precisamente. — Ele parecia satisfeito que Emily entendera, e ela imaginava se aquilo significava que ele estava surpreso com a inteligência dela. Então, um pensamento horrível lhe ocorreu.

E se Zaron a visse como um macaco descomunalmente inteligente ou algum tipo de experimento genético?

Seus pulmões ficaram apertados, o estômago embolado num momento de desespero, mas, daí, ela se lembrou de que Zaron havia confidenciado a ela sobre sua parceira, como ele não desejava que Emily partisse, mas tinha respeitado seu desejo apesar de tudo.

Não. Ela começou a respirar novamente. Aquela preocupação específica era sem fundamento. Apesar de como os Krinars viam sua espécie, Zaron não olhava

Emily como um animal de laboratório – disso ela estava certa.

Como se sentisse a direção dos pensamentos dela, Zaron inclinou-se e pegou sua mão. — Emily... Preste atenção, anjo. — A voz dele era mansa, mas não havia dúvida na intensidade do seu olhar. — Eu sei que o que sou – o que meu povo é – ainda é novo para você, e que às vezes deve parecer assustador. Mas você não tem nada a temer, acredite em mim. Tomarei conta de você. Te darei qualquer coisa que precise, e farei tudo que puder para me certificar que você seja feliz e esteja em segurança. — Seus olhos brilharam perigosamente quando acrescentou: — Ninguém jamais te machucará novamente.

Emily inspirou insegura. — Zaron... — Havia um bolo crescendo na sua garganta. — Por que você voltou para mim?

— Porque você é minha — Disse ele, sua mão apertando os dedos dela. — Porque você se tornou minha no momento que a vi caída nas pedras, quebrada, mas ainda apegando-se à vida com toda sua força. Eu não sabia naquela hora, mas quando a salvei – quando te dei sua vida de volta – você devolveu a minha, Emily.

O bolo na sua garganta expandiu-se, e seus olhos começaram a queimar quando Zaron se levantou e rodeou a mesa flutuante, usando o aperto na mão de Emily para puxá-la e trazê-la para ele. Olhando para ela, ele pegou ambas as mãos nas dele, colocando-as no seu peito, e a mais pura vulnerabilidade das feições dele penetraram até o âmago dela.

— Depois de perder Larita, eu vivia na escuridão — Disse ele calmamente. — Eu vivia num mundo tão sombrio e cinzento que exigia toda a força que tinha para me levantar pela manhã. Havia dias que não achava que conseguiria e noites... — Sua garganta poderosa se moveu ao engolir. — Que *desejava* não conseguir.

— Oh, Zaron. — Emily sentia como se seu peito tivesse sido rasgado. — Eu sinto tanto, tanto...

— Não, não sinta. — Ele apertou levemente as mãos dela, seus dedos fortes e quentes nas palmas dela. — Você não entende, anjo. Não estou te falando isso para pedir sua pena. Só quero que você entenda.

— Entenda o quê? — Emily sussurrou, piscando para limpar o véu de lágrimas nos seus olhos. Seu coração batendo num ritmo, o brilho quente no seu olhar fazendo sua respiração tremer na garganta.

— Entenda porque eu te amo — Disse ele. — Porque te quero comigo todos os dias pelo resto da minha vida. Você me trouxe o que eu achava que nunca teria novamente, e não posso me arriscar perder isso, Emily. Não aguento perder *você*. Te deixei ir antes porque tinha te prometido, mas não posso fazer isso novamente. Eu preciso de você, anjo. Preciso de você comigo para sempre.

— Você... — A voz de Emily interrompeu, lágrimas descendo por suas bochechas. — Você me tem, Zaron. Estou aqui. Eu te amo, e sou sua pelo tempo que você me quiser. Desculpe-me. Desculpe-me por ter te deixado antes. Achei que tinha – disse a mim mesma que era a coisa racional a se fazer – mas aquilo era apenas o medo falando o tempo todo. Eu não queria que você me abandonasse, então, eu parti primeiro...

— E eu não te impedi porque *eu* estava com medo — Disse Zaron, apertando as mãos dela mais forte. — Eu estava com medo de perdê-la como perdi Larita, então, eu não tentei explicar, fazê-la entender o que poderia te dar. — Sua boca se torceu amargamente ao soltar as mãos dela, e soltou os braços ao lado do corpo. — Eu deveria ter mandado para o inferno o mandado e ter te falado a verdade, em vez disso, como um covarde, eu fiquei em silêncio e deixei você sair da minha vida.

— Sobre o que você está falando? — Sussurrou Emily, piscando confusa. Ela se sentia desolada sem o toque dele, tão perdida e abandonada como uma criança. — Você realmente me pediu para ficar. O que o mandado tem a ver com qualquer coisa?

— Não tem... realmente não. — A autorrecriminação apertou a voz dele. — Era uma desculpa o tempo todo. Achei que não pudesse te falar tudo porque se você se recusasse a ficar comigo, eu teria infringido o mandado. Mas aquilo era apenas meu medo falando, nada mais. — Ele inspirou. — Desculpe-me, anjo. A verdade é, eu te deixei ir porque eu me apaixonei por você, e eu não conseguia encarar o pensamento de que poderia te perder algum dia... que algum acidente esquisito poderia exigir sua vida quando eu estivesse menos preparado.

— Oh, Zaron... — Emily não aguentava ouvir mais. Chegando-se para perto dele, ela pegou as mãos grandes nas dela e as levou para seus seios, repetindo o gesto dele momentos antes. As lágrimas a estavam sufocando novamente, a doce felicidade amarga da confissão dele fazendo sua garganta pulsar. — Você *irá* me perder; é inevitável — Disse ela roucamente. — Mas isso não significa que não possamos ficar juntos até lá... não significa que não possamos amar um ao outro até lá. Mesmo alguns anos é melhor do que...

— Não, anjo. — Para surpresa de Emily, os lados dos lábios de Zaron se levantaram num sorriso fraco. — Você ainda não entende. — Retirando gentilmente suas mãos da pegada dela, ele segurou os ombros dela, o toque dele terno e possessivo. — Não são alguns anos, entende – não enquanto você for totalmente minha.

— O quê? — Emily olhou para ele. Com certeza ele não poderia estar querendo dizer...

— Há outro tipo de nanócitos – um muito mais avançado e complexo do que usei para te curar — Disse Zaron, seus olhos brilhando. — Esses nanócitos são projetados para reparação celular e danos no DNA pelo tempo que estiverem dentro do corpo humano vivo.

Emily abriu sua boca, então, fechou. Abanando a cabeça, ela deu um passo atrás, movendo seus braços num círculo para separar a pegada de Zaron dos seus ombros. — Reparar danos no DNA? Você... — Ela quase não podia falar. — Você está falando sobre imortalidade biológica.

— Sim. — Ele foi para ela e pegou seu pulso, parando-a de ir para trás. — Então, você vê, anjo, não tem que ser alguns anos – não se você for minha caerle.

— Sua o quê? — A cabeça de Emily rodopiando.

— Caerle — Disse ele. — É como chamamos os humanos que trazemos completamente para a nossa sociedade. O rótulo é irrelevante, mesmo assim. O que importa é o que isso pode te conceder: acesso a esses nanócitos e uma vida livre das assolações de doença e envelhecimento – uma vida que pode ir por milênios ou mais ainda ao meu lado.

— Oh meu Deus, Zaron...— O que ele estava falando para ela era totalmente inacreditável, mas se fosse verdade... — Seu povo pode nos dar imortalidade?

Ele balançou a cabeça. — A todos vocês não. Apenas para aqueles que declaramos como nossa caerle – como estou te declarando.

— Mas se você tem essa tecnologia...

— Emily. — Ele largou o pulso dela para moldar seu rosto com as palmas dele. Olhando para ela, ele limpou as lágrimas de suas bochechas com seu polegar, e disse calmamente: — Ouça-me, anjo. Eu entendo como deve parecer para você, mas não há nada que eu possa fazer para a raça humana como um todo. Isso é com o Conselho e os Anciãos. Talvez um dia eles compartilhem essa tecnologia com sua espécie, mas até lá, só podemos dar esses nanócitos para nossa caerle. *Eu* posso apenas dá-los para você.

Olhando para ele, Emily envolveu seus dedos nos pulsos dele. Os ossos dele eram grossos e robustos, tão forte como o próprio homem. Ela não sabia o que pensar, como processar o que ele estava falando. Deveria estar felizmente egoísta que Zaron iria dar-lhe tal incrível presente, ou horrorizada de que os Krinars estavam retendo aquilo do resto da população terrena? Quantas vidas poderiam ser salvas com a tecnologia Krinar? Quanto sofrimento evitado? O coração dela doía ao imaginar todo sofrimento e morte em volta do globo, sabendo que não seria um deles.

Ela nunca mais seria um deles porque ela pertenceria a Zaron.

Em vez dos poucos anos que imaginou que ficariam juntos, eles teriam a eternidade.

— Não chore, anjo — Sussurrou ele, e Emily viu que as lágrimas estavam escorrendo no rosto dela novamente, suas mãos tremendo enquanto segurava o pulso dele. Abaixando sua cabeça, ele beijou as lágrimas das bochechas dela, mas elas apenas continuavam caindo, o dilúvio de emoção impossível de conter. Sua alegria misturada com culpa, felicidade manchada com o conhecimento que seria uma das poucas privilegiadas, que seus amigos envelheceriam e morreriam enquanto ela permaneceria sem mudar com o homem que amava.

Ela tentou parar de chorar, virar seu rosto contra os beijos lançados por Zaron, mas os lábios dele capturavam os dela, e o calor sombrio que queimava entre eles se renovava, enfraquecendo os joelhos dela e encobrindo seus pensamentos. Um gemido vibrou na sua garganta, a língua dele invadindo a boca de Emily enquanto ele a empurrava contra a parede, uma das mãos segurando os pulsos dela acima da cabeça enquanto a outra brigava com o zíper do seu jeans, liberando seu pau ereto. Ainda beijando-a, ele liberou os pulsos dela e abaixou suas mãos para segurar suas coxas e levantá-la do chão. Oprimida, Emily agarrou-se nos ombros dele. Ela não estava usando calcinha, e a cabeça dura do seu pau pressionou contra seu sexo nu, enfiando o calor pulsante dentro dela.

— Zaron — Gemeu ela, jogando sua cabeça para trás, enquanto os lábios dele vagavam por suas mandíbulas, deixando um rastro quente e molhado na sua pele, e, então, ela sentiu: a mordida afiada e ávida dos seus dentes na delicada pele do seu pescoço.

— Minha — Falou ele asperamente, sua boca grudada na ferida, e o mundo dela rodopiou, consumido pelo êxtase em fogo vivo que encobriu ambos.

CAPÍTULO TRINTA E NOVE

APENAS NA MANHÃ SEGUINTE, QUANDO EMILY ACORDOU perto de Zaron, que teve a chance de processar tudo.

Ele estava deitado ao lado dela olhando-a quando ela abriu os olhos, e o calor possessivo do olhar dele a encheu com uma mistura confusa de felicidade e desconforto.

Ela pertencia a Zaron agora. Ele não tinha falado aquilo explicitamente, mas ela sabia que mesmo se implorasse, ele não a deixaria ir novamente, e não era apenas porque ele tinha quebrado o mandado por dizê-la sobre a total capacidade da tecnologia médica Krinar.

Ele iria mantê-la porque ele precisava dela – e porque ele sabia que ela precisava dele.

— Bom dia, anjo — Murmurou ele, retirando um pouco de cabelo do rosto dela, e a pele de Emily esquentou quando se lembrou o que tinha acontecido na véspera. Ele tinha tomado seu sangue novamente, e o sexo que se seguiu tinha sido de outro mundo. Ela se lembrava mais daquilo do que depois das duas vezes anteriores – talvez porque seu corpo estava ficando acostumado para o que quer que sua saliva fizesse com ela – e a lembrança enviou uma quantidade de líquido quente para seu sexo. Zaron esteve insaciável, tomando-a em cada posição possível, e ela gostou daquilo tudo, seu corpo querendo todas as coisas sujas e depravadas que ele fizera com ela.

— Você está com fome? — Perguntou ele, e Emily assentiu, retirando a imagem gráfica da sua mente.

— Volto já — Disse ela pulando da cama, ignorando o jeito faminto que os olhos dele a seguiam ao ir nua para o banheiro.

Quando ela voltou alguns minutos depois, viu Zaron vestido com uma roupa incomum: camisa sem mangas marfim e bermudas largas brancas. A simplicidade da roupa acentuava seu porte poderoso, o material de aparência macia decorando seus músculos de formas a fazer a boca de Emily salivar. Ele estava surpreendentemente belo, a cor clara da sua roupa acentuava a cor profundamente bronzeada da sua pele, e Emily inspirou quando ele foi em direção a ela, sua boca se curvou num sorriso sensual.

— Estou usando roupa Krinar — Explicou ele enquanto ela continuava a olhá-lo. — Aqui, fiz algumas para você também.

Ele deu a ela um vestido claro pêssego com mangas finas e costas nuas. Emily se vestiu, maravilhando-se do jeito tão bom que ficou nela. O material levíssimo parecendo lã era similar aos vestidos que ele a tinha dado antes, mas com estilos diferentes. O corpete do vestido tanto tapava como revelava, enfatizando o contorno dos seus seios sem mostrar seus mamilos, e a saia flutuava belamente em volta das suas pernas, parando cinco centímetros acima dos joelhos.

— É lindo — Disse ela quando Zaron deu um comando em Krinar e uma das paredes se transformou em espelho, mostrando o reflexo de Emily. — Obrigada.

— De nada. — Ele chegou-se por trás, colocando suas mãos nos ombros dela, e um tremor desceu à sua espinha quando sentiu o calor das mãos dele na sua pele nua. O reflexo no espelho acentuava suas diferenças. Em pé atrás dela, Zaron era um cabeça inteira mais alto e descomprometidamente macho, seus ombros grossamente musculosos eram duas vezes mais largos do que a forma esguia dela. Apesar de Emily nunca ter se considerado pequena, ela parecia menor perto dele, sua pele pálida e cabelos loiros fazendo a cor escura dele parecer até mais exótica.

Pela primeira vez, ocorreu a ela que seria uma estrangeira entre o povo de Zaron. Não, não uma estrangeira – uma alienígena, um membro de uma espécie totalmente diferente.

Seu estômago se apertou com ansiedade, Emily se virou e olhou seu amado. — Zaron... — Sua voz insegura. — Onde você pretende que vivamos?

— Pelo próximo ano, aqui, perto de Lenkarda — Disse ele, sorrindo para ela. —, depois, quando eu não for mais necessário para supervisionar o processo de assentamento, poderemos decidir nosso próximo lar juntos. Podemos escolher ficar aqui ou em Krina. Ou podemos morar numas das suas cidades se você quiser, apesar que eu preferiria muito mais as duas primeiras opções.

— Você viria para Nova York comigo? — Perguntou Emily, surpresa. Dada a atitude do público em geral de medo e hostilidade contra os Ks, a ideia de Zaron se juntar a ela em Manhattan nunca tinha passado por sua mente.

— Se as coisas se acalmarem, sim. De outra forma, isso não seria seguro para você.

— Para mim? — Emily franziu. — Eu não acho que aqueles agentes ousariam vir atrás de mim novamente. Eu estava preocupada com você, com toda a revolta nas ruas e...

— Oh, posso cuidar de mim — Disse ele, abanando a mão desdenhosamente. — E não, eu não acho que seu governo vai se meter contigo novamente, mas isso não significa que algum tipo de grupo de resistência humano tolo não vá.

— Oh. — Ela não tinha considerado esse aspecto da situação, mas Zaron estava certo. Se alguém descobrisse sobre a relação de Emily com Zaron, ela se tornaria um alvo para os que odiavam os Ks. Eles a rotulariam de traidora – e não estariam necessariamente errados, pensou ela com uma pontada de culpa.

Ela *estava* dormindo com o inimigo – um inimigo

que estava planejando dar a ela um presente inimaginável como resultado.

— Não se preocupe — Disse Zaron, fazendo uma leitura errada do desânimo nas feições dela. Levantando a mão, ele tocou gentilmente sua bochecha. —, ninguém vai te machucar, anjo. Eu prometo.

— Eu sei. — Emily cobriu a mão dele com a dela, pressionando a palma dele contra sua bochecha. O calor encheu o peito dela com o amor irrestrito que brilhava no olhar dele. — Eu sei disso, Zaron.

O sorriso dele reapareceu, mais brilhante do que ela jamais tinha visto. — Bom. Agora, vamos comer – e achar seu gato.

Eles acharam George relaxando num dos sofás flutuantes na sala de estar. Ele parecia bem contente deitado, e quando Emily perguntou a Zaron sobre comida de gato, ele disse que tinha dado ordens à sua casa para se certificar de que o felino fosse alimentado regularmente e provido da condição de banheiro apropriada.

— Que tipo de condição de banheiro? — Perguntou Emily, divertindo-se, e Zaron explicou que a casa tinha criado um cantinho especial onde o gato poderia fazer suas necessidades. Emily insistiu em ver o lugar, então, Zaron a levou para um cômodo que ela nunca tinha estado – um com o piso feito todo de areia.

— Zaron, isso é enorme — Disse ela, olhando em volta espantada. — Sua casa construiu isso apenas para George?

Zaron assentiu. — Eu quero que George esteja feliz aqui também — Disse ele da forma mais séria e se abaixou para pegar o gato, que os tinha seguido para o banheiro. — Hoje, mais tarde, vou levá-lo para caçar ratos e pássaros. Sua espécie precisa disso.

A boca de Emily se abriu. — Você vai levar meu gato para caçar? Na selva?

— Sim, mas não se preocupe. — Zaron segurou George no peito, ignorando as tentativas do gato de pular do seu braço. — Sou rápido o bastante para me assegurar que ele não escapará ou se machucará de algum modo. Sei que seu gato é uma criatura domesticada.

E foi assim. Enquanto tomavam café, Zaron mantinha George no seu colo, deixando que o gato se acostumasse a ele, e depois de alguns miados altos e uma tentativa frustrada de arranhar, o gato se acalmou, deixando Zaron acariciar seu pelo e coçar atrás das suas orelhas. Quando terminaram a refeição, George era só ronronar.

Parecia que até gatos não eram imunes às ternuras forçadas do seu amante.

Depois de comer, eles saíram para um passeio – sem o gato, como Emily definitivamente *não* era rápida o bastante para acompanhá-lo se ele fugisse – ela pensou noutro problema naquela manhã.

— Zaron... Posso falar aos meus amigos onde estou

e com quem estou? — Perguntou ela ao passarem sob uma árvore guanacaste a caminho para o lago. — Amber pode ficar preocupada quando não conseguir me contatar, e os outros provavelmente ficarão intrigados com minha ausência depois de certo tempo.

Zaron olhou para ela. — Você pode falar-lhes que está comigo na Costa Rica. Mas terá que ficar calada sobre os nanócitos e de quase tudo que vir e aprender daqui para frente.

Emily engoliu. — Entendo. — Sua vida mudaria drasticamente em relação a dos seus amigos; já estava acontecendo, de fato. Graças a Zaron, ela tinha sobrevivido à queda da ponte, mas sua velha vida tinha terminado naquelas pedras. Mesmo antes de ele retornar para ela, ela tinha estado diferente, alterada irreversivelmente pela experiência de ter encontrado e se apaixonado por um homem tão extraordinário que ela nem podia imaginar que existisse.

Não é de se admirar que ela se sentisse como um zumbi durante aquelas sete semanas em Nova York. Ela estava tentando ressuscitar a velha Emily em vez de aceitar a pessoa que tinha se tornado.

Eles andaram num silêncio amigável até que chegaram ao lago. Estava quente e úmido, e quando chegaram à água clara, ambos mergulharam felizes, nadando por mais de uma hora até que Emily se cansou.

— Ficarei mais forte quando tiver os nanócitos? — Perguntou ela, se segurando nos ombros de Zaron enquanto ele nadava para a beirada, rebocando-a nas suas costas do meio do lago sem nenhum sinal de cansaço. — Serei capaz de te acompanhar nesta e outras atividades?

— Não, receio que não — Disse ele, parando e colocando-a à frente dele. Suas pernas fortes cruzadas sob a água para manter os dois boiando. — Você não vai envelhecer ou ficar doente, mas ainda será humana, com tudo que isso significa. Mas, como os nanócitos curarão rapidamente todo o dano infringido às suas células, não importa quão pequeno, você se recuperará mais rápido dos exercícios intensos e terá mais resistência. Então, se você se exercitar bastante, pode ficar mais forte e em forma do que quaisquer dos seus atletas de ponta num tempo bem menor.

— Oh, uau. — Apenas pensar naquilo fez o coração de Emily bater mais rápido excitada. — Mal posso esperar.

— Você não vai ter que esperar por muito tempo. — Disse Zaron, um sorriso caloroso aparecendo nos seus lábios. — Terá os nanócitos esta noite.

E a puxou para ele, e beijou-a com tal paixão que ela se surpreendeu de a água não ferver em volta deles.

CAPÍTULO QUARENTA

— Você está pronta? — Perguntou Zaron, segurando a mão de Emily. Ele podia ver o medo nos olhos dela, mas ela levantou seu queixo e sorriu largamente.

— Sim, claro.

— Bom. — Zaron deu um aperto tranquilizador na mão dela, então, se virou para encarar Ellet. — Está tudo pronto?

A especialista em biologia humana assentiu. — Já fiz todas as simulações, e está tudo pronto para começar. Emily, vou anestesiá-la agora, ok?

— Ok. — O sorriso de Emily diminuiu um pouco, sua mão tensa na pegada de Zaron. — Será bem rápido, certo?

— Sim, não se preocupe. — Ellet se aproximou dela com um pequeno aparelho parecido com um jansha. — Será como um sonho.

— Ok, então, vai — Disse Emily, e Ellet pressionou

o dispositivo contra o pescoço dela. Instantaneamente a mão de Emily ficou mole na pegada de Zaron, seus olhos fechando enquanto caía num sono drogado.

— Tudo está normal — Disse Ellet, mudando o aparelho com aparência de jansha para uma ferramenta de dispersão de nanócitos mais sofisticada, e Zaron concluiu que devia haver preocupação nas suas feições. Ele sabia que o procedimento era seguro – tinha sido feito em humanos por milhares de anos – mas ainda o fazia ficar desconfortável ver Emily daquele jeito: inconsciente e totalmente vulnerável.

Aquilo o lembrava de como ela tinha estado naqueles primeiros dois dias na sua casa, ao se curar da queda.

Claro, esta não era a casa dele. Era o novo laboratório de Ellet em Lenkarda, um local equipado com a última tecnologia médica Krinar. Até os equipamentos mais básicos aqui eram infinitamente mais avançados do que qualquer coisa na casa de Zaron.

Um conhecimento que deveria tê-lo acalmado, mas a ansiedade permanecia, consumindo-o como um parasita. O risco de algo sair errado no processo era o mesmo de o mundo acabar amanhã, mas aquilo não diminuía sua preocupação irracional. Se algo acontecesse com Emily... Não. Ele não podia pensar daquele jeito.

Ele não podia deixar o medo ditar o curso da relação entre eles novamente.

— Você a ama, não ama? — Perguntou Ellet

enquanto o procedimento continuava, e Zaron desviou o olhar de Emily tempo o bastante para olhar para a mulher Krinar e assentir conscientemente.

— Claro que amo — Disse ele, sua voz incisiva. — Por que mais acha que estou aqui?

Ellet sorriu, seus olhos castanhos esverdeados cheios de encorajamento gentil. — Tudo vai dar certo. Você verá — Disse ela, e ele sabia que ela não estava apenas falando sobre o procedimento.

— Eu sei. — Voltando sua atenção para Emily, Zaron tocou a parte interna da mão dela com seu polegar. — Eu sei disso.

E ele sabia. Perder Emily sempre seria seu maior pesadelo, mas ele nunca mais deixaria aquilo separá-los novamente.

Seu tempo juntos era muito precioso para isso.

As mãos de Emily se mexeram na pegada, retirando Zaron dos seus pensamentos, e ele viu que ela já estava acordando.

— Está tudo bem — Disse Ellet quando ele olhou para ela preocupado. — Os nanócitos estão no lugar e funcionando como pretendido. Aqui, posso te mostrar. — ela pegou uma pequena faca como se pretendesse arranhar Emily para provar que estava certa, mas Zaron pegou o braço dela antes que pudesse se aproximar da pele de Emily.

— Não — Disse ele asperamente. Ele sabia que estava sendo insanamente super-protetor, mas ele não resistiria ao pensamento de Emily se machucar de forma alguma.

Ninguém poderia jamais machucá-la na sua frente.

Ellet ficou assustada, mas se recuperou rapidamente. — Claro, como desejar. — Retirando seu braço da pegada dele, ela colocou a faca de volta na placa flutuante. — Ela não sentiria - ainda está um pouco tonta - mas se você não quer que eu faça isso, não farei.

— Está certa. — Os músculos de Zaron estavam apertados. — Não quero que faça.

— Zaron? — A voz de Emily era suave e sonolenta, mas bateu nele como um raio. Sua atenção instantaneamente retornou para ela, sua mão apertada na palma fina dela.

— Estou aqui, anjo — Disse ele olhando os olhos dela se abrindo. — Como se sente?

— Hum... — Parecendo desorientada, ela tentou sentar-se ereta, e Zaron a ajudou, passando seu braço pelas costas dela. Seu cabelo longo batendo no rosto dele, os cachos macios e longos sedosos e cheirosos, e ele inalou profundamente, absorvendo a fragrância delicada dela antes de virar-se para olhar em seus olhos.

— Não sinto nenhuma diferença — Disse Emily, piscando para ele confusa, e Zaron sorriu, alegria enchendo seu peito.

O procedimento tinha ido bem. Seu anjo ficaria saudável pelos séculos e milênios à frente.

— Não se espera que você se sinta diferente — Disse Ellet enquanto Zaron levantava Emily em seus braços. —, pelo menos não neste exato momento. Com o passar do tempo, você notará algumas melhoras. Não ficará gripada, por exemplo, e se se machucar, se curará mais rápido.

— Obrigado, Ellet — Disse Zaron, se arrependendo por ter sido áspero anteriormente. —, estou realmente grato.

— O prazer foi meu — Disse ela com um sorriso caloroso, e Zaron saiu, segurando Emily aconchegada no seu colo.

GEORGE OS CUMPRIMENTOU COM UM MIADO ALTO quando entraram em casa, e Zaron colocou Emily cuidadosamente de pé, deixando-a andar sozinha. Ela não parecia mais tonta, mas estava um pouco quieta, e ele sabia que ela ainda estava se recuperando dos procedimentos.

Ele a deixou acariciar George por alguns minutos e, então, ele não conseguiu esperar mais.

— Venha — Disse ele, pegando-a pelo braço e levando-a para o quarto.

— Novamente? — Perguntou ela, seus olhos arregalados. — Acabamos de fazer sexo antes do jantar.

— Eu sei — Disse Zaron, retirando o vestido dela. O corpo dele endurecido pela visão das curvas nuas e suaves, mas sexo não era o que ele estava querendo – não naquele momento, pelo menos. Retirando suas próprias roupas, ele a pegou e colocou na cama, deitando-se ao lado dela, envolvendo-a num abraço.

Entendendo o que ele queria, ela se aninhou nele, deitando sua cabeça em seu ombro e colocando sua perna na coxa dele. Os seios eram macios e cheios contra o corpo dele, o corpo dela encaixando no dele como se tivesse sido feita para ele. Ignorando a volúpia açoitando seu corpo, Zaron a segurou com força e deixou-se sentir a perfeição inebriante de simplesmente estar com ela... de amá-la. Felicidade, frágil, mas real, estava ao alcance deles, e ele não estava mais com medo de alcançá-la. A dor de perder Larita nunca acabaria completamente – sua companheira anterior sempre teria um pedaço do seu coração – mas amar Emily tornaria a dor suportável.

Amar Emily faria sua vida valer a pena novamente.

— Te amo, Zaron — Sussurrou ela, levantando a cabeça para fitá-lo, e ele sorriu, sabendo que ela, de alguma forma, sentia a direção dos pensamentos dele.

— Eu também te amo, anjo — Disse mansamente, olhando dentro dos olhos iluminados e claros dela. — Você é minha – agora e pela eternidade.

EPÍLOGO

Dez meses mais tarde

— VOCÊ ESTÁ BEM? — PERGUNTOU ZARON, SEUS OLHOS negros fixos no rosto dela, e Emily assentiu, apesar do seu coração estar pulando na sua garganta. George miou nos seus braços, e ela se abaixou para colocá-lo no chão. O gato rapidamente pulou para uma placa flutuante – sua nova mobília preferida – e começou a lamber sua pata, não demonstrando nenhum nervosismo que Emily estava sentindo.

O último ano havia sido totalmente surreal, mas a aventura em que ela estava embarcando agora excedia suas mais selvagens imaginações. Em menos de dois minutos, a espaçonave Krinar em que estavam deixaria a órbita da Terra, levando Emily, Zaron, George, e centenas de cientistas Krinars para Krina.

Em menos de dois minutos, Emily e seu gato estariam a caminho para sua nova casa numa galáxia diferente.

Zaron tinha conseguido uma sala particular para os

três perto do casco da nave – assim, Emily teria a melhor das vistas, ele explicara. Pelo lado de fora, a nave com aparência de projétil não parecia particularmente futurística, mas por dentro, era como a casa de Zaron com anabolizantes. Tudo era leve e ventilado, cheio de mobília flutuante, plantas de aparência exótica, e tecnologia Krinar inteligente. O melhor de tudo era que as paredes externas eram transparentes pelo lado de dentro possibilitando Emily ver a Terra do ponto vantajoso de um astronauta.

Virando-se, ela olhou a bela bola azul que foi o lugar de nascimento da humanidade. — Você disse que voaremos em velocidade abaixo da luz primeiro, certo? — Disse ela, retirando os olhos da vista maravilhosa e olhando para Zaron. Não iremos direto para o pulo de distorção, certo?

— Certo — Confirmou ele, seus lindos lábios se curvando num sorriso. — Primeiro, passaremos vários dias voando para longe da Terra. Que é para evitar causar distúrbios na distorção espaço-tempo.

— Ok, entendi. Apenas um pulinho na distorção espaço-tempo de nada. Nada de mais — Disse Emily, tentando não soar tão ansiosa quanto se sentia. — É igual sair para passear.

— Será — Prometeu Zaron, colocando um cacho do cabelo atrás da orelha dela. — Você se acostumará com a viagem espacial assim como se acostumou com todo o resto.

As palavras dele – e o olhar caloroso – acalmaram-na um pouco. Zaron estava certo: Emily tinha se acostumado à sua nova vida com ele de forma surpreendentemente fácil. Longe de sentir falta de Nova York e sua carreira de finanças, ela tinha evoluído na Costa Rica. Dentro de meses, ela ficou tão confortável com os aplicativos básicos Krinars quanto estava com a tecnologia humana, e com a ajuda do implante neural de idiomas – que recebeu uma semana após seus nanócitos – Emily havia passado os últimos dez meses aprendendo tudo que podia sobre a ciência e sociedade Krinar.

Seu conhecimento crescera tão rápido que ela estava seriamente considerando seu sonho de infância de ser uma cientista.

Ela havia esperado que Zaron risse quando lhe falasse sobre a ideia, mas ele ficara felicíssimo e imediatamente começou a ensiná-la tudo sobre as diferentes espécies de plantas e animais em Krina. A paixão dele, tão contagiosa, que Emily estava considerando ser uma bióloga como ele.

— Você não tem que decidir agora — Disse Zaron quando ela falou com ele sobre a ideia. —, na verdade, você não tem que decidir. Muitos de nós exploram áreas diferentes, e você também pode. É contigo. Sei que o que quer que escolha, será bem-sucedida.

Era aquele tipo de encorajamento e apoio de Zaron que havia dado a Emily a coragem de se mudar para Krina. Zaron tinha recebido uma nova oportunidade de pesquisa, e ele estava ansioso de se reconciliar com sua família e reparar o abismo entre eles – algo que Emily aprovava totalmente. Ela ficava preocupada por

Zaron ter pais que o amassem e, mesmo assim, ele estava separado deles. Ela o havia encorajado a se reconciliar com eles, apesar de estar preocupada de que pudessem desaprovar sua relação com ele. Mas Zaron tinha falado com eles na realidade virtual no mês anterior, falando-lhes sobre ela, e a dissera depois que ninguém via problema por ela ser humana. Todos estavam ansiosos por conhecê-la, dissera ele, e Emily estava agora excitada por conhecê-los. Mesmo assim, ela estava mais do que um pouco ansiosa de deixar a Terra.

Não ajudou que sua amiga Amber lhe dissesse que ela estava louca.

— Você já está morando ao lado de uma colônia de alienígenas – *com* um alienígena — praguejou ela para Emily quando elas se encontraram pessoalmente em Nova York no mês passado. — E agora você está pensando em ir para Krina? Que merda você vai fazer lá? Você nem fala a língua deles!

Emily não pôde falar com Amber que, graças ao implante de idiomas, ela *sim* falava Krinar, então, ficou quieta e Amber continuou, fazendo todo tipo de previsões assustadoras sobre o destino de Emily em Krina. Emily tinha ouvido os avisos de Amber com grande ceticismo; como a maioria do povo no início do Grande Pânico, Amber temia tanto os Krinars que tinha se recusado a conhecer Zaron. Infelizmente, Emily também não conseguiria desconsiderar as apreensões da sua amiga imediatamente.

Nem todos os Krinars eram tão iluminados nas suas

atitudes para com os humanos como Zaron; era aquele o motivo de ela ter ficado preocupada com a família de Zaron. Mesmo em Lenkarda, onde a maioria dos residentes tinha passado um tempo entre os humanos, Emily tinha encontrado um número relativo de Ks que parecia vê-la como um cruzamento entre um animal de estimação e uma propriedade sexual.

Se ela não tivesse a certeza de que Zaron tanto a amava quanto respeitava, não teria concordado em ir para Krina.

— Anjo... — Zaron moldurou seu rosto com suas palmas, e a intensidade quente no seu olhar espantou a ansiedade que a tinha tomado novamente. — Você não tem nada com que se preocupar. Estou contigo, e não deixarei que nada aconteça com você, ok?

— Ok — Sussurrou Emily, mais uma vez encorajada pelas suas palavras, e Zaron envolveu seus braços nos ombros dela, pressionando-a pelo lado enquanto soava um alarme baixo, iniciando a jornada da nave.

Fascinada, Emily olhava pela parede transparente enquanto a nave começava a se mover, levando-os para longe da Terra. A linda bola azul que foi seu planeta estava ficando menor a cada segundo, mas a jornada à frente não mais amedrontava Emily. O que quer que o futuro a reservasse, ela enfrentaria com o homem que acolheu com possessividade tão terna, o Krinar que salvara sua vida e capturara seu coração.

Ela estava com Zaron, e aquilo era tudo o que importava.

AGRADECIMENTOS

Obrigada por ler! Eu agradeceria muito se pudesse deixar uma avaliação.

Se deseja receber uma notificação quando o próximo livro for lançado, acesse meu site em www.annazaires.com/book-series/portugues/ e registre-se para receber meu boletim informativo.

Se você gostou de *A Prisioneira dos Krinars*, talvez goste dos seguintes livros:

- *A Trilogia de Mia e Korum* – Um romance sombrio de ficção científica
- *Perverta-me* - Trilogia de romance contemporâneo dark

Colaborações com meu marido, Dima Zales:

- *O Código de Feitiçaria* – Fantasia épica

E agora, por favor, vire a página para um pequeno trecho de *Encontros Íntimos* e *Perverta-me*.

Nota da Autora: *Encontros Íntimos* é o primeiro livro de minha trilogia de romance erótico de ficção científica, as Crônicas dos Krinars. Apesar de não ser tão sombrio quanto *Perverta-me*, ele tem alguns elementos que leitores de erotismo sombrio poderão gostar.

Um romance sombrio que atrairá os fãs de relacionamentos eróticos e turbulentos...

No futuro próximo, os krinars governam a Terra. Uma raça avançada de outra galáxia, eles ainda são um mistério para nós — e estamos completamente à mercê deles.

Tímida e inocente, Mia Stalis é uma universitária na cidade de Nova Iorque que sempre teve uma vida muito comum. Como a maioria das pessoas, ela nunca teve qualquer interação com os invasores. Até que um dia no parque muda tudo. Tendo atraído o olhar de Korum, ela agora deve lidar com um krinar poderoso e perigosamente sedutor que quer possuí-la e nada o impedirá de tê-la para si.

Até onde você iria para recuperar a liberdade? Quando sacrificaria para ajudar seu povo? O que escolheria ao começar a se apaixonar pelo inimigo?

Respire, Mia, respire. Em algum lugar na parte de trás da mente, uma voz racional fraca continuava repetindo aquelas palavras. Aquela mesma parte estranhamente objetiva dela notou a estrutura simétrica do rosto dele, com a pele dourada esticada sobre as bochechas altas e o maxilar firme. As fotografias e os vídeos dos Ks que ela vira não lhes faziam justiça. Parado a não mais de dez metros de distância, a criatura era simplesmente deslumbrante.

Enquanto ela continuava a encará-lo, ainda congelada no lugar, ele endireitou o corpo e começou a andar na direção dela. Na verdade, ele lentamente a perseguia, pensou ela tolamente, pois cada movimento dele lembrava o de um felino da selva aproximando-se de uma gazela. Durante o tempo todo, os olhos dele não se afastaram dos dela. Ao se aproximar, ela notou pontos amarelos individuais nos olhos dourados claros dele e os longos cílios grossos que os envolviam.

Ela olhou com descrença horrorizada quando ele se sentou no banco dela, a menos de sessenta centímetros de distância, e sorriu, mostrando dentes brancos perfeitos. Nada de presas, notou ela com uma parte funcional do cérebro. Nem mesmo traços de presas. Aquele era outro mito sobre eles, como a suposta aversão pelo sol.

— Qual é o seu nome? — a criatura praticamente ronronou a pergunta. A voz dele era baixa e suave, completamente sem sotaque. As narinas dele tremeram ligeiramente, como se estivesse inalando o perfume de Mia.

— Ahm... — Mia engoliu nervosamente. — M-Mia.

— Mia — repetiu ele lentamente, parecendo saborear o nome. — Mia de quê?

— Mia Stalis. — Ah, droga, por que ele queria saber o nome dela? Por que estava lá, conversando com ela? De forma geral, o que ele estava fazendo no Central Park, tão longe de todos os centros dos Ks? *Respire, Mia, respire.*

— Relaxe, Mia Stalis. — O sorriso dele aumentou, expondo uma covinha na bochecha esquerda. Uma covinha? Ks tinham covinhas? — Você nunca encontrou um de nós antes?

— Não, nunca. — Mia soltou o ar rapidamente, percebendo que prendera a respiração. Ela ficou orgulhosa pela voz não ter soado tão tremula quanto se sentia. Deveria perguntar? Queria saber?

Ela tomou coragem. — O quê, ahm... — Ela engoliu em seco novamente. — O que quer de mim?

— Por enquanto, conversar. — Ele parecia que estava prestes a rir dela, com os olhos dourados cintilando ligeiramente nos cantos.

Estranhamente, aquilo a deixou furiosa o suficiente para acabar com o medo. Se havia uma coisa que Mia odiava, era que rissem dela. Com a estatura baixa e magra e uma falta geral de habilidades sociais que vinha de uma adolescência desconfortável envolvendo o pesadelo de todas as garotas — aparelho, cabelos crespos e óculos —, Mia tivera experiência bastante como alvo.

Ela ergueu o queixo beligerantemente. — Ok, e qual é o *seu* nome?

— É Korum.

— Só Korum?

— Nós não temos sobrenomes, não da mesma forma que vocês. Meu nome completo é muito mais comprido, mas, se eu lhe dissesse qual é, você não conseguiria pronunciá-lo.

Bem, aquilo era interessante. Ela se lembrou de ter lido algo parecido no *The New York Times*. Tudo certo até o momento. As pernas já tinham quase parado de tremer e a respiração voltava ao normal. Talvez, apenas talvez, ela conseguisse sair dali com vida. Aquele negócio de conversar parecia seguro, apesar de a forma como ele a encarava, com aqueles olhos amarelados que não piscavam, ser enervante. Ela decidiu mantê-lo falando.

— O que está fazendo aqui, Korum?

— Acabei de falar, estou conversando com você, Mia. — A voz dele, novamente, tinha uma ponta de riso.

Frustrada, Mia soltou um suspiro. — Eu quis dizer, o que está fazendo aqui, no Central Park? Na cidade de Nova Iorque em geral?

Ele sorriu novamente, inclinando a cabeça ligeiramente para o lado. — Talvez estivesse torcendo para encontrar uma garota bonita com cabelos cacheados.

Aquilo foi a gota d'água. Ele estava claramente brincando com ela. Agora que conseguia pensar um pouco novamente, percebeu que estavam no meio do Central Park, à vista de uma infinidade de espectadores. Sorrateiramente, ela olhou em torno para confirmar aquilo. Sim, com certeza. Apesar de as pessoas estarem obviamente passando ao largo do banco onde ela e o outro ocupante de outro mundo, havia várias almas corajosas mais adiante no caminho olhando para lá. Um casal estava até mesmo filmando os dois, cuidadosamente, com a câmera do relógio de pulso. Se o K tentasse fazer qualquer coisa com ela, em um piscar de olhos estaria no YouTube e ele sabia disso. É claro que ele podia ou não se importar.

Ainda assim, partindo do princípio que ela nunca vira nenhum vídeo de ataques de Ks a garotas universitárias no meio do Central Park, estava relativamente segura. Com cuidado, ela pegou o *notebook* e ergueu-o para colocá-lo de volta na mochila.

— Deixe-me ajudá-la com isso, Mia...

E, antes que conseguisse sequer piscar, ela o sentiu pegar o *notebook* pesado dos dedos subitamente moles, encostando gentilmente neles. Uma sensação parecida com um choque elétrico percorreu Mia quando ele a tocou, deixando as extremidades nervosas formigando.

Pegando a mochila, ele cuidadosamente guardou o *notebook* em um movimento suave e sinuoso. — Pronto, muito melhor agora.

Ah, meu Deus, ele tocara nela. Talvez a teoria de Mia sobre segurança em locais públicos fosse falsa. Ela sentiu a respiração acelerar novamente e, àquela altura, a pulsação estava bem além da zona anaeróbica.

— Eu tenho que ir agora... Adeus!

Ela nunca saberia como conseguiu dizer aquelas palavras sem hiperventilar. Agarrando a tira da mochila que ele acabara de soltar, ela se levantou depressa, notando em algum lugar no fundo da mente que a paralisia anterior parecia ter desaparecido.

— Adeus, Mia. Vejo você outra hora. — A voz suavemente zombeteira dele flutuou no ar fresco da primavera quando ela saiu, quase correndo com a pressa de se afastar.

Se deseja saber mais, acesse meu site em www.annazaires.com/book-series/portugues/. Os três livros da trilogia Crônicas dos Krinars já estão disponíveis.

TRECHO DE PERVERTA-ME

Nota do Autor: *Perverta-me* é uma trilogia erótica dark sobre Nora e Julian Esguerra. Todos os três livros estão disponíveis agora.

Sequestrada. Levada para uma ilha particular.

Nunca achei que isso poderia acontecer comigo. Nunca imaginei que um encontro casual na noite do meu aniversário de dezoito anos mudaria minha vida tão completamente.

Agora pertenço a ele. A Julian. A um homem que é tão implacável quanto bonito. Um homem cujo toque me deixa em chamas. Um homem cuja ternura é mais arrasadora do que sua crueldade.

Meu sequestrador é um enigma. Não sei quem ele é nem por que me sequestrou. Há uma escuridão dentro dele, uma escuridão que me assusta, mas que também me atrai.

Meu nome é Nora Leston e esta é minha história.

Chegou o anoitecer e, a cada minuto que passava, eu ficava cada vez mais ansiosa com a ideia de ver meu sequestrador novamente.

O romance que eu estivera lendo não mantinha mais meu interesse. Eu o larguei e andei em círculos pelo quarto.

Eu estava vestida com as roupas que Beth me dera mais cedo. Não era o que eu teria escolhido para usar, mas eram melhores do que um roupão. Uma calcinha branca de renda *sexy* e um sutiã combinando, um vestido azul bonito abotoado na frente. Tudo me serviu perfeitamente, de forma muito suspeita. Ele estivera observando-me por algum tempo? Descobrindo tudo sobre mim, incluindo o tamanho das roupas?

A ideia me deixou enjoada.

Tentei não pensar no que aconteceria, mas foi impossível. Eu não sabia por que tinha tanta certeza de que ele apareceria naquela noite. Era possível que ele tivesse um harém inteiro de mulheres na ilha e visitasse cada uma delas apenas uma vez por semana, como os sultões.

Ainda assim, eu sabia que ele chegaria em breve. A noite anterior simplesmente abrira o apetite dele. Eu sabia que demoraria muito para que ele se cansasse de mim.

Finalmente, a porta se abriu.

Ele entrou como se fosse dono do lugar. O que, claro, era verdade.

Fiquei novamente impressionada pela beleza masculina dele. Com um rosto daqueles, ele poderia ter sido modelo ou ator de cinema. Se houvesse alguma justiça no mundo, ele seria baixo ou teria alguma outra imperfeição para compensar aquele rosto.

Mas não tinha. O corpo era alto e musculoso, com proporções perfeitas. Lembrei-me da sensação de tê-lo dentro de mim e senti uma onda indesejada de excitação.

Ele vestia novamente calça *jeans* e uma camiseta, desta vez, cinza. Ele parecia gostar de roupas simples, o que era inteligente. A aparência dele não precisava de realce.

Ele sorriu para mim. Aquele sorriso de anjo caído, sombrio e sedutor ao mesmo tempo. — Olá, Nora.

Eu não sabia o que dizer e falei a primeira coisa que me surgiu na mente. — Por quanto tempo vai me manter aqui?

Ele inclinou a cabeça ligeiramente para o lado. — Aqui no quarto? Ou na ilha?

— Os dois.

— Beth mostrará o lugar a você amanhã. Se quiser,

poderá nadar — disse ele, aproximando-se. — Você não ficará trancada, a não ser que faça alguma tolice.

— Como o quê? — perguntei. Meu coração bateu com mais força dentro do peito quando ele parou perto de mim e ergueu a mão para acariciar meus cabelos.

— Tentar machucar Beth. Ou machucar você mesma. — A voz dele era suave e o olhar hipnótico ao olhar para mim. A forma como tocava nos meus cabelos foi estranhamente relaxante.

Pisquei, tentando me livrar do feitiço dele. — E a ilha? Por quanto tempo pretende me manter aqui?

A mão dele acariciou as curvas em volta do meu rosto. Eu me vi recostando-me na mão dele, como uma gata sendo acariciada, e imediatamente endireitei o corpo.

Os lábios dele se curvaram em um sorriso. O idiota sabia o efeito que tinha em mim. — Muito tempo, espero — disse ele.

Por algum motivo, não fiquei surpresa. Ele não teria se dado ao trabalho de me levar até a ilha se quisesse apenas dar algumas trepadas comigo. Fiquei aterrorizada, mas não surpresa.

Reuni coragem e fiz a próxima pergunta mais lógica. — Por que você me sequestrou?

O sorriso desapareceu do rosto dele. Ele não respondeu, apenas me encarou com um olhar azul inescrutável.

Comecei a tremer. — Você vai me matar?

— Não, Nora, não vou matar você.

A negação dele me reconfortou, apesar de, obviamente, ser possível que estivesse mentindo.

— Você vai me vender? — Mal consegui pronunciar as palavras. — Para ser uma prostituta ou algo assim?

— Não — disse ele em tom suave. — Nunca. Você é minha e só minha.

Eu me senti um pouco mais calma, mas havia mais uma coisa que precisava saber. — Você vai me machucar?

Por um momento, ele não respondeu. Algo sombrio passou em seus olhos. — Provavelmente — respondeu ele baixinho.

Em seguida, ele se abaixou e beijou-me, com os lábios quentes e macios tocando nos meus gentilmente.

Por um segundo, fiquei imóvel, sem reagir. Eu acreditei nele. Sabia que estava falando a verdade quando dissera que me machucaria. Havia algo nele que me assustava. Algo que me assustara desde o início.

Ele não era nada parecido com os rapazes com quem eu saíra. Ele era capaz de qualquer coisa.

Eu estava completamente à sua mercê.

Pensei em tentar lutar contra ele novamente. Seria a coisa normal a fazer na minha situação. Um ato de coragem.

Mesmo assim, não fiz nada.

Eu conseguia sentir a escuridão dentro dele. Havia algo de errado com ele. A beleza externa escondia algo monstruoso.

Eu não queria libertar aquela escuridão. Não sabia o que aconteceria se fizesse isso.

Portanto, fiquei imóvel entre os braços dele e deixei que me beijasse. E, quando ele me pegou no colo e levou-me para a cama, não tentei resistir.

Em vez disso, fechei os olhos e entreguei-me às sensações.

~

Todos os três livros da trilogia *Perverta-me* estão disponíveis. Por favor, visite nossa página www.annazaires.com/book-series/portugues/ para saber mais e se inscrever em minha lista de e-mail.

SOBRE A AUTORA

Anna Zaires é autora bestseller do *New York Times, USA Today,* e #1 como autora internacional de romance sci-fi e contemporâneo dark. Ela se apaixonou por livros aos cinco anos, quando sua avó a ensinou a ler. Desde então, sempre vive parcialmente no mundo da fantasia onde os únicos limites são aqueles da imaginação. Atualmente, morando na Flórida, Anna é feliz casada com Dima Zales (autor de ficção científica e Fantasia) e colabora de perto com ele em todos os seus trabalhos.

Para saber mais, por favor, visite www.annazaires.com/book-series/portugues/.